相棒はJK

榎本憲男

ハルキ文庫

角川春樹事務所

本書はハルキ文庫の書き下ろし作品です。

目次

1　いい男

ベルが鳴って、少女たちは用紙を伏せて教室の後ろから前へと送りはじめた。

最前列の花比良《はなひら》真理《しんり》は受け取った答案の束を教壇へ持っていった。席に戻った彼女がシャーペンを筆入れにしまっていると、隣の席の亜衣《あい》が小声で声をかけてきた。

「ねえ、なんでわかっちゃうの」

「なにが？」

「だから――」

と言いかけた時、こんどは香奈《かな》が勢いよく駆け寄ってきたと思ったら、

「出たね！」

と叫んだ。

「だからなにが？」

「なにがって、なんだっけ、ほらほら」

思い出そうと香奈が髪をかきむしっていると、

「桐壺《きりつぼ》でしょ。昨日電話したとき、そこだけはやったほうがいいよって真理が言った」

と亜衣がフォローした。

「そう。桐壺。やった？」

「やったよ。と言っても、橋本治《はしもとおさむ》の現代語訳をくり返し読んでっただけだけど。でも、なんとかなった。なったと思う」

「そおかあ、わたしもそうすりゃよかったあ」

と少女はまた身もだえた。

「え、香奈にもそうするように言ったよね」

「そう、だから、びっくりしちゃって。やっぱりあれだ、真理のはヤマカンじゃなくて
……うーん、なんだろう、——お告げ？」

「で、やったんだよね」

真理《しんり》は確かめた。

「うん、やろうとはした」

「ん？　てことは」

「いやあ……」

「イエイ、イェイ。反省反省、いくらグループの名前が眠睡《ねむねむ》でも、テスト前日は寝落ちしちゃ駄目だよ。あの……ちょっと亜衣、こんなにエコーいらないわ、イエイ、イエー、うん、このくらいでいいよ。テスト前だけは真理のお告げに従うべし。べしべし」

「別に従わなくてもいいけどさー」

真理は、軽音楽サークルの部室の隅で、傷だらけの木のテーブルに頬杖《ほおづえ》をつき、じゃがりこを摘《つま》んでいる。マイクを握った香奈ががははと笑って、

「いやー、これからは真理を妄信する。ん？　だけど、真理教っていうとヤバい気がするのはなぜ」

「昔、あったんだよ、マジヤバの宗教団体が。――じゃあ、行くよ」

鞄《かばん》から取り出したタブレット端末をミキサーにつないでいた亜衣が、そいつをタップした。部室のスピーカーからヒップホップのリズムがあふれ、香奈が歌いだす。

世界史　真理に救われて
数学じゃ死にました
英語はお告げに逆らって
古典は勝手に自滅した
ボロボロだけど終わったテスト
それでも生きるよファーイースト
　明けない夜はない
　終わらないテストもない

太らないチョコもない
それでも食べるのなってない
気にする彼氏いるわけない
真理《しんり》のふるさと稚内《わっかない》

「別に故郷じゃないよ。私、足立《あだち》区生まれだし」

真理が割って入った。

「あれ、そうだっけ」

「香奈、混同してる、死んだ母さんがそのあたりだったって言っただけ」

「あーそうか。ところでどう？　このラップ」

「うーん、〈気にする彼氏いるわけない〉ってところはいいかな」

そう真理が言うと、ＤＪブースにいた亜衣は、

「うん、私、女子校には男子がいないんだって入学してから知った気がする」

と深くうなずいた。香奈はマイクを口元に寄せて、

「亜衣、ちょっとシャウトしたいから、やっぱもうちょいエコーかけてくれる？」

ふぁーいと亜衣は言ってミキサーのつまみをいじって、どうぞと手を差し出した。


来いよ、いい男！

香奈の叫び声が、山びこのように、来いよ来いよ来いよ、いい男いい男いい男……と連なると、

「ディレイかけ過ぎちゃった」

と亜衣が舌を出して、真理を見た。

「なんか、来る気はする」

頰杖をついたまま、じゃがりこを口にくわえて真理は言った。

鴨下俊輔《かもしたしゅんすけ》が署を出ると、通りには朝日が跳《は》ねていた。彼はまぶしさに目を細め、少し先のコンビニに逃げ込んだ。

レギュラーコーヒーを片手に、まだ誰も来ていない刑事課のフロアに戻った。ソファーに腰を下ろし、足元に広げたおびただしい資料を眺めながら、コーヒーを口に含む。

二日ほど寝ていない。けれど、夜を徹してじっくり資料を読み込んだおかげで、事件の核心部分が見えてきた。その興奮で眠気はほとんど感じなかった。

「あれ？」

一番乗りの先輩が戸口で立ち止まり、驚いている。

「鴨下、お前こんなところでなにしてるの」

「あ、郷田《ごうだ》さん、やっとわかりましたよ」

「はあ、なにが。あいて……ちっ、なんでこんなところにこんなものが」

通路に出されていたテーブルに向《む》こう脛《ずね》を思いきりぶつけた郷田は、顔をしかめ、それが本来あるはずの場所を見た。向かい合うソファーとソファーの間の床が剝《む》き出《だ》しになって、そこに資料が散乱している。

「なにやってんだ、お前」

「あの駅前の今村《いまむら》文房具店の婆《ばあ》さんが殺された事件ですよ」

その口ぶりはすこし得意げだった。

「てことは、これはあの事件の資料？」

「そうです。つまり指紋が検出されないってこと自体が、あることを雄弁に物語っているんですよ」

「は？」

笑い混じりのため息をつきながら、郷田は自分の席に座って、コンビニ朝食（おにぎりふたつとペットボトルのお茶）に取りかかった。

「今村文房具店の土地は主人である竹中省三《たけなかしようぞう》のものとして登記されていないんです。というのは、省三は竹中という苗字が示す通り、当時の恋人であった郁恵《いくえ》の実家に転がり込むようにして同居を始めた、元は居候《いそうろう》だったから。そしてそのまま結婚。で、省三はすぐ妻の実家の稼業を継いだのか。そうではありません。もともと作家志望だった省三は、今村文房具店の二階でコツコツと小説を書き、懸賞に応募しておりました。ところが、なかなか芽が出ず、これが最後だと思い定めて文芸賞に出した自信作もあえなく落選してから、文房具屋の店主として生きる決心をようやくしたのでした」

勢い込んだ鴨下の口調とは裏腹に、郷田はおにぎりを頬張りながらのんびりと、

「くそ、やっぱりタラコより明太子《めんたいこ》のほうがいいよな。朝一番で品切れなんて許せんぞ」

などとつぶやいている。それでも鴨下はかまわず、

「五十を過ぎた時、省三はひょんなことから、近くのコミュニティセンターで文章教室を受け持つことになりました。その教室に三十代後半の野々宮晴子《ののみやはるこ》がやって来たのです」

「けど、なんでコンビニのおにぎりって、海苔《のり》をパリパリさせてるんだろ。おにぎりの海苔はしっとりしてていいのにさ」

「『私、ファンタジー小説を書いてみたいんです』と野々宮晴子は言いました。いや、言ったかどうかわかりませんが、彼女がそっち方面を志していたことはたしかです。省三は困った。彼が書いていたのはいわゆる私小説と言われるジャンルで、散歩の途中で目が合った野良猫がどうのこうの、昼間食ったちらし寿司《ずし》がどうのこうのなんて具合に、日常をダラダラ書くようなシロモノだったからです」

「おにぎりの海苔についても書いてもらいたいね」

「ええ、それもアリでしょう。とにかく、省三の得意分野は、彼女が書きたいものとはかけ離れていた。しかし、省三は熱心に指導し、……そういえば省三の部屋に『ファンタジー小説の書き方　ル＝グウィンと宮崎駿《みやざきはやお》に学ぶ』なんて本もありました。ファンタジーに

も造詣が深いぞ、ファンタジーだって指導できるんだぞ、というところを晴子に見せたくて、泥縄式に勉強したのでしょう。ともあれ、この文芸指導を通じてふたりの仲は急接近し、やがてそれは妻郁恵の知るところとなります。折しも、この地域一帯に急に区画整理の話が持ち上がり、今村文具店の敷地がその対象に――」

「おい」

と郷田は声をかけ、ペットボトルからお茶をぐいと飲んで、口に含んだおにぎりを喉《のど》に流し込んでから、

「で、犯人は誰だって言うんだよ」

「ですから、いまそれをお伝えしているんですが」

「結論だけ頼む」

「いや、結論に至るまでのプロセスこそが重要です。すぐ結論に飛びつくのはいけません」

「うん、まあそうなんだけどな。――んで、犯人は?」

「いや、まだ明言はできないのです」

郷田はこれ見よがしに大きなため息《いき》をついた。

「じゃあ、なんでそんなに興奮できるんだ、ん?」

「この段階で、竹中省三に対する疑惑は一層濃くなりました。いろいろと符合するところが出てきたんです。もちろんまだ確定ではありませんので、この時点で省三を犯人扱いす

ることは戒めなくてはなりません。けれど、もういちど聴取したほうがいいと思います」

「うむ。まあ、外れてはいないよ、お前のその推理」

「ですよね」

「ただ、なにをいまさらって感じはあるな」

「え」

「その竹中省三だけど」

「はい」

「昨日自首したよ」

「え」

「ああ、言ってなかったっけ。ごめんごめん」

鴨下は口を半開きにして放心していたが、

「ひ、ひどいじゃないですか。俺、二日徹夜したんですよ」

「だから謝ってるじゃん。てか、お前が上《うわ》の空で聞いてなかったんじゃないか」

「そんなことないですよ」

「いやあるね。だから引き継ぎもせずに、まだそんなことやってんだよ」

「引き継ぎ?」

「ああ、お前、異動になったぞ」

「は」

「ほらみろ。聞いてないじゃないか。昨日発表されたんだ」

「マジですか。異動って、どこへ」

「安心しろ。本庁だよ。まったく、さすがキャリアは出世が早いね」

「刑事部ですか」

「そう、それも花の一課だ。おめでとさん」

「あ、ありがとうございます」

「ただ、ちょっとワケありなところだよな、ありゃ」

「ワケありって、なんですか」

「まあ、詳しいことは本庁で聞いてくれ。くそ、まだ腹減ってるな、駅に戻って立ち食い蕎麦《そば》でも食ってくるか」


定時になると、鴨下俊輔は課長に呼ばれ、辞令をもらった。

「短い間でしたがご苦労様でした。鴨下さんは明日の日本の警察を担う逸材ですから、本庁でも活躍してくれることと信じています。わが署での経験がこれからの警官としての人生の肥やしとなることを願ってやみません」

ノンキャリで警部にまで上りつめ来年定年を迎える市橋《いちはし》課長は、郷田よりずっと丁寧な物腰でむにゃむにゃと相対《あいたい》した。そして、辞令の発令が終わると、

「まあ、警部補はこういうところでくすぶってるような人材じゃないので、さっさと本庁

に行ったほうがいいでしょう。辞令は明日付けなので、午後になったら桜田門に行って挨《あい》拶《さつ》してきてください。それで今日はもう上がって結構です」

とくだけた調子で言って会心の笑みを浮かべた。

「それで、私が配属になるのは――」

「ああ、刑事部の捜査一課です。おめでとうございます」

「では、本庁では、柳田《やなぎだ》課長にご挨拶すればいいですか」

「まあ、通常では……。ただ、鴨下さんの場合すこし事情が複雑で……」

「ん？　どういうことでしょうか」

「いや、そのへんについては、私ではなく署長に訊《き》いたほうがいいでしょう。いまいらっしゃるので、このあとすぐに行ってください」

そう言って市橋は机の上の電話機から受話器を取り上げ、内線ボタンを押した。

「うむ、まあ、がんばってくれ」

武田《たけだ》署長が言ったのはほとんどこれだけだった。あとは「うんうん」とか「いやいや」とか、適当な相槌《あいづち》を打つだけで、内容のあることはなにも口にしない。この実にあっさりした物腰の向こうに、郷田先輩の仏頂面《ぶっちょうづら》や市橋が浮かべた満面の笑みに相通ずるなにかがある、と鴨下は思った。

「それで、私が配属になるのは刑事部の一課だと伺いましたが」

「ああ、そうらしいな」

「……らしい？　で、一課の柳田課長にご挨拶すればいいのかと市橋さんにお尋ねしたら、そのへんは事情が複雑なので署長に訊いてくれと言われたんですが」

「ふむ。あの野郎、俺に押しつけやがったな」

なんだか変だ。口に出したくない赴任先の部署なんてものがあるのだろうか。

「……まあ、君の場合はまた複雑でねえ」

「といいますと」

「配属は刑事部捜査第一課特命捜査係となっている」

「……不勉強で申し訳ありません、聞いたことがないのですが」

「ああ、公の組織図には載ってないからな」

「え……、どういうことです」

「さあ、知らん」

「知らんって……」

「だから俺もよく知らないんだ。なにやら刑事部長直轄の組織らしいんだが」

刑事部長直轄の係だって？　警視庁の刑事部長は警視監。警視監に昇任できるのはキャリアのみで、そして事実上これは最後の階級でもある。ほとんどのキャリアはここで退官する。と同時に、警察官の1％にも満たないキャリア組が、さらに数少ない上位ポストを目指すスタート地点でもあるわけだが、そんなことはともかく、警視監の直下に殺人などの凶悪犯罪を取り締まる泥臭い現場がぶら下がっているなんて、どう考えても変だ。

「ということは、柳田一課長の指揮下にはないってことですか」

「ないんだろうな。ただ、一課とは連動している。そういう話は小耳に挟んだことがある。ただ、そのへんも小百合《さゆり》ちゃんに訊いてくれ」

ちゃん付けで呼ばれたのは、警視庁設立以来、初めて女性で本庁刑事部長に就任した徳《とく》永《なが》小百合警視監である。刑事部長をつかまえて、ファーストネームにちゃん付けで呼ぶなど、通常ではありえない狼藉《ろうぜき》である。

「いまや飛ぶ鳥を落とす勢いの小百合ちゃんに訊くといいだろう。俺の口から下手《へた》なこと言うのもあれだから」


机に向かった徳永小百合は、手にした書類にじっと視線を落としていた。人を威圧する険しさを感じさせない柔和な丸い輪郭の持ち主で、ノックの音がして、「どうぞ」と返事した声も穏やかだったが、まなざしだけは鋭かった。

「失礼いたします、部長」

と言って入ってきたのはまだ若い私服警官である。

「今日付けで警視庁刑事部捜査第一課特命捜査係を拝命いたしました鴨下俊輔です」

「ご苦労様」

徳永部長は席についたまま手で指し示し、戸口で直立している鴨下に、ソファーを勧めた。

鴨下は一礼し、長椅子《ながいす》のそばに歩み寄り、徳永部長が机を離れて、ソファーに腰を下ろすまで待った。鴨下は警部補、徳永は警視監。このふたつの階級の間には天と地ほどの開きがある。

「まあおかけなさい」

徳永部長は革張りの椅子に身を沈めると、掌《てのひら》を上にして向かいを示した。

「失礼します」

一礼したあと腰を下ろした鴨下は、この状況が不思議でならなかった。赴任することになった係が刑事部長直轄なので、やむを得ず訪れたのだが、普通なら、警部補ごときが警視監の部屋をノックすることなどあり得ない。それに、こちらを直立させておいて、

「まあ、がんばりなさい」

と机からひとこと投げれば充分だ。わざわざソファーまでやって来て向かいに座らせる理由がわからない。

「これから、正式には明日付けになりますが、刑事部捜査第一課特命捜査係に勤務していただきます」

「かしこまりました」

「いま改めて警察大学校の初任幹部科課程の成績を見ていたんですが、なかなか見事なものですね」

「……ありがとうございます」

「オールAで首席」

「……いや、Aマイナスがひとつあります」

「ふむ、その教科は？」

「自白と冤罪《えんざい》についてです」

「教官は誰でした」

「徳永小百合警視監です。当時は警視長でしたが」

　鴨下がそう告げると、当人は薄く笑った。

「そうでした。あなたは警察の自白偏重主義を厳しく非難し、取調室の可視化を強く求めるレポートを書きました」

「はい」

「見事なレポートでした。だから私はAマイナスをつけた。Aはひとりもいません。あなたともうひとりだけが最高得点のAマイナスを受けました。レポートの内容は正反対ですが」

　鴨下は黙ってかすかにうなずいた。

「日本の警察は改善してゆかなければならない問題が山積しています。それは確かです。ただ、明日から赴任していただく現場には、警部補にとっては学ばなければならないものがあります」

「はい」

と鴨下が神妙にうなずくと、警視監はこうも続けた。

「ただし、学ぶべきではないものもある」

「……学ぶべきではないもの、といいますと」

「それがなにかは、赴任先の部署であなた自身が見極めてください。そして、学ぶべきことと学ぶべきではないことをしっかり踏まえた上で、正しい判断をしていただきたい」

鴨下は絶句した。

「それができれば、あなたは飛躍するはずです」

実に謎めいた言葉であった。

訝《いぶか》しげな顔つきになった鴨下に部長は、

「以上です」

と締めくくりの言葉を告げ、これ以上の説明は無用だという意思を示すかのように立ち上がり、自分の机に戻った。鴨下も立って、失礼しますと言って退出した。ドアを閉めるために振り返り、頭を下げる間際に見た部長は、もう手元の書類に視線を落としていた。

扉を閉めるつかの間、鴨下は思った。

新しく赴任する場所に学ぶべきものがあるのは当然だし、人事を発令した側が口にする言葉としても妥当なものだろう。けれど、学ぶべきではないこともある、というのは聞き捨てならない。そんなものがあるとしたら、部長として組織を正すべきだ。

そもそも、学ぶべきではないこともある特命捜査係とはいったいどんなチームなのだ？

そして、どうして自分はこの係に配属されたのだろう。

一抹の不安を胸に、鴨下は静かにドアを閉じた。


——約一時間前、このドアから中に入った者がもうひとりいた。

「篠田《しのだ》です」

そう言って戸口に立って名乗った男は上背《うわぜい》はそれなりにあるが、警官にしては華奢《きゃしゃ》で、温厚な人柄を思わせる穏やかな顔つきの男だった。徳永部長は、鴨下にしたときと同じようにソファーを勧め、自分も腰を下ろした。

「もう篠田係長の耳には入っていると思いますが」

「人事異動の件でしょうか、警察大学を主席で卒業したという噂《うわさ》の——」

着座した篠田はスーツのボタンを外しながら、確認した。

「ええ。明日付けで署から本庁へ異動することになっています。さきほど武田署長から電話をもらいました。本人が挨拶するためにこちらに向かっているようです」

「で、私が呼ばれた理由はやはり……」

「ええ、そちらに預かってもらうことにしました」

「……で、この件は柳田さんのほうには——」

「もちろん、一課長のほうには私から話を通してあります」

刑事部長が一課長に電話を入れて、係にひとり増員すると言えば、一課から文句が出ることはまずない。しかし、篠田の顔つきはまだどこか不安そうだった。「そうですか」と言ったきりしばらく黙っていたが、やがて思い切ったように、

「しかし、我々がお預かりしていいものでしょうかね」

「悪い理由がなにかありますか」

「いや、つまりその、警察大学校を首席で卒業したようなキャリア組の中でもバリバリのエリートがなぜよりによって……」

「それは簡単です。特命捜査係を経験することが、将来、日本の警察を背負《しょ》って立つ彼にとってかけがえのない財産になると踏んでの差配です」

「……わかりました」

と篠田はうなずいた。

「それで、鴨下警部補が着任するにあたって一点だけ私のほうから飲んで欲しい条件があります」

篠田はしゃんと背筋を伸ばし、謹聴する姿勢を取った。

「いや、条件といってもたいしたものではありません。捜査のパートナーについて、現場に飲んでいただきたい提案があるのです」

「相棒ですか。部長が仰《おつしや》るのなら、それはもうそのようにいたしますが」

「ではいいですね」

念を押すように徳永は言った。

「ええ。ただうちの係はご存じの通りみんなくせものばかりですからね。将来の警察を背負《しょ》って立つエリートの相棒がつとまるような人材が果たしているのかどうか」

「います」

そのきっぱりとした口調に、篠田は身を乗り出した。

「花比良捜査官です」

「ああ、主任ですか。ええ、ではそういたしましょう」

「いや、花比良主任ではなく、花比良捜査官です。正確には花比良特別捜査官ですね」

たちまち篠田の顔に動揺が表れ、そして黙り込んだ。

「なにか問題でも？」

そう促されてようやく、篠田は沈黙を破った。

「いや、花比良捜査官はＰＫＯ育ちで、発起人である部長はよくご存じかと思いますが」

「ええ、しんり……いや、花比良特別捜査官のことはよく知ってますよ。だからこその提案です」

「はい。ただ、その理由を少しお聞かせ願えませんか」

「警察大学を主席で卒業したって、それはそれだけのことです。複雑な現実の中で、複雑な連立方程式を解ける者だけが、明日の日本の警察機構を背負《しょ》って立てるのです。鴨下俊輔にそのような逸材になって欲しいとは思っています。しかし、今のままでは無理でしょう」

「では、こういうことですか、彼にとっては、花比良特別捜査官とのニコイチでの捜査を経験することは有効なのだと」

「ええ、ひいては日本の警察の将来のためにも。私はそう考えます」

「部長がそこまで仰るのなら……わかりました」

そう言って係長の篠田は上着のポケットからハンカチを取り出し、額にうっすらとにじんでいた汗を拭《ぬぐ》った。

特別捜査官はファミレスにいて、キャラメルブリュレの茶色い飴《あめ》の蓋《ふた》をスプーンで叩《たた》いて割っていた。ただし、ひとりの女子高生として。すると、古典で惨敗した香奈がおかしなことを言い出した。

「発禁にできないのかな、源氏《げんじ》」

「できればいいよねえ。そりゃ楽になるよ、うちらは」

亜衣が賛成する。

「というかするべきでしょ。ねえ、ちょっと、聞いてる？」

向かいの席から声をかけられ、真理《しんり》は視線を前に戻した。

「どこ見てんのよ」

「ううん、なんでもない」

　真理の日が追いかけていたのは、いましがた店に入ってきた浅黒い肌の青年だった。細身の引き締まった体つきでスポーツウエアの上下を着ている。たぶん中東から来たんだろうな、と真理は思った。青年は、奥まった四人がけの席に筋肉質の細い身体《からだ》を収め、タブレットを取り出した。

「え、源氏を発禁に？　なんでよ？」

　香奈に視線を戻して真理が訊く。

「だって『源氏物語』がこの世から消えてなくなれば古文はずいぶん楽になるよ。というか、徒然《つれづれ》と枕だけでもう限界なんです」

　香奈はグラスに盛り上がったチョコレートクリームをひと匙《さじ》すくった。

「でもどうやって？」

　ダイエット中の亜衣は紅茶を飲みながら憂鬱《ゆううつ》そうに香奈を見た。

「だって、ひどくない？　源氏ってモテモテの美青年が、女をとっかえひっかえメロメロにしてやっちゃう話じゃん。それって女性蔑視じゃないって方向に話を持っていくのよ」

　あぁー、と二人の女子高生は思わず声を出し、そこかー、と亜衣が言ってから、

「でも女をメロメロにしちゃう男はほかにもいるぞ、例えばスケートの羽生結弦《はにゆうゆづる》とかさ」

「たしかに。メロメロだけだと発禁は難しいかも。けれどこれはネットで拾った情報なんだけど、実は光源氏って何人かレイプしているんだって」

「え、マジ？」

「マジマジ。そう読むのが自然なところがちょいちょいあるんだって。これはマズイでしょ、レイプ野郎が主人公のエロ本を教材に使ってるなんて」

え、だったら発禁にできそうじゃん、と亜衣が興奮し、でしょでしょと香奈が調子づく。

「ねえ真理《しんり》、『光源氏をぶっ殺せ』って曲作ろうよ」

「んー、なんかテンション上がらないな、それ」

少女は首を振り、セミロングの髪を揺らす。

「どうしてよー」

すると真理は、キャラメルのカケラをスプーンですくって口に運ぶと首をかしげ、

「ニーチェ・マスキチはどうしてる？」

とつぶやいた。少女が笑い、その笑い声は軽い、春の埃《ほこり》のようにテーブルの上に舞い上がる。そしてふたりは声を揃《そろ》えて、

「ニーチェ・マスキチはどうしてる？」

とつぶやく。

亜衣がテーブルを叩く。——トン・トン・タン、トン・トト・タン、このリズムに乗って真理がラップしはじめた。——まるで内緒話をするかのように。

テスト明けの真夜中に

自販機で　缶ビール買って

もう必要ないのに思い出す
ディオニソスって神様のこと
ひどいやつだって聞いたけど
気がつくと　ちょっとだけ救われてた

どうしてるのニーチェ
なにしてんのマスキチ
なにかはしてるはず　なにかはしてるよね
生きていればの話だけど
見つかったの　意味とか価値とか
見つからなくても生きるだけ

「そこで終わりかい？」

亜衣が、テーブルを叩く手を止めて言った。

「まあね、この先はまだ……」

「なんかさみしいなあ」

真理と一緒にラップを担当している香奈が言った。

「実際、さみしいんだよ」

「ちょっと缶ビールはまずいかもしれん。また問題になるかも」

「だね」

真理《しんり》はうなずいた。

「そうかな」

と香奈は首をかしげた。

「買ったってライムしただけで、呑んだと歌ったわけじゃないからいいんじゃない」

「じゃあ、トラック打ち込んでみるか」

「やっぱり『ニーチェ・マスキチはどうしてる？』てのは欲しいよね」

「……かも」

真理はストローを咥《くわ》えてうなずいた。

ニーチェ・マスキチはどうしてる？

これは真理たちの高校で最近流行《はや》りだした合言葉だ。使い方はさまざまだけれど、なにがなんだかよくわからないような気分になったとき、イエスともノーとも言いたくないけれど、なにか言わなくちゃカッコがつかなくなったときなど、少女たちはこの符丁を口にする。

ニーチェ・マスキチ、本名蜷川益吉《になかわますきち》は真理たちの高校で社会科を教えていた。なぜ蜷川がニーチェになったのかというと、彼が授業中にこの名前の哲学者のことをやたら熱心に話していたからだ。授業で、「ニーチェによると」、「ニーチェはこう言ってる」なんてく

り返すので、生徒のひとりが手を挙げて、

「先生はニーチェが好きなんですか？」と訊いたら、マスキチはちょっと驚いたような顔つきになってから、

「うん」

とうなずいた。うなずくまでの一瞬の間《ま》と、そのあとの力強さがおかしくて、教室は笑いに包まれた。このときから蜷川益吉はニーチェ・マスキチになった。

ニーチェ・マスキチは人気のある教師だった。生徒思いで、堅苦しくなく、そして、三十代という年代は彼女らの学校の教師陣の中では若かったし、そのうえ顔がなかなか上等だった。これは女子校では重要ポイントである。

一方、マスキチが敬愛してやまないニーチェという思想家がどんな考えを持つオジサンなのかについては、少女らはほとんど理解していなかった。ただ、軽音部の部員数名が興味本位で部室で飲酒しているところを見つかって大問題になった時（そのひとりが香奈だった）、マスキチはニーチェを出汁《だし》に弁護した、職員会議で「ディオニソス的」という言葉をさかんに使って生徒たちを庇《かば》った、そんな噂が立った。

「ディオニソスってのはお酒の神様みたい。的ってつくとニーチェの言葉になるんだってよ」

亜衣がどこかで調べてきてそう言った。それで、マスキチのついでに、「ニーチェっていいやつかも」という印象を真理《しんり》は、ひいては少女たちは持つにいたった。

飲酒した香奈を含む生徒五名はなんとか放校処分を免れた。マスキチの弁護が功を奏したのかどうかはわからないが、生徒たちの中にはそう信じる者がいた。

ところが、突然、まさに青天の霹靂《へきれき》、寝耳に水、連休明けの抜き打ちテストみたいな感じで、ニーチェ・マスキチはこつぜんと生徒たちの前から姿を消した。辞職の理由は謎である。

「こんなくだらない世界で僕に教えられることはなにひとつない」

と言ったとか言わないとか、そんな噂が立った。しかし、真偽のほどは定かでない。

しばらくすると少女たちは、ニーチェ・マスキチがいないことがボディーブローのようにじわじわ効きはじめているのを自覚しはじめた。

「ニーチェはいったいなにしてるんだろうね」

「塾の先生でもやってるんじゃないの」

「詩集を出すって誰かから聞いたよ」

「イベント会社を立ち上げるって話があるみたい」

「クイズ選手権に出る準備をしているらしい」

「高田馬場《たかだのばば》でラーメン屋やってる。オススメは味噌《みそ》なんだって」

「ラーメンじゃなくてあちこちで天麩羅《テンプラ》を食べてる。新しい天麩羅の店をプロデュースするために」

「いや、宅配便の配達員をやってるみたい。どこかの家の宅配ボックスにでっかい段ボール箱を入れようとして、『なんだこれ、ギリで入らないぞ』って焦ってるのを誰かが見たってよ」

そんなことを少女たちは、校舎の裏階段に腰かけながら、学食の片隅で湯麺《タンメン》をすすりながら、美術室のアトリエで鉛筆を削りながら、女子トイレの鏡の前でリップクリームを塗りながら、語り合った。

けれど、噂話の域を超えて、ニーチェ・マスキチこと蜷川益吉がいまどこでなにをしているのか、はっきりした情報を摑《つか》んでいるものは誰もいなかった。

しばらくすると、学校でなんとなく納得のゆかないことが起きた時や、マスキチが授業でやけに力を入れて語っていた「人生の意味」なんて言葉をふと思い出し、やけに胸が苦しくなった時、いまは答えを急いで出したくないやと感じた時、とうてい信じられないようなことだからこそ信じたいなんて気がした時に、彼女たちは、

「ニーチェ・マスキチはどうしてる？」

とつぶやくようになったのである。

鳴ってるよ。鳴ってる。亜衣にそう言われ、真理はテーブルの上に置いたスマホが光っているのに気づく。ディスプレイには、〝二宮譲行《にのみやじようこう》〟という文字。

「彼氏？」

香奈がいたずらっぽく笑う。もちろんちがうと知ってからかっているのだけれど、真理も、

「だといいんだけどね」

と言いながらスマホを耳に当てる。

——あー、真理《しんり》ちゃん、どう試験終わった？

スマホと耳の間から太《ぶ》っといおっさんの声が漏れ、前の女子ふたりがくつくつと笑う。

「いちおうね。ジョーコーはどうよ。こんど昇級試験うけるんでしょ」

——ああ、お父さんから、問題集もらったんで頑張ってるよ。そうか、でもとりあえず終わってよかった。今日これからどうすんの？

「どうするのって、そりゃ遊ぶに決まってるのでは」

——そうかー、試験終わったばかりだもんねー、そりゃそうだー。

「なんか事件？」

——いや、事件ではないんだけどさ、ちょっと紹介したい人がいて。

「ふうん」

——できたらいまから桜田門《さくらだもん》に来てもらえないかな、と思って。

「嘘《うそ》発見器でも壊れたの？」

——え？

「紹介したい人って、殺人《コロシ》の被疑者？　アリバイ崩せなくて困ってるとか？」

——ちがうよ、ちがう。うちに新しく人が入ったからさ。

真理《しんり》はグラスの水で唇をちょっと湿らせてから、

「行く」

と即答した。

――え、来てくれるの。

「行ったほうがいい気がする」

少女はスマホを耳に当てながらうなずいた。そして、来たな、と思った。

「わかった、それじゃ車で迎えに行くよ。どこで拾えばいい？」

会議室の椅子でふんぞり返っている二宮譲行がスマホを摑んでいるその手の人さし指と中指のつけ根に、みごとな空手ダコができているのを眺めながら、逮捕の術科に空手はないから、これは個人的に鍛錬してこしらえたものだろうな、などと鴨下はぼんやり考えていた。

二宮が電話をかけている相手は、自分の相棒になる特別捜査官だというのだが、どうも様子が変だ。通話に試験の話が出ていたけれど、特別捜査官は、公務員試験を受けて警官になった者ではなく、言ってみれば外部スタッフだから、昇進試験は受けないはずなのに。それに、二宮の受け答えを聞いていると、刑事どうしの会話とは思えない。

「ああ、自宅の近くのあのファミレスにいるんだ。道が混んでなければ、一時間くらいで行けると思うよ。え、……あっそう、まあ、そのほうが早いかも。やさしいなあ。そういうとこ好き。え、気持悪い？　ああ、じゃあ東京駅でピックアップするから」

こんながたいのいい男が猫なで声を出してこちらに呼ぼうとしている捜査官とはどういう人材なのだろう。妙にへりくだっているところを見ると、只者ではないのかもしれない。だけど、「好き」なんて告白するのはヘンだ。

「来てくれるそうです」

スマホをテーブルの上に置いて二宮は言った。

「そうか、それはよかった」

篠田係長もほっとしたようにうなずいている。

「じゃあ俺、迎えに行ってきますわ」

二宮は鷹《たか》の刺繍《ししゅう》が施されたスカジャンを摑んで立ち上がった。見上げた鴨下は、一メートル九十はあると思われる上背にあらためて驚いた。大男は派手な音を立てて扉を閉めて出て行った。

「あの……」

鴨下は篠田係長に視線を向けた。篠田は善良そうな笑顔を返す。

「花比良特別捜査官のご専門は？」

犯罪捜査に貢献できる技能の持ち主が、その能力を買われて、警察組織に籍を置くようになった者、それが特別捜査官である。

「いやあ」

と篠田がなんとなく言葉を濁しているので、鴨下は質問を重ねた。

「コンピュータ関連でしょうか」

年々、コンピュータによる捜査の重要性が高まり、情報工学に長《た》けた人材を警察は常に求めている。

「ちょっとちがいますね。ハッカーとしては、これもやはり特別捜査官ですが、貫井《ぬくい》というのがおります。なかなか腕の立つやつですよ。ちょいと臆病なのが困りものですが」

と篠田は曖昧《あいまい》な笑顔を鴨下に向けながら、

「まあ、そのうちじっくりご説明いたしますので。そのほうがここでこれこれこういう技能がありましてと説明するよりはよろしいかと。時がくればいずれわかるでしょう」

などと言って、肝心の花比良捜査官の技能については、はっきりした返事をくれなかった。鴨下は不思議に思ったが、

「では、ほかの者もご紹介しますので、行きましょうか」

と篠田が立ち上がったので、腰を上げなければならなかった。

「あの、ひとつお願いが」

会議室を出て、廊下で係長と肩を並べると、鴨下は言った。

「心機一転、新天地で皆さんから勉強させていただくつもりでおりますので」

「あ、はい。我々も期待しております」

「ですから僕に対しての敬語は無用です」

「あいや。まあ鴨下さんはバリバリのキャリアですからね」

「ですが僕と篠田係長は同じ警部補です。さらに年季を考慮すると僕が敬語を使うのは当然ですが……」

「いやいや、すぐに昇進されるでしょう。その時にはタメ口ってわけにもいかなくなりますからね。私としてはいまのうちに準備しときたい、ただそれだけです」

「けれど——」

と切り返そうとした鴨下を、

「まあまあ、そんなに心配されることはないと思いますよ」

と篠田は押しとどめ、

「係の中でも、私と主任くらいです、鴨下さんに丁寧に接するのは。さっきの二宮をはじめとして、そういう気遣いに関してはまるで駄目な連中ばかりなので、ご心配なく。というかなるべく大目に見てやってください」

と断りを入れた。

「礼儀知らずで困ったものでして。あまりひどい場合は私が叱りますが。——あ、こちらです」

篠田は本庁の刑事部第一課のドアを開けて中に入った。大勢の刑事がひしめきあっている。殺人などの凶悪犯を扱う部署なので、目つきと服の着こなしがみなどことなくやさぐれていて、

「連絡が途絶えて三日になるってよ」

とか、

「やっぱりその男があやしいんじゃないか」

とか、

「いちど呼んで締《し》め上げよう」

などと物騒な言葉が交わされている。

「こちらです」

そのまま篠田はワンフロアを占める刑事部屋の隅に向かって歩いていく。一課長のデスクのそばを通り過ぎるとき、視線をあげた課長と目が合った。

「あの、柳田課長には挨拶しなくてもいいんでしょうか」

「ええ、うちは一課の指揮命令系統にはありませんので」

「……そうらしいとは聞いてますが、いったいどういうことでしょう」

「刑事部長直轄の係となっていて、一課とは連携しておりますが、基本、我々は独自の判断で動いています」

「ということは、部長が直々《じきじき》に捜査の指揮を執るのですか」

「まさか。事後報告だけです」

えっ、と鴨下は声をあげたが、

「こちらです。先程お話ししたコンピュータの専門家、貫井敏《さとし》特別捜査官です」

と言って篠田は、三面ディスプレイが並ぶ机で小太りの背中を丸めているその肩を叩いた。

「貫井君、こちら新しく赴任した鴨下俊輔警部補」

青年はどんよりとした目を黒縁眼鏡《めがね》から覗《のぞ》かせながら、

「あ、はい。貫井です」

と座ったままで言った。

机の上には少女のフィギュアがいくつも並べられている。絵にかいて額縁に入れたようなオタク。そんな印象を受けた。

「鴨下です。よろしくお願いします」

というこちらの返事を聞かないうちに、くるりと背を向けて、またディスプレイに向き直った。

「で、こちらは吉住《よしずみ》かなえ。うちではさっきの二宮と並ぶアスリート系刑事です」

貫井の隣の席には、ショートカットの女が机の上で手を動かしてなにか作業していたが、この紹介のしかたに当人は、

「ふん、ジョーコーみたいな空手バカ一代と一緒にしないでくださいよ」

と鼻で笑った。体つきからして陸上をやっていたのかなと思って、あらためて吉住を見ると、彼女は机の上でバラしたリボルバーの弾倉にウエスを突っ込んで掃除していた。

「ところで、警部補、今年はもう撃ちましたか」

篠田係長が尋ねたのが、射撃訓練のことだとわかるまで一瞬の間が必要だった。日本の

警官は年に一回の射撃訓練が義務づけられている。

「え、あ、まだです」

「それはよかった。じゃあ三十発ほど、吉住選手に分けてあげてください」

分ける？　銃弾は高価なので、ひとりの警官が撃てる弾数《たまかず》は決められている。しかし、その割り当てをほかに譲るなんて話は聞いたことがないぞ、と驚いていると吉住は、

「あ、ぜひお願いします。こんなんなんぼあってもいいですからねー」

と関西の漫才師の真似《まね》をして、屈託ない笑顔を見せた。

「吉住君はすごいんですよ。コロラド州で開かれた日米合同、しかも軍や自衛隊も交えての大会で入賞してるんだから」

確かにすごい。とは思うものの、日本の刑事が捜査活動中に銃を抜かなければならない場面などほとんどない。そこまで射撃に熱心なのは、かえって不気味だ。

「で、お次はこの人です。草壁《くさかべ》さん」

と篠田が初老の男を紹介してくれたのだが、当人は机に突っ伏して眠っている。

「泣き落としの事情聴取にかけてはこの人の右に出るものはいません。草壁さん、草壁さん。……しょうがないなあ、深酒はよしなさいってあれほど言ったのに」

篠田は、この係でいちばん年を食っていそうな男を見下ろしていたが、起こそうともせずに、「で、ここが警部補の机になります」とその隣を示した。昼間から居眠りしている年寄りの隣なんてあまりいい気分ではない、と思っていると、

「さて、そしてこちらが、これから鴨下警部補の相棒になる、花比良真理《しんり》捜査官の机です」

と紹介されたその机に目をやった鴨下はぎょっとした。

ピンク。とにかくやたらとピンクなのである。デスクマットがピンク、その上に載っている小さな置時計がピンク、その横にはピンクの熊のぬいぐるみが並び、さらにその横にピンクのペン立てがあり、そこにツッコまれている筆記具もピンク系統で固められている。

なぜこんなにピンクなんだ……？


「で、どんなやつなの、その新入りは？」

車の窓から皇居のお堀を眺めながら、真理が訊いた。

「うーん、俺もさっき挨拶しただけだからよくわからないけど」

ステアリングに手を載せて二宮が答える。

「〝ドンちゃん〟なの？」

二宮は笑って、

「この世には二種類の刑事《でか》がいる。ドンな刑事《でか》とビンな刑事《でか》だ」

と真理の専売特許のフレーズを口にした。

〝この世には二種類の刑事《でか》がいる〟で始まる二分法は、特命捜査係で一時流行《いっときはや》った惹句《キャッチフレーズ》である。これは『続・夕陽のガンマン』というマカロニウエスタンが元ネタで、

この映画では、

「世の中には二種類の人間がいる。首にロープをかけられる奴と、ロープを切る奴だ」

とか、

「ドアから入る奴と、窓から入る奴だ」

とか、

「弾の入った銃を持つ奴と、穴を掘る奴だ」

などという、わかったようなわからないような台詞《せりふ》が語られる。もっとも、このネタを係に持ち込んだ吉住かなえはこの映画を観ていない。映画コラムニストのエッセイで紹介されていたのを読んで気に入り、

「この世には二種類の刑事《でか》がいる。銃を抜く刑事《でか》と腰にぶらさげたままの刑事《でか》だ」

と言って面白がっていた。

けれど、三度も発砲し、威嚇《いかく》ではなく被弾させている吉住が口にしたから、周りの者はぞっとした。ただ、二宮だけは喜んで、

「この世には二種類の刑事《でか》がいる。取調室で殴る刑事《でか》とカツ丼を取ってやる刑事《でか》だ」

などとやりだした。のらくらと言い逃れをする被疑者の顔面に正拳を叩き込んで始末書を量産した二宮が口にしたことで、ユーモアの影はいっそうダークなものになった。

すると、すこしばかり穏やかなものにしようという意図があったのかどうかはわからないが、草壁が、

「この世には二種類の刑事《でか》がいる。東京生まれとそうでない刑事《でか》だ」

と言ったり、篠田が、

「この世には二種類の刑事《でか》がいる。優秀な刑事《でか》と、優秀だと信じたい刑事《でか》だ」

などと言い出した。そんな時、「真理《しんり》ちゃんもぜひ」と二宮に促がされて彼女が口にしたのが、

「この世には二種類の刑事《でか》がいる。ドンな刑事《でか》とビンな刑事《でか》だ」

である。みんなはドンとビンの意味を知りたがったが、真理《しんり》は詳しいことを話さなかった。

「ドンかビンかはわからないけど、まあしかし、あんまり友達になれるようなタイプじゃないんじゃないの」

日比谷《ひびや》通りの交差点の赤信号で停まっているとき、二宮が言った。

「その新しく来た人？」

「ああ」

「どうしてそう思う？」

「東大出のキャリアってのはずるいんだよ。俺は嫌いだな」

「そうかな」

「警察大学校首席卒業ってのも気に入らない」

「どうして」

「そんなのにろくな奴はいない」

「だけど、ろくでもない奴の溜《た》まり場《ば》が特命捜査係なんでしょ」

「え、ちがうよ。ひどいこと言うなあ」

「だって、ジョーコーは暴力沙汰でうちにトバされてきたわけだし」

「だけど、なめてかかると容赦しないぞってわからせるのは必要だろ。それに相手の暴力を封じ込めるためにやったことも……」

「かなえちゃんだって、似たような理由でうちに回されたって聞いたよ」

「まああいつはしかたがないよ。逃げる犯人を街中《まちなか》で撃ったんだから」

「本人は、ちゃんと足に命中させたのにって不満そうだったけど」

「なに言ってんだ。なんとか刑事部に残れただけでも御の字だ。地面に撥《は》ねた弾が通行人にでも当たってみろ、大問題になってたぜ」

「そんなへまはするはずないのにってぶんむくれてたよ。それに貫井なんか元はれっきとした犯罪者だし」

「いやあ、俺たちがからかって言うぶんにはいいけど、真理《しんり》ちゃんにそんなこと言われると傷つくぜ。貫《ぬく》っちは真理《しんり》ちゃんのことが好きなんだから」

「で、その新入りはなんで私とニコイチになったの」

「それはこっちが聞きたいよ。俺もさっき言われて衝撃受けたんだから」

「そっか」

「なにも、黄金コンビを解消しなくてもいいじゃないか」

「黄金コンビ？　それジョーコーと私のこと？」

「もちろん。ただ、徳永部長の判断だって言われたら、さすがに逆らえないからさ」

「え、部長の？」

「らしいよ。だから係長にも言われたよ、黄金のコンビ解消は心苦しいけれど」

「嘘《うそ》だ。そんなこと言ってないよ」

「……言葉には出してないけど。目で訴えてた」

「まあ、いいか。そうか部長命令なんだ」

「そう。だから俺も諦《あきら》めるしかなかった。今日の俺があるのは真理《しんり》ちゃんのおかげだから。そうだ、これを機会に頼みがあるんだけど」

「なに」

「真理《しんり》ちゃんの宿題、だんだん難しくなってきて、俺の手に負えなくなってきてるんだよね、だからさ、これからはその東大出のお兄さんに頼んでよ」

「ジョーコーだって大学出てるじゃない」

「俺が出たのは体育大だから。神聖ローマ帝国って、どこが神聖なんだ、第一ローマでもないぞ、なんて怒られても困っちゃうんだよ。——おっと、お疲れ様、つきましたよ」

「女子高生⁉」

鴨下俊輔は開いた口がふさがらなかった。

「花比良捜査官は女子高生なんですか」

もういちど念を押すように訊くと、篠田は困ったような笑いを浮かべた。

「信じられない」

「まあ、そうかもしれませんね」

「いいんですか、女子高生を捜査に参加させたりなんかして。いや、いいわけがない」

思わず口調が激しくなった。吉住かなえはこちらをチラチラ見つつ、掃除したリボルバーを組み立てにかかっている。

「まあ、そのへんはぎりぎりセーフって解釈なんでしょう」

「解釈ってのは誰の？」

「部長です。徳永部長。徳永部長が花比良捜査官を離したがらないんですよ。——あれ、ちょっとどちらへ？」

「部長に談判してきます」

「待ってください。まあ落ち着いて」

「落ち着いていられません。一課ってのは殺人などの凶悪犯罪を扱うところです。そんな捜査に女子高生を加えるなんて言語道断じゃないですか」

「まあそのへんはね、慣れてるんですよ」

「慣れてる？　どういう意味ですか」

「もうベテランですから」

「ベテラン……？　あ、なんだ。ということは、いちど警察を辞めて高校に入り直している方なんですか」

「いやまだ十七歳です」

「十七歳でベテラン……？」

「ええ。ＰＫＯ育ちなので」

「ＰＫＯって国連平和維持活動……」

「じゃなくて、うちの、ほら、徳永部長肝いりの」

「ああ、あのポリス・キッズですか」

ＰＫＯは正式名をポリス・キッズ・オーガニゼイション、日本語では警視庁子ども機構といかめしくなるので、英語の頭文字を取ってＰＫＯと呼ばれることが多い。

「女性の人材活用が遅々として進んでいない」と批判されてきた警視庁の機構改革の一環として、徳永小百合が総務部在籍時に提案し、刑事部に異動したタイミングでスタートしたこの組織は、警視庁に勤務する女性が安心して子育てをしつつ働けるようにするために設けられた、早い話が、警視庁内の託児所だ。

「ということは、母上が警察にお勤めなんですか」

「いや、彼女が生まれてすぐに亡くなってね、父親が面倒見なきゃならなくなったんだけど、なにせ刑事って稼業は激務でしょう。三日や四日家に帰れないなんてこともありますからね。父子家庭じゃなかなか育てられないってことで、発足したばかりのPKOに預けることにしたんですよ。かわいかったなあ、こーんな小さな時はねー」

篠田は腰のあたりに手を浮かせ、子どもの頭を撫《な》でる仕草をした。

「でも、PKOの目的は、そこで育った子を刑事にするためのものではありませんよ」

鴨下が問い質《ただ》すと、篠田は困ったような顔つきになった。

「ですから、ほかの人には真似できない特別な能力があったのでこういうことになっちゃったんですよ」

「特別な能力、ひょっとして、見当たり捜査ですか」

これは、指名手配の被疑者などの顔写真や外見的特徴を覚えておき、繁華街や駅など、人の行き来の激しいところに立って、雑踏の中から対象者を見つけ出す捜査だ。訓練によってもある程度向上することはできるが、持って生まれた才能があるとしか思えないほどこれを得意としている捜査員がいる。

「まあ見当たり捜査なら、警視庁内でカバーできるから、わざわざ小学生を捜査に参加させる必要はなかったんだけど」

えっ！　鴨下は思わず叫んでいた。

「ちょ、ちょっと待ってください。花比良さんはいつから特別捜査官を……」

「だからベテランだって言ったんですよ。幼稚園、いや、荒川《あらかわ》のあの事件から数えたら、二歳からか……。それからずっと、荒っぽい刑事らに可愛がられて育ったから、普通の子とはちがいますよね、そりゃあ」

言葉を失っている鴨下の耳に、少女の細く高い澄んだ声が聞こえてきた。

　足立《あだち》区生まれ
　警視庁育ち
　ヤバそうな刑事《でか》なら
　だいたい知り合い

ヒップホップのラップだった。声のほうに視線を向けると、大男の二宮譲行を従え（二宮は家来のようにイェイ、エイなどと合の手を入れている）、刑事部第一課のフロアを横切りながら、可憐《かれん》な少女がひとり、特命捜査係のエリアに近づいてきて、鴨下の前で、薄《うす》墨色《ずみいろ》のプリーツスカートから伸びた白く細い足を止めた。

2　この世には二種類の刑事《でか》がいる

鴨下俊輔を見た花比良真理《しんり》が最初に抱いた印象は、

「いい顔してるじゃない」

であった。男の相貌《そうぼう》というのは、十代の彼女にとっては重要項目である。目の前の若い刑事は、どちらがヤクザだかわからないオッサンだらけの刑事部屋にあって、ステージで歌ったり踊ったりしてもおかしくないレベルの刑事《でか》離れした容姿の持ち主に思えた。だから、すぐに、

「やっぱり来てよかった」

という感想が付け加わった。

「花比良真理です。真ん中の真に、理科の理、普通は真理《まり》と読むところなんだけど、真理《しんり》なので、そこんとこよろしく。イエイ」

しかし、白くて華奢な手を差し出された鴨下俊輔は、

「これはヤバい」

とおののいた。目の前に現れたのは、襟元から紅いリボンを白いブラウスの胸元に垂ら

し、グレーのツーピースを着た、まがうことなき女子高生だった。冗談ではなかった、と覚《さと》ったとき、その衝撃はあまりに大きかった。さらに、警視庁という厳格な職場で、同僚から自己紹介とともに（しかも「イエイ」なんて間投詞つきで）、握手を求められるなんて、悪い冗談としか思えなかった。

鴨下は、差し出された手を握り返せず、その場に突っ立っていた。その時——、

「すみません、ちょっといいですか」

と声をかけたやさしげな丸顔と頰骨が高く眼光鋭い角顔、マイルドとストロングの男ふたり組が、この場に割り込んで来た。

だから、握り返されるのを待って宙に浮いていた真理《しんり》の手は、空《むな》しく下ろされるしかなかった。

「ひょっとしたら、一課から相談することがあるかも、ってことらしいです」

丸顔がそう言って、篠田に紙ファイルを差し出した。それを受け取ると篠田はだらしなくネクタイを緩めた陰気な角顔に向かって、

「例の行方不明の若い女の件ですか」

と確認した。どうやら丸顔は特命捜査係の、角張ったほうは一課の刑事のようだ。

「そうだ。ただ、そっちに任せると決まったわけじゃないからな」

そのあとで、一課の角顔は、篠田の耳に口を寄せてひそひそとなにかつぶやいた。篠田はええ、ええ、と言いながらうなずいていたが、わかりましたと承知したあと、思い出し

たように、

「あ、田所《たどころ》さん、こちら明日からうちの係に配属になる……」

と鴨下を手で指し示した。

「鴨下俊輔です。どうぞよろしく」

紹介された当人も頭を下げた。

「警部補です」

と篠田が注釈を添えた。一課の田所は含み笑いを口元に浮かべながら、

「キャリアさんにしてはまた風変わりな所においでなすったね。まあ、頑張ってください。そう気を落とすこともないでしょうよ」

と妙に芝居がかった、そしてどことなくぞんざいな言葉を置き去りにして踵《きびす》を返し、そのくせ横にいた真理には丁寧に頭を下げ、

「じゃあ捜査官、どうぞよろしくお願いいたします」

と言って立ち去った。しかし、真理は仏頂面のままぶすっと突っ立っている。

「こら。ああ言って田所さんが頼んでいるんだから、返事ぐらいしなきゃ」

丸顔の刑事はたしなめるように言ったが、真理は返事をしない。自分の席に行くと、そこに座ってピンク色の熊とにらめっこをはじめた。

「いや、まあすみません、年頃なもので」

優しげな丸顔はこんどは鴨下に向かって言った。

「よろしくお願いします、花比良です」

「花比良？　え、花比良、あの、まさか同姓ってことは？」

「はい、真理《しんり》の父親で私は洋平《ようへい》と申します。行き届かないところもあるかと思いますが、どうかひとつ」

そう言い終わらないうちに、背中を向けたまま真理が、

「余計なことは言わんでよろしい！」

と大人社会で覚えたにちがいない叱責《しっせき》を加えてきた。

「すいません」

肩をすくめて父親はもういちど小声で言った。


一課から渡されたファイルの中身はすぐにコピーされ、係の全員に配られた。

ただし、真理だけは首を振って、

「気分悪くなりそうだからいい。あとで要点だけ教えて」

と言って、受け取らなかった。

警部補の着任は明日付けですが、どうしましょう、お渡ししてもいいですか、と篠田が訊いてきた。相棒が女子高生というショックはまだ尾を引いていたが、もちろんと言って受け取り、自分の席に腰かけて、目を通すことにした。

隣の席の真理は、ぶすっとした顔をピンクの熊に向けている。気にはなったものの、ど

うなだめていいかわからなかったし、なだめるべきなのかどうかも疑問だったので、とりあえず資料に没頭することにした。

三十分後、篠田が招集をかけた。

机に突っ伏したままだった草壁も、

「ほらほら第三で会議ですよ、行きましょう」

と吉住に肩をゆすられ起こされた。

「それから、こちら明日付けでうちに来ることになった鴨下俊輔警部補です」

ついでのように吉住は、目をこすりながら起きてきた草壁に鴨下を紹介した。

「よろしくお願いします」

「ああ、鴨下君か。うん、うん、よろしく。ところで、あんた故郷《くに》はどこだ」

寝ぼけ眼《まなこ》を向けて草壁が訊いた。

「クニ？　東京ですけど」

「なんだ東京か。ちっ、つまらんな、くそっ」

急に不機嫌を露《あらわ》にして、吐き捨てるように言われたので、鴨下は驚いた。周囲の者はこちらをうかがいニヤニヤしている。わけがわからない。

「すでに資料に目を通してもらっているので、細かいことは端折《はしょ》りますが」

円形テーブルを囲んだ七名を見回しながら、篠田係長が話しはじめた。その内容はかいつまんで言うと、次のようになる。

霧島もえ、二十七歳が行方不明になった、と彼女の勤務先である居酒屋チェーン『呑んでけ』三鷹《みたか》駅前店店長から三鷹署に届け出があった。

まず、彼女が三日連続して無断欠勤しているのを心配し、スマホにかけたところ、不通となっていた。五日後に店長が部屋を訪れてインターフォンを鳴らしたが、応答はなかった。そして、人がいる気配がまるで感じられなかったので心配になって、警察に届けたとのことだった。

昨今の若者にありがちな、仕事が嫌になってのサボタージュだと考えなかったのは、彼女の日頃の勤務態度が真面目《まじめ》だったからだという。

ただ、バイト先の同僚らに軽く事情聴取したところによると、不満はいろいろ漏らしていたようである。

「居酒屋のバイトはもう嫌」

と言っていたそうだ。

「このままじゃ東京が嫌いになりそう」

ともこぼしていたという。

「かといって、田舎《いなか》に帰るのは負けたようで癪《しゃく》に障る」

なんてことも、バイト仲間で特に親しい友人である藤木《ふじき》真梨香《まりか》には打ち明けていた。

しかし、どれも、夢を実現させようと地方から東京に出てきた若者にありがちな話である。

ただ、霧島もえの Twitter アカウント @kirakira_shitai の投稿には、

「生きていてもしかたない」

「なんのために生きてるのか考えちゃうな」

という、すこし深刻なものもあった。さらに、@AAA という匿名のアカウントから、

「その気持ちわかります」

「よければ相談に乗りますよ」

というリプライをもらっていることも気がかりだった。

無断欠勤が続き、店長が警察に届け、警察が山形にいる母親（母子家庭であった）の許諾を取った上で、マンションを管理している不動産屋に部屋のドアを開けさせた。部屋には荒らされた形跡はなかった。ただ、シンクにひとり分の皿と茶碗《ちゃわん》と箸《はし》が置かれているのを見ると、長く部屋を空けるつもりはなかったのでは、と疑われた。というのは、霧島もえが流しに洗い物を溜めることはない、と母親が強く主張したからである。

とはいえ、この程度のことでは、事件に巻き込まれた可能性が高い、とまでは言えない。真面目な勤め人が、ある日突然、身勝手な行動に出ることはある。そちらの可能性のほうが高いと署は読んでいた。

居酒屋の店長や同僚からだけでなく、高校時代の友人らが連絡しても応答がないことについては気にはなったが、母親がヒステリックになっていなかったので、もう少し様子を

見ましょうと、署は事件として扱うことを保留にした。

けれども、その後も霧島もえとの連絡は途絶えたままだった。

そして昨日、突如としてTwitter上に、霧島もえが現れた(正確には彼女のアカウント@kirakira_shitaiが投稿した)。

カメラを真上に向けて撮られた雲ひとつない青い空の写真に、

「これで見おさめ?」

とコメントが添えてあった。

そして、その五分後にまた投稿があった。

「さよなら、世界」

この投稿を見た店長や友人たちが話し合い、やはり警察に連絡したほうがいいということになり、店長がまた電話を入れた。通報を受けた三鷹署は迷った。微妙な線だと思ったのである。

ふたつの投稿を重く捉えれば、霧島もえは自殺しようとしている、もしくはしようかどうか迷っている、と想像できる。しかし、警察としては、いままさにビルの上から飛び降りようとしているのなら駆けつけざるを得ないけれど、周囲からの連絡を断ち切って、青空をひとり見上げて、死にたいような死にたくないような、そんな気持ちを持てあましている若い女にかかわっている暇は、現実問題として、ない。

しかし万が一のことを考えて、三鷹署は本庁にこの件をあげて指示を仰いだ。意外なことに本庁は動いた。それは昨年、神奈川県在住の男がTwitterで「死にたい」とつぶやいている女に手当たり次第に声をかけ、出会うところまでこぎつけた後、マンションに連れ込んで次々と殺害していた事件が発覚し、大問題になったからである。

というわけで、霧島もえの失踪は本庁では刑事部が受け持つことになり、現在、彼女が契約している携帯電話の会社にこれらふたつの投稿がされた位置情報を提供して欲しいとかけあっている最中なのだ。

篠田の説明が終わると、まず二宮が口を切った。

「この情報をうちに共有させるってことは、一課は事件に発展しそうな匂いを嗅《か》ぎつけてるってことですかね」

「いや、うちにこれを回したのは田所主任の独断らしい」

と篠田が注釈すると、ニコニコ笑いながら洋平（つまり真理《しんり》のパパ）が補足した。

「まあ、独断ということにして、いちおう課長の耳にも入れていると思います」

「じゃあ、とにかくスタンバイしておけってことですか」

「まあ、そういうことだ」

篠田がうなずくと、なんの脈絡もなく草壁が、

「その娘、山形の出なのか。そうか、山形と言えば、なんだ——」

と言いかけたのを、

「——ってことはまだ手を出すなってことですよね」

と吉住かなえが割り込んだ。

「そうだな。まだ動かないでいい。基本的な流れだけ頭に入れといてくれ」

「動くもなにも、これだけだと動きようがないでしょう」

と二宮がこぼすと、さきほど機嫌を損ね、そしていぜん不機嫌であった真理《しんり》が、つまらなそうに言った。

「いや、貫ちゃんはもう動いたほうがいいよ」

そして、真理は篠田を見て、

「だよね」

とつけ加えた。係長の顔にしまりのない笑みが広がる。

「まあ、できればそうしてくれないかと仄《ほの》めかされてはいるんだけど」

「どこからですか」

と尋ねたのは鴨下だった。しかし、誰からも返事がないまま、ふたたび真理が口を開いた。

「これはたぶんうちの案件になるよ。一課は、事件としての決め手に欠けるので、できれば手をつけたくない、と思ってるはず。ただ、万が一のことがあったら、『なんで放置したんだ』と責任を問われるのは怖い。神奈川の事件の教訓を生かせなかったってことで、おっきなバッテンがつくのはまちがいない。だから、動いてくれと暗に言ってきてるわけでしょ。事件じゃなかった場合は、うちに骨折り損のくたびれ儲《もう》けを押しつける。事件だった場合は、失敗すればうちの責任、上手《うま》くいったら、一課にも売り上げを渡せってことなんじゃないの？」

同席した者たちとの年齢の差を考えれば、生意気だとたしなめられてもしかたのない態度である。しかし、部屋にいた者はみな、真理が訳知り顔で語るのに聞き入っている。苦笑する篠田の顔には、図星でございますと書いてあるかのようだ。さらに、

「ちっ、うちは一課の下請けじゃないぞ」

とふてくされた二宮にむかって、

「駄目だぞジョーコー、あんまり一課と敵対するような態度はうちにとっても得じゃないんだから」

などと注意して、さらに隣に座っていた貫井には、

「やってあげなよ」

とこれはもうほとんど指示のようなひとことをかけた。黒縁眼鏡のオタク君はどぎまぎしながら、ああ、でも……、とモゴモゴ態度を決めかねている。

「スマホの位置情報ぐらい抜くのは簡単でしょ」

「だけど、ここのネットワークに侵入したのは半年前だから、ひょっとしたらセキュリティホールが埋められてるかもしれないし、トラップが仕掛けられているかもしれないんで、身元バレが……」

「その時は、天下の警視庁が守ってくれるよ。昔とちがって自分の趣味でやってるんじゃ

ないんだもん」

「……そういうことは会議の席上で言わないでくださいよ」

鴨下俊輔は驚いた。どうやら貫井は、もともとは利己的な目的のために違法なハッキング行為をしていたらしい。

「ちょっと待ってください」

鴨下俊輔はたまらず声を上げた。

「つまりなんでしょうか、通信会社からの情報提示を待たずに、ハッキングして位置情報を取得しようとしてるんですか。しかも、過去にもやっている。そういうことですよね」

「ダサ。わかってるなら、そんなこといちいち言わなくたっていいのに」

真理《しんり》がそう言ったので、鴨下は自分の悪い予感が的中していたことを知った。

「いや、野暮でも確認させてください。通信会社から、通信機器の位置情報を提供してもらうには、裁判所の令状が必要です」

説教を聞かされた不良娘みたいに真理が笑った。鴨下はかまわず続けた。

「配布された資料によれば、いちど裁判所はこの申請を却下しています。ならば、やはり必要ですと説得するに足る書類を揃えて、再提出するべきでしょう」

一同は黙った。その無言の語るところは、

「お説ごもっとも、ぐうの音も出ません」

ではなく、

「なにもわからない新入りがつまらないこと言い出したぞ」

という類《たぐ》いのものだった。

ああ、こういう沈黙は署でも味わったな、と鴨下は苦い思いを噛《か》みしめ、正論を述べて相手を白けさせたいくつかのシーンを思い出した。

「いや、まあ、そうなんですがね」

ようやく篠田が口を開いた。

「ただ、タイミングが悪くて、わりと気前よく令状を出してくれるいつもの判事さんが入院してましてねえ、代理の先生がものわかりが悪いというか、一課の田所に言わせれば、面倒くさがり屋、野暮天、腰抜け、まあいろいろ言ってましたが」

「いや、その判事は信念でそうされているのかもしれませんよ」

鴨下がそう口を挟むと、隣に座っていた二宮が真理のほうに目配せして、

「だろ」

と言った。

この「だろ」は、やっぱり「東大出のキャリアは……」と真理に呼びかけ、「だよね」という返しを求めたものだということは、わかっていた。けれど、真理は二宮のこのコールにレスポンスしなかった。

確かに、この新入りは、握手もしてくれないわ、ろくでもないことを言うわで、最悪の第一印象（正確に言えば第一印象は「いい顔している」であるが）を真理に与えた。東大

出のくせに頭は空っぽなのか、叩くと狸《たぬき》のお腹のようにポンポコ鳴るのか、と言いたいくらいで、失望は、顔が好みなぶんだけ、大きかった。

しかし、最低のドンちゃんだ、とがっかりしつつも、ちょっと待てよ、と思う気持ちもないではない。そのためらいは顔貌《かおかたち》の魅力によって引き起こされたものなのか、それともまだ見ぬ一面が彼にあるからなのか、真理《しんり》はまだ見定められずにいた。

「いや、ただ、我々にとっては、困った判事ということに……」

「だとしても、係長が仰ったのは我々から見た現実に過ぎません。とにかく、そういうハッキングは違法です！」

鴨下がピシャリと言って、座はまたしんとした。ああドンちゃんだ、と落胆した真理は、思わずつぶやいた。

「ニーチェ・マスキチはどうしてる？」

鴨下が顔を上げ、

「ニーチェ？」

と訊いたけれど、真理はそっぽを向いた。

会議が終わった後、真理は貫井を呼び止め、

「やっといたほうがいいかもよ」

と言った。けれど貫井は、黒縁眼鏡ごしに不安そうなまなざしを向けた。

「大丈夫だよ。いざとなったら私が身体《からだ》張って守ってあげるから」

貫井は顔を上げ、

「本当？」

「本当だよ。こら、じろじろ見るな。位置情報はジョーコーに渡しておけばいいから」

「……わかった」

「それからさ、あの新入りのプロフィール、私のほうに送ってくれるかな」

「人事のファイルを抜いとけばいい？」

「とりあえず」

リクエストしたものはすぐに送られてきた。タブレットでファイルを開いて目を走らせた後、となりに座る鴨下俊輔の横顔とを見比べた。うちの学校で教壇に立てば、すぐに人気が出る顔だ、たとえ周りが騒がなくても私は推す、と思った。要するに好みである。しかし、困ったことに、どうやらこいつはドンちゃんらしいのだ。

真理はすべての人間を〝ビンちゃん〟と〝ドンちゃん〟に分けていた。〝ビンちゃん〟には○が、〝ドンちゃん〟には×がつけられる。

〝ビンちゃん〟とは「敏感な人」を意味する。他人の喜びや痛みを自分のもののように感じられる人間、共感能力が高い人のことだ。この反対が、他人が苦しんでいても「知らんがな」とすましていられる鈍感野郎で、真理は彼らを〝ドンちゃん〟と呼んでいた。

自分はもろに〝ビン〟で、ビンはなんて不幸なのかしら、と真理は常々憂《うれ》えている。ときどき、出会い頭にむごたらしい事件のニュースに接すると、被害者に気持ちがシンクロしてしまい、荒波に飲まれたようになり、動悸《どうき》がしたり胸が張り裂けそうになったりする。けれど、不思議なことに、遠い外国のことになると、その悲劇がとてつもなく大きなものでも、食らうダメージは小さくなる。テレビのCMで、泥水を飲むしかない幼い子どもに支援を呼びかけられたりすればつい寄付してしまうのだけれど（特別捜査官として稼いでいるので、真理《しんり》には自由にできるお金が、お金持ちの同級生よりも多いくらいだった）、中東の内戦で瓦礫《がれき》の山となった町並みを見せられても、うわあ大変だ、と同情はするけれど、身を切り裂かれるような痛みは感じなくてすむ。

自分との共通点が薄まれば薄まるほど、悲劇との距離が遠く離れれば離れるほど、押し寄せてくる波は低く、緩やかなものとなることに気づいた真理は、ほっとすると同時に、哀《かな》しくもなった。

ただ、ビンは例外的な存在であり、この世のたいていはドンだ。二宮も吉住も篠田も草壁も父も例外ではない。真理はドンをことさら憎んでいるわけではなかったし、ドンでなきゃやってられないってこともわかっていた。ドンでもかまわない。けれど、この新入りのドンぶりはいただけないよ、と思いながら横顔を盗み見ていたら、視線に気づいたのか向こうが急にこっちを見た。あわてて人事のファイルに視線を戻し、そしてすぐにそれを閉じた。

一方、隣の鴨下は、あてがわれたPCで特命捜査係についての資料を読んで驚いていた。

係の名前を聞いたときの周囲の反応や実際に接した捜査員の印象からして、お荷物的存在ではと疑っていたが、実績は大したものだった。

ぱっと目につくだけでも、丸島デパート爆破予告事件で被疑者の身柄を拘束、高島平一家《たかしまだいら》殺害事件で被疑者の身柄を拘束、栃木の刑務所を脱走し、全国を逃げ回っていた受刑者本庄《ほんじょう》かなを宮崎県でその身柄を確保、西新スーパーに毒入りチョコを置いた被疑者の身柄を拘束、——などの華々しい実績があった。これらの売り上げは一課にも立てているようだが、調書を読むかぎり、実際に現場で被疑者や脱走した受刑者を取り押さえているのは二宮であったり、吉住であったり、篠田や花比良（父のほう）であった。

と同時に、不始末も多い。その多くは二宮がしでかした暴力沙汰だ。身柄拘束に向かった際に、被疑者に抵抗されて蹴り倒したというのはまだましなほうで、取調室で暴力をふるっているのは看過できないと思った。こんなことがまかり通っていいはずはない、と鴨下は怒りさえ覚えた。

また、暴力団が経営するぼったくりバーに監禁された財務官僚を救出した際には、吉住もやらかしている。まず二宮が大暴れし、その傍若無人なふるまいに、別の組の出入りだと勘違いしたひとりが、こんちくしょうと拳銃を抜いた。瞬時に吉住が反応して抜銃。泡を食った先方が先に一発ぶっ放した。吉住は相手の大腿部《だいたいぶ》に一発撃ち込んだ。実はこの事件はニュース番組でも報道されたので、学生時代に、鴨下も聞いたことがあった。また警察庁入庁後にも、警察大学校の授業でケーススタディとして取り上げられ、

「このケースは先方が先に撃っているのでなんとか不問に付すことができたが、そもそも抜銃しなければ相手が撃つこともなかったと考えられる」

と教官がコメントをつけくわえた（鴨下もこの教官に賛同した）あの事件であった。

「いったいここはどういう部署なんだ」

思わずつぶやいて首をひねる鴨下を、また真理《しんり》がちらちらと横目で見ていた。


二日程ほとんど寝ていないので、夕方になるとさすがに眠気を感じてきた。それに今日は彼女とスペイン料理を一緒に食べようと約束もしていた。

「もし、なにもないようでしたら今日はこれで」

鴨下は、篠田のデスクの横に立って暇乞《いとまご》いをした。

「明日からの着任なのに、こんな時間までお引き留めしてすいません」

新しい上司にはかえって恐縮された。自分のデスクに鞄を取りに戻る時、フロアの窓際に集まった二宮と吉住と貫井がひそひそやっているのが、視界に入った。気にはなったものの今日のところは引き上げようと、席に戻って隣を見ると、真理はYouTubeでヒップホップの動画を見ている。

「これであがります」

と、いちおう声をかけた。

「そうだね、そのほうが」

ディスプレイを見つめたまま真理は不思議な挨拶を返した。

「今日は寝たほうがいいのでは」

うん？　寝不足だなんて誰にも言ってないぞ、と妙な気分になったものの、曖昧にうなずいて鴨下は戸口に向かった。机を離れるとすぐに二宮がやってきて、鴨下の席に遠慮なく座り、真理のほうに身を乗り出してなにか話し始めた。ディスプレイを見つめたまま、真理はうんうんとうなずいている。なんの話だ、と引き返して問い質すわけにもいかず、そのまま部屋を出た。

廊下を歩いていると、パタパタと追いかけてくる足音があった。

「警部補、今日はもうお帰りですか」

追いついて横を歩きだしたのは、花比良洋平、つまり真理の父だった。先程読んでいた資料では階級は巡査部長で（これは警部補のひとつ下になる）、職位は確か主任だった。

「ええ、今日はすこし仮眠してから人に会う予定です。なにか？」

「いえ、私ももう今日は帰るところです。さっき係長に聞いたんですが、警部補は中野《なかの》ですよね」

「ええ、そうですが」

「私もそっち方面なんですよ。今日は車で来ているので、よかったら乗っていってください」

「え、車通勤なんですか」

「あ、いや、今日は娘の試験の最終日だったんですが、すこし寝坊して私が車で学校まで送っていったんです。そのあとで車を置きに自宅まで戻るとこんどは私が間に合わなくなるので、そのまま乗ってきました。よかったらどうぞ。ご自宅の前で落としますよ」

むしろ、電車に乗ったほうが早いくらいだったが、主任、というか真理の父には聞きたいことがあったので、乗せてもらうことにした。

「いや、まさかうちに東大出の、しかも警察大学校首席の超エリートが来てくれるとは思わなかったなあ」

乗り込んだ時、シートベルトをしながら、花比良は言った。

「真理《しんり》さんはまだあがらないんですか」

鴨下は、さっそく気になっていたほうへ話を振った。

「二宮君とすこしあるみたいなんでね、まあそんなに遅くならないでしょう今日は。先に帰って夕飯作ってやったほうが機嫌もいいし」

「二宮さんとなにがあるんでしょう」

「相談じゃないですか」

「なぜ捜査について、二宮さんがお嬢さんに相談するんですか」

「どこか気が合うんでしょうねえ」

「気が合う？」

「まあ、あれやこれやと、ね」

ちっとも要領を得ないので、単刀直入に斬《き》り込むことにした。

「あの、お嬢さんは特命捜査係でなにをしているんですか」

ニコニコ笑っていた花比良は急に神妙な顔つきになった。

「……言いにくいんですが、うちの係はよその部署で放出されたものの溜まり場なんですよ、要するに問題を起こしたり、使い物にならないと判定されて放り出された者の吹きだまりです」

はあ、と鴨下は曖昧に同意した。まず、質問に対して答えがズレている。真理のことを聞いたのに、なぜ刑事たちの話をするのだろう。

そして、左遷《とば》されてきた彼らについても、殴ったり発砲したり昼間から寝てたりしているのだから、馘首《くび》になってもしかたがない。むしろ特命捜査係という受け皿を作ってそこに集めるというのは甘すぎる処置のような気がしてならない。

そういえば階級だって、篠田係長の警部補、花比良主任の巡査部長はノンキャリとしては普通だけれど、あとは最下層の巡査（もしくは巡査長）だ。本庁に机のある刑事としては異様に低い。しかし、それにしては実績はたいしたものなのだから、またわからなくなる。

「篠田さんは？　あの人もトバされてきたんですか」

「いやいや、係長はとばっちりです。優秀な人なんですがねえ、一課との調整役として回されて、ほんと気の毒です」

「では、主任は？」

「私ですか、……私も調整を任されてますが、早い話が真理《しんり》の監視役ですよ。暴れ出すと手がつけられないのでね、ははは」

暴れる？　女子高生が職場で？　しかもその職場ってのは警察だぞ。

「そのうちわかると思いますが」

動揺する鴨下の心中を見透かしたのか、とりなすように主任は言った。

「いや、ちょっと話の流れがわからないんですが……。特命捜査係は問題児の吹きだまりってことを仰りたいのですね」

「はいそうです」

「けれど、そのことと真理《しんり》さんの任務とはいったいどんな関係があるんですか」

「馬鹿とハサミは使いようってことです」

「え」

「それをうまく使うためには、真理が必要なんです」

「ちょ、ちょっと待ってください。けれど、それって、真理《しんり》さん……高校生の特別捜査官ありきで警察の人事が回っているってことじゃないですか」

「そんなバカな、と思いますか？」

「思います」

「でも、そうなんです。草壁さん、寝てたでしょ、今日」

「ええ」

「病気なんですよ」

「え」

「ナルコレプシー。まあそういうことになっているんです」

「そういうことになっているってのはどういう意味です？」

「一応診断書を提出しているんですが、実は真理がそうしろと言って自分のかかりつけの医者を紹介してやったんですよ。ま、偽造でしょうが……」

「偽造……、じゃあナルコレプシーじゃ」

「まあ、彼も色々あったんで」

「そ、それと、真理さんは通院してるんですか」

「ええ、ほとんどお薬をもらいに通ってるみたいなものですがね……」

「どこが悪いんです」

「とにかく、女子高生らしからぬ仕事をやらせてるので、それなりに負担がかかるんですよ」

「それはそうです。どうして辞めさせないんです、父親として」

「運命だって言うんでね、本人が」

「運命……」

「まあ、そこのところはあとでゆっくり話しますよ。それで草壁さんですが、病気なら馘《く》首《び》にはできないってことになり、真理《しんり》が自分が面倒見るので置いてやってくれと上に直訴《じきそ》したので、うちが引き取ることになったんですよ」

「……面倒見るって、真理《しんり》さんが？」

「そうなんですよ、草壁さんおまけにリウマチで。雨の日は足が痛くて歩けないから鑑取りは勘弁してくれなんて言って戦力としては半分以下なんですがね。そこは自分がカバーするからって真理が言って」

「え、真理さんが言えば、人事がそのように動くんですか」

「ある程度なら」

「さっき上に直訴したって仰ってましたが、上ってどこです？」

「徳永部長ですよ」

「えっ？」

「『じゃあ、真理《しんり》ちゃんお願いね』ってことになって……」

「そ、そんなことあり得るんですか」

「ええ、だから草壁さんは、しょっちゅう寝てるんですがね、真理にだけは足を向けて眠れないなって言ってます。あはは」

笑いごとじゃないよ、なんなんだこの係は！

「僕が東京出身だと言ったらとたんに不機嫌になりましたが」

「ああ、あれですか。草壁さんはね、聴取で落とす名人ってことになってるんです」

「へえ、それが得意なのは悪くないんじゃないですか。で、どうやって落とすんです」

「ふふふ。刑事ドラマでよくやってるあれですよ。コワモテと人情派がコンビを組んで、うちなら、まず二宮が机バンバン叩いて、まああいつの場合、叩くのは机だけじゃないんで困っちゃうんですが」

困ってないでやめさせろ、と鴨下は叫びたかった。

「まあそれはともかく、目一杯高圧的に出た後で、草壁さんがおもむろに煙草《タバコ》を差し出し、場合によってはカツ丼なんかを取ってやって、『どうだうまいか。いまごろお前の故郷《ふるさと》じゃあ、阿蘇山《あそさん》の麓《ふもと》にツツジの花が咲いてる頃だろうな』なんてしんみり語りかけ、ウルウルさせたあとで、『そう意地を張るなよ、もう吐いちまったらどうだ』って落とす。この作戦が大好きなんです。けれど、東京だと、『いまごろお前の故郷じゃ』ってやれないじゃないですか」

「……あの、それって実績あるんですか、つまりその作戦で落としたことはあるんですか」

「ないから困っちまうんですよ」

鴨下は呆《あき》れた。そもそも取調室で煙草なんか吸っちゃいけないし、カツ丼の出前を取るなんてのもドラマの中だけの話なのだ。

「それで、真理なんですがね」

と主任が改まった。いよいよ謎の女子高生の話が聞けると思い、

「ええ」

と鴨下も身構えた。

「信じてもらえないかも知れませんがね……」

そう言って主任が語り出したその内容は、まさしく耳を疑う驚愕《きようがく》のシロモノだった。

3　足立区生まれ 桜田門育ち

私もね東京なんですよ、練馬《ねりま》なんですが。だから草壁さんに会ったときには「あんた故郷《くに》はどこだ」と訊かれ、東京ですって言ったら、「なぜだ！」って怒鳴られましたよ。

ただ私は警部補とちがって、あまり威張れるような大学を出ておりません。おまけに私の学生時代は就職が大変厳しかった冬の時代で、なんとか安定した職業に就きたいというあまり褒《ほ》められない動機で、警視庁の採用試験を受けました。入ってみると、たいへんに激務なのでびっくりしましたが、真面目に勤めていれば食いっぱぐれはないし、キャリアじゃなくたって警部補までいけば、それなりにもらえますからね。ローンを組むときにだって、これほど信用される職業はめったにありません。

結婚は二十五の時でした。相手は学生時代からつきあっていた同級生。私は一浪していますから、就職してすぐ、交番勤めをやっていた時に結婚しました。同期の中では一番早く所帯を持った部類でしょうね。

幸江《ゆきえ》は北海道出身でした。私と同じ年に卒業して、デパートで働いていたのですが、身体《からだ》が弱かったこともあり、立ち仕事は無理だと言い出したので、二年後に辞めることになりました。本人が「もう無理」と言うのでしかたがなかったのですが、まだ安月給の身としてはもうちょっと続けて欲しかったというのが本音でした。少し身体を休めたら、近くのスーパーにパートに出てくれたらありがたいという気持ちもありました。ところが、幸江は狭い官舎で内職を始めたんです。

それは占いでした。

最初は、占いなんかでお金を取れるのかと疑いました。すこし世の中を舐《な》めているんじゃないかと苦々しく思ったことも事実です。しかし、そんな私の思いとはうらはらに、少しずつではありますが、近くに住む主婦を中心に、お客がつくようになっていったんです。最初は茶飲み話に来たついでに、菓子代のかわりにすこし包んで置いていってくれてるのだろうと思っていたのですが（幸江が求める額はささやかなものだったのです）、三年後には、どこでどう評判が立ったのか、繁盛していると言ってもおかしくないような状態になりました。驚いたことに、地方からわざわざ訪れる人も出はじめました。

いったいなにを占っているのだろう、と不思議でしたが、あえて立ち入りはしませんでした。占いの内容については訊かないでと言われていましたし（私はこれを占い師のモラル、つまり守秘義務だと解釈していました）、まだ駆け出しだった私は、先輩にいじめられ、職務をこなすのに必死で、妻の内職にまで注意を向ける余裕がありませんでした。ともあれ、幸江の占いは、大金とは言えないまでも、あればあったで大変助かるくらいの額を家計に足してくれたのでした。

それでも、だんだんと私は不思議に思い始めました。なぜ、幸江に占ってもらうために人はこんなむさ苦しい我が家にやって来るのだろう、と。

私がイメージする占いというのは、占い師はそれっぽい恰好《かっこう》をして座り、道具だって、束にした竹の棒だの、水晶だの、とこれまたそれらしい雰囲気を醸《かも》しだすもろもろを整えて、暗い街の通りに小さな机を出して客を待つ。すると、そこを通りかかった人が、このようなスピリチュアルな雰囲気にほだされ、ちょっとした興味も手伝って、手相や自分の星の運勢を見てもらったりする、——とまあそんなものでした。だのに、幸江は狭い官舎の四畳半にちゃぶ台を置いてやっていました。霊的な雰囲気などみじんもないのです。

来客が途切れない理由としてまず考えられるのは、占いが当たる・当たらないは二の次で、幸江がお客を心地よくもてなしているから、というものです。つまり、占いは方便にすぎず、幸江に会って話すのが楽しいからやってくる……。

しかし、この答えに私は満足できませんでした。幸江は学生時代から、つきあいのいいほうではなかったし、明朗快活で誰にでも好かれるというタイプでもなかったのです。どちらかといえば地味で暗い子でした。それに、幸江がいくら話芸に長けていたとしても、茶飲み話のために北海道からわざわざ上京してくるなど考えられません。

次に思いついたのは、案外にも幸江は「占いが当たるという評判を立てること」が上手なのではないか、というものでした。明確なことをひとつだけ言うのではなく、解釈次第でどうとでも取れるような言い回しをしておく。それで、結果が出た時に「ほら、言ったとおりでしょ」と予言どおりになったと信じさせる。外れた時は、条件が変わったのでこういう結果になったと取り繕う。このようにして占いの信憑性を高めていったのではないか。けれど、やはり納得できませんでした。口下手の幸江に、そんな器用なことができるとは、とても思えなかったのです。

家計が助かっているのであまり考えないようにしていたのですが、もやもやした気持ちは徐々に募っていきました。同じ官舎に住んでいる同僚の奥さんがお客の中にいることも気になりました。ある日突然、詐欺《さぎ》だと騒がれでもしたら、職場で大きな問題になるのではと、不安でした。とうとう、ある日私は思い切って尋ねることにしました。いったいなぜみんな、お前に占ってもらいたがるんだい、と。

すると驚いたことに幸江は、「ごめんなさい」と謝るのです。家計を助けてもらっている安月給の主人としては驚くほかありません。思わず「なにを謝ることがあるんだ」と訊き返し、もらった答えもまた不思議なものでした。

「これは血なの。血の運命なの」

血？　どういう意味なのかと尋ねると、実は彼女にはアイヌ民族の血が流れ、彼女の家は代々続くシャーマンの家系なのだそうです。シャーマン？　と私が問い返すと、

「要するに巫女《みこ》ね」と申し訳なさそうに言いました。

はて、巫女ってなんだっけと私は首をかしげました。大ざっぱに理解していたところでは、人間ではないなにものか、霊とかお化けとか魂とか、はたまた妖精や神など、この世

のものではないなにかと交信のできる人間です。さて、問題は、文字どおりの巫女なんてのが本当にいるのか、ということになります。

それについての答えは人それぞれでしょう。当時の私の答えは「いるはずがない」でした。東北のイタコはそういう芝居をしている役者だと思っていましたしね。これについては、いまでもそう思っていますが……。

ただ、幸江がそういうお芝居をしているとは考えられませんでした。だから余計にギョッとしました。いちど医者に診《み》てもらったほうがいいのではないか、と心配もしました。だって、なんとかの神様の「これこれのことはこうしたほうがいいぞよ」というお告げが、まざまざとはっきり聞こえるというのは、ちょっとアブナくないですか。そう思いますよね。

しかし私は、すぐ医者に行けと幸江に勧めるのは、いくらなんでもデリカシーに欠ける、そんなことをしたら夫婦関係に大きな亀裂が入りかねない、と二の足を踏みました。だいたい、妻の妄想だろうが、客の勝手な誤解だろうが、どこからも苦情は出ていないわけだし、家計もずいぶん助かっている。わざわざそんなことをする必要もなかろうと思うことにして、ほうっておいたのです。

私たちが子どもを授かったのは、交番勤務から赤羽《あかばね》署の一課に配属されてすこし経《た》ったあとのことでした。待望の第一子だったので大いに喜びました。ところが、女児を産んだ幸江は、産後に体調が急変して亡くなってしまったのです。まったくもって急転直下、あれよあれよという間のことでした。

出産に際しては、北海道から親戚の産婆がやって来て、自宅で助産してもらいました。赤ん坊のほうは無事取り上げてもらったのですが、出産後、幸江は高熱にうなされ、腹痛を訴えはじめました。どうやら、出産時に傷ついた産道が細菌に感染したらしいと聞き、滅菌が行き届かない自宅で、それも産婦人科の医者ではなく産婆に助産してもらったからではないかと私は激しく後悔しましたが、幸江はそんなことは断じてないと言い張り、けれども、どんどん衰弱して、結局は回復することなく息を引き取ってしまったのです。

生まれたての赤ん坊とともに残された私は途方に暮れました。警察に勤務しながらこの子をひとりで育てていく自信がまるで持てなかったのです。慌ただしく葬式を出したあと、疲れ果ててベビーベッドの横に置いた椅子の上でうつらうつらしていると、自宅の電話が鳴りました。受話器を取った相手の声は女性でした。

「徳永です」

とはっきり聞こえたものの、それが警視庁設立以来初の本庁刑事部第一課課長に就任したばかりの徳永小百合警視であるとは思いもよりませんでした。当時私はまだ巡査長でした。長とはついているものの、巡査長は正式な職位ではありませんので、つまりは巡査、ペイペイもいいところでした。巡査が本庁の課長からの電話を自宅で取るなど思いもよらないことです。それから二口《ふたくち》か三口《みくち》やりとりしたあと、ようやく自分が誰と話しているのかを知って慌てたのですが、徳永課長から弔意を伝えてもらったあとにいただいた言葉にはさらに驚かされました。

「十八ヶ月間、育児休職するといいでしょう。来年にはPKOを発足させる計画なので、お嬢様はそこでお世話いたしましょう。一年半休職することになりますが、このことによって昇進などに影響することがないよう、また必ず現在の職場に戻れるようにしますので、しっかり育児に励みなさい」

そのあとに、PKOの内容などもうかがって、私は受話器を耳に当てながら、

「ありがとうございます。なにとぞよろしくお願いいたします」

となんども頭を下げたのでした。

さて、育児をしてみて驚いたのは、その大変さでした。スケジュールが自分の都合でまったく切れないことにひゃあとなりました。頻繁に突発事項があり、恥ずかしながら三時間おきに授乳が必要だなんてことさえ知らなかった私は、不眠症になりました。さらに自分に対しても三食作らねばならず、掃除、洗濯をするだけでヘトヘトになり、家事というのはなかなかの重労働なんだなと思い知り、さらにホルモンバランスなど崩れでもしたら、女性が育児ノイローゼになるのも無理はないと思った次第です。徳永課長の計らいがなかったら、どうなっていただろう、とぞっとすることもしばしばでした。

ただ、我が子は実にかわいらしく、無我夢中で育児していたことも確かです。

一年半後、私は復職し、約束通り、赤羽署の一課に勤務させていただくことになりました。そして、生後十八ヶ月の真理《しんり》は本庁にできた大きな保育所であるPKOに預かってい

ただけることになりました（その後、ＰＫＯは大きな署にも設けられていきます）。

真理《しんり》が二歳になった頃、異変が起きました。

別の署に転勤になったばかりの非番の日、真理をベビーカーに乗せて、荒川の土手を散歩していたときのことです。泳ぐ人などいるはずのない四月の荒川の水の中に、何人もの人間が腰まで浸《つ》かっているのが見えました。

「捜索だな」

すぐにそう察しました。河川敷では制服・私服を交えた捜査員が動き回っていて、物々しい雰囲気です。気になった私は、ベビーカーを押しながら下に降りていきました。ここいらは私が勤務することになった赤羽署の管轄になりますが、臨場している面々は組織犯罪対策課の人たちのようでした。中にひとり顔見知りがいたので、近づいて尋ねてみると、暴力団どうしの抗争があったのだと教えてくれました。チャカを持たされた若いのが一発ぶっ放し、幹部がひとり重傷を負ったそうです。撃ったほうは、翌日、友人宅で身柄を確保されたのですが、凶器が見あたらないので尋ねたところ、現場から逃走する途中で怖くなり、この川の中に放り込んだ、と自供したそうです。

凶器がピストルとなると、なんとしてでも回収しなければなりません。ところが当人は、夜だったし、気が動転していて、荒川のどのあたりに投げ込んだのかよく覚えていない、などと言ったらしい。日没後の荒川の河川敷は、確かに真っ暗で、いったい自分がどの辺りにいるのかわからなくなることはあります。ただ、警察にとってはいい迷惑です。

気の毒に思い、応援で参加したい気持ちもなくはなかったのですが、非番の日は育児に専念するように、と徳永課長から仰せつかっていたので、「お疲れ様です」と声をかけ、その場を立ち去ることにしました。

私はすぐに土手の上に戻らずに、しばらくそのまま河川敷に敷設されたサイクリングロードをベビーカーを押しながら行きました。すると、ベビーカーの中から真理が身を乗り出して、河川敷の草むらを指さし、

「あしょこ、パパ、あしょこあしょこ」

と言い出したのです。その小さな指の先には、青々とした草が生い茂り、その中に黄色いものがポツポツと混じっています。

「そうだねー、もう春だから、菜の花が咲いてるねー」

私はそう言いました。ところが、先へ進んでいくと、指さす方向はじょじょに前方から斜めに、そして横へと角度が広がり、その間も真理は「あしょこあしょこ」と言い続けているのです。ついにベビーカーの中で真理は振り返り、はっきりと後方の草むらを指さしました。「あしょこあしょこ」も、アンパンマンペロペロチョコをねだるときよりも大きくなり、とうとう叫び声になったので、さすがの私もそのまま進むことをためらいました。はて？　なにか気になるものでもあるのかなと、ベビーカーをUターンさせ、引き返したのです。

真理が草むらを真横から指さすところで、私はベビーカーを止めました。そして、真理

の人さし指からその先へ点線をつなげ、そちらに歩いて行きました。うしろでは真理《しんり》が、

「もっともっと！」

と叫んでいます。あまり気が進みませんでしたが、しかたがないので草むらの中に足を踏み入れました。地面はじくじく湿っていて、おろしたての白いスニーカーに泥がつき、私は顔をしかめました。それでも、

「もっともっと」

と叫ぶ甲高い声が背中に突き刺さるので、それに突《つ》かれるように、足を踏み出していったのです。

やがて、私の足は止まりました。

草をかき分けてさらにもう一歩踏み出そうとしたその先に、くの字の黒い影があったからです。コルトのM１９０３でした（この正確な型番はのちに鑑識から教えてもらいました）。

草むらから出ると、私はまだ指さしている真理の人さし指を握って言いました。

「すぐに戻ってくるからね」

そしてベビーカーをそこに置いたまま、捜査員たちがたむろする川下に向かって走り出し、手を振りながら叫びました。

「おーい、ありましたー、こちらです、こちらです！」

かなり離れていたので声が届かなかったのかもしれません。最初は私の声に反応してく

れる者は誰もいませんでした。何度も叫んだあとで、ようやく、捜査員のひとりがこちらを向いてくれました。

「ありました！、もうすこし上流です！　あのベビーカーのあたりに！」

私は走りながら、後ろへ腕を伸ばして背後の草むらを指さし、叫びました。

こちらに視線を向けた捜査員は私の叫び声を突っ立って聞いているだけのように見えましたが、急に動作が機敏になり、近くにいた仲間に声をかけ、こちらに向かって走ってきました。これを契機に、その周辺にいた刑事たちも身を翻して走り出し、こちらに向かってきました。

「指紋はつけてません」

むらがる草の中へ案内し、湿った土の上のコルトを見せた後で、私は横に立っている捜査員に言いました。その捜査員は、なにも言わず鋭い目で私をちらと見ると、草むらの中から連れ出して、サイクリングロードのアスファルトの上へ誘導しました。

「名前と住所と連絡先をお願いできますか」

手帳を開いて捜査員は私に尋ねました。同じ赤羽署に勤務する一課の刑事ですと名乗ると、相手は驚いていました（さきほど自己紹介し、事情を訊いた捜査員とは別人です）。

彼は、すごく悔しそうな顔つきになってひとこと。

「参ったな……」

私も刑事ですから、彼がそう漏らした気持ちはよくわかりました。コルト発見の手柄が、一課にかっさらわれるのが悔しかったのでしょう。

「どうしてわかったんだ」

と尋ねられたのには困りました。二歳の娘に教えてもらったとはさすがに言いにくい。馬鹿にしてるのか、と逆に怒られそうです。私はちょっとした嘘をつくことにしました。

「我慢できなくなって、小用を足しに草の中に入ったら、偶然見つけちゃったんですよ」

相手は信じられないというような顔をしたあとで、深いため息をつき、

「運がいいなあんたは」

と言い、

「やれやれ」

と首を振りました。わかります。大人数で出張り、冷たい水の中にまで潜って探していたのに、一課の若造に立ちションのついでに獲物を見つけられたのですから。

先に結論を言っておくと、このコルト発見の〝売り上げ〟については、結局、組対と一課とで分け合うことになりました。ただ一課に売り上げをもたらしたのは私ということになりまして、この件ではたいそう褒められました。褒められると同時に先輩や同僚から、

「ついてたな」

「ラッキーだった」

「お前の尿意はたいしたものだ」

などと冷やかされました。それで私も、好運だった、と思ってしまったのです。

しかし、三年が経過して、なぜ私があのコルトを発見できたのかということについてもういちど考え直さなければならない出来事が起こったのです。

真理《しんり》が五歳になった時、ディズニー映画を、スクリーンが十いくつもあるような巨大な映画館、シネマコンプレックスに見に行ったときのことでした。

映画を見終わってから、真理と私はそれぞれトイレに行きました。個室を利用した私のほうが長くかかりまして（先客でふさがっていたこともあり）、ロビーに出た時、真理はすでにそこにおりました。ちょうどその時、いちばん大きいスクリーンでかかっていたアニメ作品の上映が終わって、ロビーが観劇後の人であふれだしました。「ごめんごめん」と言いながら、小さな肩を叩くと、真理はすぐ私の腕に絡みつき、

「悪い人がいる」

と言って、目の前で左右前後に行き交う人の群れを指さしたのです。

このひとことで、私の脳裏に三年前のあの荒川の河川敷の光景がフラッシュバックしました。私は緊張し、真理が胸の前でほんの小さく人さし指を向けているほうにそろりと視線を移しました。

驚きました。そして、目を疑いました。一年ほど前に、警視庁の資料で見た顔がそこにいたのです。売店の列に並んでいたのは、一年前に父親と祖母を殺害して行方をくらまし指名手配となっていた野口昭彦《のぐちあきひこ》でした。

職務質問をしてすぐに取り押さえてもよかったのでしょうが、相手は殺人の被疑者で、なにをしでかすかわかりません。周りには人が沢山いる。この人たちを巻き込んではいけないと思いました。ですから、すこし離れて（ただし野口からは視線を離さないようにして）署に電話し、仲間に事情を話し、池袋《いけぶくろ》署から私の携帯に連絡を寄こすよう、手配を頼みました。言い忘れていましたが、映画を見たシネコンは池袋にあったのです。

野口昭彦はパンフレットを買うとシネコンを出ました。私は見失わないように注意しながら、それでも真理《しんり》を連れているのでなるたけ間隔を空けながら、彼を追いました。野口は、ときどきあたりを見回したり、振り返ったりなどしています。やはり緊張してる様子が挙動に表れていました。

ただ、幸か不幸か、私は真理を連れていました。まだ学齢に達していないような幼児の手を引いている男が尾行しているとは野口も思わなかったとみえます。視線がかすめることもあったのですが、不審に思うそぶりは見せませんでした。

やがて、サンシャイン通りから細い路地に入った野口は小さなラーメン屋の引き戸を開けてその中に消えました。私は、店の中に踏み込むのはやめて、出入り口が見える路上で待つことにしました。

真理の手を握って、戸口を見張りながら立っていた時、生前に幸江が言ったあの言葉が私の脳裏をかすめました。

「これは血なの。血の運命なの」

北海道のアイヌのシャーマンの家系に生まれ、巫女として育てられた亡き妻は、このような言葉で、繁盛していた占い家業の秘密を語ってくれました。私はその言葉を信じることができませんでした。しかし、ラーメン屋の戸口にかけられた藍色《あいいろ》の暖簾《のれん》を見つめながら、ひょっとしたら、ひょっとしたらという気持ちがしだいに昂《たか》ぶって、抑えきれなくなっていきました。

突然、ポケットが震えました。携帯を取り出して耳に当てると、池袋署の刑事からでした。現在地のおおよそのところを教え、野口はいまラーメンを食べていると店の名前を伝えました。ほどなく、一目で刑事とわかる身のこなしの私服が三人やってきたので、私は手を上げて合図し、そばに来た刑事たちに小声で名乗り、店のほうにさりげなく視線を泳がせました。

「まだ中にいます」

「まちがいないのか」

「おそらく」

「服装は？」

「紺とグレーのスカジャンにジーパンです」

このようなやりとりのあと、三人の中でいちばん若いのがひとり、店に入っていき、またすぐ戻ってきました。

「まちがいないですね」

若い刑事は、口ひげを生やしたいちばん年長の刑事に向かってうなずきました。

「よし」

と言って口ひげは携帯を耳に当てると、パトカーを二台すぐこちらに回すように言いました。そして、口ひげが店のほうへ踏み出すと、残りふたりの刑事もあとを追いました。

私は真理《しんり》の手を引いて、店からまたすこし離れました。三人が、店の中に消えた後は案の定、激しい物音と怒鳴り声がしました。怖がってはいないだろうか、と心配になって幼い娘を見下ろすと、緊張はしているようでしたが、泣き出したりはしませんでした。

五分くらい経ったでしょうか、後ろ手に手錠をかけられた野口がふたりの刑事に引っ立てられるようにして出てきました。タイミングよくやってきたパトカーに、頭を押さえつけられるようにして乗せられました。

「どうする」

口ひげを生やした年長の刑事が私に訊きました。

「いろいろと聞きたいこともあるから、署まで来てもらいたいんだが、非番の日に娘さんと一緒だからなあ」

そう言って、彼は真理のほうをちらりと見ました。

「そうですね」

と私は言いました。せっかく楽しい映画を見たあとなのに、鯱張《しゃちこば》った刑事たちのひしめく刑事部屋に連れて行くのはさすがにかわいそうだ、と思いました。ただ、真理はＰＫＯ

で育っているので、警察や警官には慣れてはいます。ときどき、手の空いた刑事に遊んでもらうこともあるようです。それで真理に、

「この刑事さんが来てもらいたがっているんだけど、一緒に警察に行ってもいいかな」

と訊くと、

「行く。行きたい」

とうなずいたのでした。

池袋署に向かう途中で、階級としては二番目と思われるおっとりした雰囲気の刑事がパトカーを停めさせ、コンビニに入ったかと思うと、袋を提《さ》げて戻ってきました。中にはお菓子がいっぱいでした。真理のために買ってくれたのです。しかも、大好きな明治のツインクル チョコと森永のおっとっとが入っていたので真理の顔は光が射したように明るくなりました。父親としては、夕飯の前にお菓子でお腹《なか》が膨れるのはどうかとも思ったんですが、この刑事さんの心遣いがうれしくもありました。

池袋署のテーブルで向かい合うと、この物腰のやわらかい刑事さんがニコニコ笑いながら、

「お手柄でした。そして、ありがとうございます」

と言ってくれました。この刑事さんを「物腰のやわらかい刑事さん」とか「階級が上から二番目の」とか「〝おっとっと〟を買ってくれた」などといちいち説明するのは面倒な

ので、名前を明かしてしまいますね。彼がいまの上司の篠田係長です。ここでは篠田さんと呼ばせてください。

「見当たり捜査が得意なんですね」

見当たり捜査、つまり街路などに立って人混みの中から被疑者を見つけ出す捜査は、実は私の大の苦手とするところでした。いやあ、と私は頭をかいて、

「まぐれです」

と言うしかありません。

「でも、三年前も荒川の河川敷に捨てられたコルトを発見してる。こっちは見当たり捜査じゃないけど、どうやら花比良さんには独特の嗅覚《きゅうかく》があるみたいですね」

私の資料を眺めながら、篠田さんは不思議そうに言いました。そして、

「謙遜《けんそん》することはないじゃないですか」

とまたニコニコするのでした。篠田さんの笑顔を見てるうちに、私は胸にしまっていた秘密を打ち明けてしまいたくなりました。この人なら、「へえそうなんだ。そんなこともあるんだねえ」と理解してくれたりするのではないか。あるいは、あははと笑って冗談としてうまく受け流してくれるのではないか、と。

「実は、真理《しんり》なんですよ」

と私は切り出しました。

「うん？」

「発見したのは」

「へえ、お嬢さんですか」

「三年前のコルトも今日の野口も」

「ほおお、両方とも」

「実は亡くなった妻が北海道の出身で」

「亡くなられたんですか、お気の毒に。またどうして」

篠田さんが、不思議そうな面持ちで、けれど「そんな馬鹿な」とは言わず、相槌《あいづち》を打ちながら、じょうずに先を促すものですから、妻の占いの話も、「これは血なの。血の運命なの」という告白も話し、そしてこれらの事件を解決に導いた功労者は実は真理なのだ、と白状してしまいました。

私が話し終わると、篠田さんは、ふーとため息をついた後、

「そうですかあ。つまり、お嬢さんには、常識では考えられないような不思議な力が備わっている、とこういうわけなんですね」

と言いました。それは「結局、ランチにはポークカツ定食を食べたんですね」くらいの軽い調子でした。けれども、決して一笑に付すというような、人を馬鹿にするようなものではありませんでした。

「まだ、二例だけのことなのでわからないのですが」

とりあえず私はそう言いました。

「まあそうですね」

篠田さんは腕組みしてうなずきました。そして、うつむき加減にしばらく考えたあと、腕を解いて顔を上げると、まっすぐこちらを見つめてきました。その表情はさっきよりやや真面目なものになっていて、

「もし花比良さんがよろしければ、試してみましょうか」

「試す？」

「いや、私もちゃんと調べたわけではないんですが、アメリカやヨーロッパには、そのような能力を捜査に役立てている、もちろん部分的にでしょうが、そういう実例だってあるようです。それに実際、荒川と池袋のふたつの事件は、これは花比良さんが嘘をついていない限り――、いやそもそも嘘をつく理由が思いつかないな。『ピンときたから』と申告したほうがだんぜん得でしょうし。だから私は、真理《しんり》ちゃんの能力によって解決したんだと信じます。二件ともにまぐれと解釈するほうが無理がある気がしますね」

ちょっと考え方が柔軟すぎるのでは、と私はたじろぎつつ、とりあえず「ありがとうございます」と頭を下げました。

「しかし、試すというのはどういうことでしょうか」

「ええ、これもまた虫のいい話なんですが……」

と前置きしてから、どうにも八方塞《はっぽうふさ》がりの事件がありまして、と篠田さんは話しだしました。その事件というのは――、

ひと月ほど前、池袋のとあるパチンコ店で、事務所の金庫に保管していた売上、釣銭、換金用の現金、合計約一千五百万円が閉店後に盗まれていたことがわかりました。

防犯カメラの、電源がすべて切られた上で、従業員専用の出入り口の扉は、電子キーの暗証番号を打ち込まれて開かれ、事務所の金庫は持ち去られることなく、また壊されもせずに、解錠されて（ダイヤル式）、中身がごっそり持ち去られていたので、これはもう内部の犯行にちがいない、と捜査員たちはその線で着手したそうです。まあ、普通はそう考えるでしょうね。私もそう思います。

まずは関係者の事情聴取です。

しかし、この日、店を閉めた店員、男性五名、女性三名にじっくり鑑取りしたものの、みな一様に口を割らない。五人の中には借金している者や、給料の前借りをしている者もいるにはいるが、ここまで大それた犯行に及ばなければならないほどの額ではないし、前借りしている者も、急な入り用（親の葬式を出す）を打ち明けて申し出て、それならと会社も応じていることがわかりました。

しかし、従業員の内部犯行ではないとすると、捜査はとたんに行く手を塞がれてしまう。それで、明確な方向転換もできずに、やはりもうちょっと従業員への鑑取りをしてみようということでこの方向で捜査を継続してはいるものの、いまだになにも出てこない。――とまあ、こういうことでした。

「それでね」

ひとくだり話し終えると、篠田さんは身を乗り出しました。

「ちょっと気軽な調子で真理《しんり》ちゃんに見てもらえませんかね」

「見るってのは、なにをでしょう」

篠田さんは立ち上がって、部屋の隅に置いてあった電話の受話器を取り上げました。

「すみません、誰かグラッチェ事件の資料持ってきてくれませんか」

そのころ真理《しんり》は、池袋署のPKOルーム（大規模な署には食堂の横に靴を脱いで上がるカーペット敷きの部屋があります）で、ひとつ下の男の子ユータ君と絵を描いて遊んでました。ユータ君はこの署に勤務する女警さんの息子《むすこ》で、やはりPKOのお世話になっていました。

「真理、ちょっとこれを見てくれるかな」

篠田さんと一緒にPKOルームにあがった私は、真理の前で胡坐《あぐら》をかくと、L判の写真を五枚、目の前に並べました。当日、閉店間際のパチンコ店グラッチェにいた五名の顔写真です。

「この中に悪い人はいないかな」

と私は訊きました。

「みんな」

すこし離れてカーペットに尻をつけていた篠田さんが身を乗り出しました。全員の犯行で口裏を合わせているのなら、辻褄《つじつま》が合うことになります。ただ、続けて真理は、女性従業員の写真を指さして、言いました。

「この女の人はゆうべ男の子をぶった」

「そうか、ぶつのはよくないね」

「にんじんを残したから」

真理もにんじんが嫌いです。

「でも、にんじんは食べたほうがいいな。栄養があるからね。でね真理、この中でお金を盗んだ人はいないかな」

真理は、一枚の写真を指さしました。

「この人はカレー屋さんでお釣りを多くもらったのにそのままポケットにしまったことがある。五十円玉と百円玉をまちがえて渡されたのに」

「そうか、それもよくないね。正直に返したほうがいいね」

「パパもあるよね」

「え、パパはないよ」

「あるよー、このあいだ、ほら焼肉食べにいった時――」

「真理、いいかな、もっと大きなお金を盗んだ人はこの中にはいないかな」

「どのくらい」

「お札だとポケットに入りきらないくらい。たぶん鞄に詰め込んだと思うけど」

真理《しんり》は五枚の顔写真をじっくり見つめた後で首を振りました。

「お役に立てませんで」

私は篠田さんに頭を下げました。篠田さんは顔の前で手を振り、

「いやいや、当たるも八卦《はっけ》、当たらぬも八卦ですから。お引き留めしてすみませんでした」

と言い、真理の目の高さに身をかがめると、

「遅くまでありがとうね」

と言ってくれました。

「赤羽署には私のほうから連絡しておきます。売り上げはまあ折半ということにしてくれますか」

野口の事件について篠田さんがそう言いました。食堂を出て刑事部屋を横切っている時のことです。

「ええ、そのへんはうちの署の上司と詰めていただければそれで結構です」

と私が答えた時、真理が私の袖口《そでぐち》を引っ張りました。

「お父さん、あの人」

と指さした先には、いましがた刑事部屋に戻ってきた私服の刑事がいました。

「あーあ、今日も無駄足かあ」

と言って年の頃なら五十を過ぎたあたりのベテランが、自分の席の椅子に身を投げ、

「まいったな、収穫ゼロだよ」

と愚痴《ぐち》っています。刑事部屋ではよくある光景です。PKOで育った真理の目にこんな風景がめずらしく映るのはちょっと不思議です。しかし、次の一言が私を驚愕させました。

「お金を盗《と》ったよ、すごくたくさん」

私は冷や汗をかきながら、机の上に足を投げ出した刑事を指さす真理の手に、自分の掌をそっと被《かぶ》せてこれを下げさせ、手を引いてそそくさと刑事部屋を後にしました。

ひょっとしたら、すぐそばに立っていた篠田さんに聞かれてしまったのではないかと心配でなりませんでした。

通路に出たところで振り返ると、篠田さんはなにも気づいていないらしくニコニコして、

「真理《しんり》ちゃん、また遊びにおいでね。ユータ君も会いたいって」

と言ってくれたので内心ホッと胸をなで下ろしたのでした。

一週間ほど経った頃でしょうか、外出先から署に戻ると、来客があると言われ、私は応接室に向かいました。扉を開けると、ソファーに座って番茶を飲んでいたのは篠田さんでした。

「あらあら、先日はどうも」

と愛想よく向かいに腰を下ろしたつもりでしたが、野口逮捕の〝売り上げ〟については、

池袋署と赤羽署の課長が会ってすでに話し合いがついていたので、篠田さんがここにいる理由がわからず、私はいくぶん面食らっていました。

「いや、あれは助かりました」

篠田さんは湯呑み茶碗をとんとテーブルに戻すと、両の掌を膝の上に載せ、深々と頭を下げました。

「あの売り上げがなかったら、うちは大変でしたよ」

「そんなことはないでしょう」

と私は笑いながら、それにしても丁寧すぎるな、と思っていました。

「真理《しんり》ちゃんは元気ですか」

「いやあ元気すぎるので困ってます」

篠田さんがニコニコ笑ってそう訊いてくれ、私も父親らしくそう答えたのですが、この話題の展開もなんとなく藪《やぶ》から棒な気がしました。

するとと篠田さんは、足元に置いていた紙袋を持ち上げ、

「あ、これ、つまらないものですが」

などと言ってテーブルの上に置いたので私はビックリしてしまいました。いくら非番の日に捜査に協力したからといって、そのたびに署員に菓子折りを届けるのは、正直言ってやりすぎです。

「や、こんなことをしていただいては……」

私はその紙袋を押し戻そうとして、「ん？」となりました。袋から覗いていたのは、幼児玩具LEGOの箱だったのです。

「真理《しんり》ちゃんに、よろしくお伝えください」

どうやら、この紙袋は真理へのお土産《みやげ》のようでした。

「いやいや、本当にこんなことをしていただいては」

「まあいいでしょう。本庁の課長にも断ってきましたので」

「え、本庁の課長とは」

「徳永一課長です」

「徳永課長……、どういうことです」

「実は、お恥ずかしい話ですが、うちはいま大変でして」

「はあ」

「汚職に手を染めた馬鹿が出まして、その処分をめぐって大わらわです」

「と言いますと？」

「この間、帰る間際に真理《しんり》ちゃんが指さした刑事、犯人はあいつだったのです」

「え」

「最初はまさかと思い、信じられなかったんですが、ま、考えられなくもないと思い直しまして――」

そう言ってまた湯呑み茶碗に手を伸ばした篠田さんの顔は、苦笑いで歪《ゆが》んでいました。

「あの沢村《さわむら》って刑事はギャンブル好きでね」

話を聞いてみると、ことは意外と単純でした。

ギャンブル好きの沢村は、このパチンコ店に通ううちに、従業員と顔見知りになりました。分け前をやるという約束で、三名を抱き込み、防犯カメラを切らせて、電子キーの暗証番号を聞き出した。そうしてやすやすと中に入って、渡されたメモを見ながら金庫のキーを回し、ごっそりかっさらったというわけです。

事件発覚後に自分が通報を受けられるよう待機して、さらに自分が担当になるようにも図った。そのあと自ら捜査の指揮を取って、ヌルい事情聴取をし、迷宮入りに持ち込もうとしたというわけです。

真理《しんり》の言葉を聞いて篠田さんは、捜査の手順をもういちど調べ、これはなんだかおかしいぞ、と思い始めました。当然、報告書もユルユルだったので、そこから崩していったようです。と同時に、沢村が消費者ローンからかなり借りていることや従業員との接点もわかってきました。

そして、協力者はこいつだなと目星をつけたひとりに、『いま吐いたほうが楽だぞ』ともちかけて白状させ、『相棒は完落ちしたぞ』とこんどは沢村にゆさぶりをかけると、ついに主犯も落ちた、というわけでした。

篠田さんはため息をつきました。

「減点です。野口逮捕なんかふっとぶくらいの――。参りました」

確かに、署から犯罪者を出したとなるとこれは大問題です。事件を解決できたのはよかったのですが、同時に明らかになった事実は大変にまずいものでした。

「それで、課長にも大目玉を食らいましてね」

ここで、徳永課長に話が戻りました。

「こってりお談義を食らいました」

「お気の毒に……」

「まあ、最後には早期に突き止められたのは不幸中の幸いだったと言ってもらえましたがね」

「まあ、それはそうですね」

「それで、真理《しんり》ちゃんのことを話したんですよ」

「え、誰に」

「ええ、徳永課長に」

私は一瞬声を失い、

「真理がああいうことを言ったので、内部の捜査を開始した、と徳永課長に話したんですか」

と聞き返しました。

「ええ、そうです。ちょっと迷ったんですがね」

馬鹿正直にもほどがある、と私は思いました。その刑事が怪しいと踏んだ理由なんて、いくらでも思いつけるはずです。そのほうが自分の勘の鋭さをアピールできるのです。幼児が指さしたから捜査を開始したなどと言ったら、そんないい加減な理由で疑いをかけるのかと、身内から犯罪者を出した大チョンボの上にさらに捜査方法で減点されかねません。このことを、ただもうすこし婉曲《えんきょく》な言い回しで、私が問い質すと、

「そりゃ、そうなんですがね」

と笑いながら篠田さんはまた番茶をすすりました。

「そう言えば、課長は真理《しんり》ちゃんのことをご存じでしたよ。聞いたところによると、名付け親だって言うじゃないですか」

そうなのです。話は前後しますが、幸江を亡くして途方に暮れていた私にわざわざ電話をくれて、「しっかり休んで育児に励みなさい」と仰ってくださったことに、私は感激してしまい、「あの、名付け親になっていただけませんか」とその場で無遠慮にもお願いしてしまったのでした。

自分の直属の上司や所属長を飛び越していきなり本庁の課長に頼んだことについて、〝出過ぎた真似〟と受け取る向きもある、とあとで知りました。私自身、電話を切った後でそのように思わないでもありませんでした。

ただ、その場で徳永課長が快諾され、翌日自宅にFAXが送られてきたので、真理と言う名前をありがたく頂戴することにしたのです。

「できたら真理《まり》じゃなくて真理《しんり》にして欲しいんだけど」

と一行添えられていたので、私は迷いなくそうしました。

「それで、今回の件について徳永課長は」

私はいちばん気になっていた質問を篠田さんに投げかけました。

「将来が楽しみだと言ってましたよ。名前に負けないように頑張って欲しいと。あなたたちも単なる事実じゃなくて真理《しんり》を追究するようになさい、と。それまで、鬼の形相で怒られていたのが、真理《しんり》ちゃんの名前を出したら、急にニコニコされたのでこちらも助かりました。ともかく、今日はお礼で参っただけです。今後ともよろしくお願いいたします」

また変化が訪れました。それからと言うもの、ちょくちょく私のほうにさまざまな部署から電話がかかってきて、

「ちょっとお嬢さんにこれを見てもらえませんか」

「真理《しんり》さんを一日貸してもらえると大変助かるのですが」

「お迎えに上がるので面通しに立ち会ってもらえませんか」

などという依頼が舞い込むようになってしまいました。どうやら真理の噂が警視庁の一部で広まっているようでした。噂の中にはいいものも悪いものもあったようです。父親としてはかわいい娘を警察の捜査に巻き込むようなことはしたくありませんでしたので、最初はにべもなく断るようにしていました。これについては、いけ好かないやつだと陰口も叩かれたようです。

ただ、いったん断ったあとで、大きな署の署長（一般企業では経営者に相当します）から直々に、それも丁寧な口調で「協力してくれませんかね」と依頼されるようなことや、本庁の徳永課長経由で「そこをなんとか」とぐいぐい押してこられたり、事件のことは話題にしないから、とにかく一目会わせてくれないかという妙な申し出まで来るようになり、こういうときは本当に困ってしまいました。

こうした依頼の中から私は、急を要するもので、なるべくならあまり凶悪な事件ではないものを選び、あくまでも参考意見にとどめて欲しいと念を押した上で（私がそう言う度に「もちろん」という返事が返ってきました）、真理《しんり》に協力させるようにしました。

私が恐れていたのは、真理の判定が外れているにもかかわらず、その方向で強引に進んで捜査が大混乱してしまうことや、あるいは、実はこれがいちばん恐ろしかったのですが、無実の人を有罪とみなすような発言を真理がしてしまうことでした。

しかし、このような心配はいまのところ現実となってはいません。わからない時はわからないとはっきり真理は言いましたし（自信がない時は絶対になにも言っちゃいけない、と私がきつく言い含めておきました）、外れていると思われたことについても、

「さすがの真理《しんり》ちゃんも今回は無理だったなと思ったんですが、真理《しんり》ちゃんに言われたことを別の角度から解釈し直してみると、なるほどそうかと思い当たることがあって、それが事件解決につながりました。お礼を伝えたいので、署長と一緒にご自宅に伺っていいですか」

と訂正の連絡をもらったこともありました。ただし、このような心配はいまも消えたわけではありません。

また、もうひとつの問題は、〝手柄〟の売り上げをどこに立てるのかということでした。真理が捜査に貢献する度に、警察では毎度このことが議論の的になりました。もちろん真理には所属がありません。最初のうちは、真理を貸し出しているのは父親なのだから、父親が勤務している署に立てればよいということで、そうしていました。ただ、なにもしていない署が、ぽつんぽつんと、それも凶悪事件解決の折には、かなり大きな売り上げを稼ぐので、さすがにこれは適切な処置ではないという声が、あまりおおっぴらにではないのですが、あがり始めたのです。

それに、いくら未成年とはいえ、これだけ貢献しているのに、まったくの無給（お菓子や玩具だけ）というわけにもいかないだろう、という声も出て参りました。事件によっては、何百枚もの写真を見たり、マジックミラーのこちら側から取調室の中の被疑者をずっと覗いていたりしなければなりません。

とにかく犯罪に接するのですから、精神的なダメージがまったくないというわけはなく、ふさぎ込んでいる様子が気になることもありました。一度、これは事件が解決した後ですが、何日も部屋に籠《こ》もってひたすら寝ているというようなこともあり、父親としては大変心配しました。

とはいえ、これは不思議なことですが、真理は自分からは「もうやめたい」とは決して言い出さないのです。小学校四年ごろだったと思いますが、私が「大丈夫か」とねぎらうと、真理は「これは私の運命だから」と答えました。なんだかギョッとするような返事です。ただ、年齢を考えると、アニメ番組などで覚えた台詞を口真似していたのかもしれません。

ちょうどその頃、それこそ真理《しんり》の運命を決定づけるようなことが起きました。本庁の捜査第一課の下に新しく特命捜査係という部署ができたのです。係長はおらず、一課長（ほかならぬ徳永小百合警視）の直轄の組織です。真理はここに〝特別捜査官〟として所属（といっても、いるのは真理ひとりなのですが）することになりました。

週に三日ほど、桜田門の刑事部屋まで通い、ときどき、〝真理番〟と言われる各部署の刑事（成長するにつれて、だんだんえり好みが激しくなってきましたので、それに感づいた刑事たちが自然とこのような非公式の制度を作ったのです）がやってきて、参考までにという建て前で、真理の判断を仰ぎます。

とくに事件がなければ、自分の机で宿題をやったり、術科の剣道場の板間で好きなアイドルのダンスの振り付けを真似したり（一緒に踊ってくれる女警さんもいました）、柔道の道場の畳の上で昼寝したり、食堂でさつまいもを食べたり、マンガを読んでいたりしていればいいのです。これが真理の日常となりました。

ただ、大きな事件が起こると、毎日対策本部に詰めることになります。事件によっては、授業を終えてすぐに学校を出て、校門の外で待ち受けていた警察車両に拾われて、対策本部へ向かうなんてこともありました。

給与についても、それなりの額が支給されることになりました。真理は、母親が占いで得ていた収入以上の額を家計にもたらすことになったのです。

この差配も徳永課長によるものでした。課長とは真理も本庁に通うようになってからは直《じか》に顔を合わすようになり、

「あら、真理《しんり》ちゃん、そのワンピースかわいいわね」

と声をかけられたり、私が捜査で遅くなる時には、

「そうなの。じゃあ、私と一緒に食べようか」

と言って、夕飯をごちそうになることもありました。

女性として初の本庁刑事部捜査一課課長となった当時から、徳永警視には刑事部長への昇進もあるのではという噂がありました。それにふさわしい実力も充分にある方ですので、そうなればいいな、と私は思っておりました。ただ、警察は男性社会、いま流行《はやり》の言葉で言えば、ホモソーシャルであった時期が長かった組織なので、やっかみもあるようです。

「徳永は日本の警察のよき伝統を破壊している」という噂を聞いたことがあります。なにを指してよき伝統と言っているのかはわかりません。また、「女を利用している」という誹謗《ひぼう》はいまだにあります。徳永課長はなかなかの美人であられますから（外見、特に女性のそれについて品評すると大目玉を食らいますので、本人の前では決して口にはしませんが）、昇進や評価が外見に結びつけられて語られることは多かった気がします。とにかく、

徳永課長には、失脚を願っている、いやもっと言えば、追い落としを企《たくら》んでいる対抗勢力というものがあった、そして、いまもあるのです。

これは穿《うが》った見方かも知れませんが、徳永課長はこのような勢力と闘うために、真理《しんり》の能力を活用しようとしたのかもしれません。

まず、徳永警視が日本の警察機構に鋭いメスを入れたいと思っていることはまちがいないでしょう。ただそのためには、権限が必要です。権限を得るためには、実績が必要であることは言うまでもありません。ひょっとしたら、課長だった当時の彼女には、真理を本庁一課に所属させ、真理の能力を用いて解決した事件の売り上げを一課に立てることによって、自分の実績を積み増し、自分への批判を実績によって撥《は》ねのけよう、という目論見《もくろみ》があったのかもしれません。すくなくとも私は、おそらくそうだ、と見ていました。

だとしたら、すこしでもお役に立ちたい、というのが私の素直な気持ちでした。もしあの日、徳永課長から電話をいただけなかったら、私は警官を続けられていたかどうかわかりません。少なくとも、一課の刑事は難しかったろうと思います。

私はそれとなく「真理が頑張ると徳永課長は喜ぶよ」と言ってわが娘を励まし、真理も課長を慕っていたので、桜田門に通い続けました。

やがて、真理ひとりしかいなかったこの係に、ポツポツと人が入ってくるようになり、特命捜査係はすこしずつ所帯が大きくなっていきました。最初にやって来たのは二宮君。優秀な刑事なんですが、ある事件の捜査でちょっとやりすぎてしまい、島流しよろしく左遷《バ》されてきたのでした。当初はそうとうに腐っていたようです。なにせ、仕事と言えば真理の宿題の手伝いくらいしかなかったのですから（しかもときどき間違ったことを教えて、殴られていたようです）。

ところが、そんな彼が大金星をあげる事件が起きます。都知事選の警備の応援で駆りだされた折、街頭宣伝で新宿に出ていた現知事に支持者を装って近づいた男をその場で組み伏せ、その手からピストル型の水鉄砲を取り上げたのでした。中には液状の劇薬がしこまれていました。もちろんこのお手柄は、同行した真理の指示で動いた結果です。

このすこしあと、吉住君が、二宮君と似たような事情で、うちの係にやってきました。ほどなく篠田さんが係長として就任し、真理番として私を呼び寄せ、徐々に係としての態《てい》が整ってきました。貫井君は、コンピュータに長けた人間、早い話がハッキングできる人間がいたほうがいい、と真理が篠田係長に進言し、篠田さんがどこかから調達してきました。草壁さんにいたっては、あちこちで使い物にならないと疎《うと》まれていたのを、なぜか真理が篠田さんに「うちにおいてあげたら？　いつか役に立つかも」と言って来ることになったのですが、これは〝謎の人事〟だなんて言われています。

これで、話しておかなければならないことはだいたい網羅できたのではないでしょうか。もし、なにか不明なところがあれば、なんなりとお訊きください。どうです、もう一杯コーヒー飲みませんか？

4　ビンちゃんどうし

「マジですか⁉」

鴨下は開《あ》いた口が塞がらなかった。

「ようするに女子高生のヤマカン頼りで捜査してるってことじゃないですか」

そう詰め寄ると、花比良主任は「まあねえ」と苦笑しながら、運ばれてきたコーヒーカップに手を伸ばして、ひと口すすった。

真理《しんり》の摩訶不思議《まかふしぎ》な能力と特命捜査係発足についての主任の話はながながと続き、車が鴨下のマンション前に停まったときも、まだ終わっていなかった。

「では続きはまた明日にでも」

と言って、うっちゃっておくにはあまりにも衝撃的な話なので、Uターンしてもらい、さきほど通り過ぎたファミレスに主任を誘ったのである。

「……そう言われると身も蓋《ふた》もないんですが」

主任の口元には困ったような笑みが浮かんでいる。

「そんな捜査が許されるはずがありません」

鴨下はぴしゃりと言った。

「ですよねえ。わかります、はい」

「どうして、みなさん問題にしないんですか」

「それはなんですねえ、ひとことで言ってしまうと、我々は鴨下さんみたいに――」

「君付けでお願いします、鴨下君と」

「いやいや、そういうわけにもいきません。わたしはまだ巡査部長ですからね。じゃあ、とりあえずここは警部補と呼ばせていただきますよ。警部補のようには我々は真面目ではない、もっとぶっちゃけて言うと、ふしだらである。――だからでしょう」

「それはいけません」

「ですね」

「警官たるもの謹厳《きんげん》であるべきです」

「はい、仰る通りで……」

「それにメンバー構成もひどい」

「ええ、ですから、うちは流刑《るけい》の地なんですよ。――で、警部補はなにを？」

「は」

「なにをしくじったんですか」

「そんな、僕はまだ懲罰の対象になったことはありません」

「あら、そうなんですか、へえ。じゃあ、どうしてうちに回されたんですかね」

「それは僕のほうが訊きたいぐらいです」

「そうですかあ。……いやね、キャリアでしかも警察大学校を首席で出たって聞いたんで、そんなサラブレッドがうちみたいなところにくるはずはない。てことは、これはなにか派手にやらかしたな、なんて思ってたんですよ」

「根も葉もない出鱈目《でたらめ》です」

「ないんですね、あちゃちゃちゃちゃって感じのしくじりは」

「ありません」

「しかし、キャリアで首席がねえ、どうしてでしょう」

「キャリアだとか、首席だとか、そんなことはどうでもいいんです」

「まあ、ご本人はそう仰るでしょうが……」

「ただ、僕が来たからには――」

「はあ」

「そのような非科学的な捜査は阻止します」

「えっ、それはなんですか、真理《しんり》の助けを得ることなどあってはならん、と。――そういうことですか」

「はっきり言うと、そういうことになります」

「……本気ですか」

「もちろん」

「困ったなあ」

「困ることなんかないんです、本来は」

「いやいや、だってそれは真理を排斥するってことじゃないですか」

「排斥するつもりはありません。ただ、高校生の真理《しんり》さんには、もっとふさわしい放課後があるはずです」

「たとえばどんな?」

「たとえば――」

と言ってそのあとに足す言葉を探していると、スマホが鳴った。ディスプレイには〝愛《あ》里沙《りさ》〟という三文字が浮かんでいる。

「――すみません、ちょっと失礼」

鴨下は腰を浮かせ、

「もしもし」

と店の出入り口あたりに行ってからスマホを耳に当てた。

――あ、私。いまどこ?

「家の近くのファミレスだよ」

――え、なにそれ。私と夕飯食べる約束は?

「コーヒー飲んでるだけだ。ちょっと仕事で引っかかってね」

――へえ、自宅の近くで仕事してるの?

「まあね。いろいろあるんだ。実は俺、今日、異動になって」

――え、どこに?

「警視庁の刑事部だよ」

――ああ、じゃあ、いいじゃない。

「それがまた複雑でさ」

――じゃあこんど聞かせて。それでね、急に徹夜で仕上げなきゃならない仕事ができちゃって。

「はあ、どういうこと」

――だから、いま言ったまんまよ。

「え、つまり、夕飯食べる約束だったじゃないかって憤慨するのは俺のほうってこと?」

――憤慨はしてほしくないけど。でも、ごめん。だいじな仕事なんだ。

「えーっ。じゃあ、あのスペイン料理店、キャンセルしなきゃな。大丈夫かな」

――大丈夫よ。

「そりゃ無責任だ。店だってそのぶんの食材用意して待ってるんだし」

――だから大丈夫。まだ予約してないから。

「え」

――忘れてたの。あはは。

「よくそれで一緒に食べる予定だったのにって怒れるな」

——だから怒ってないってば。確認しただけ。それでね、いまから行っていい？

「うちに？　仕事なんだろ」

——仕事ゆえに。俊輔の部屋に置きっぱなしにしている取材のノートが一冊あるみたい。あれがないと原稿が書けないんだな。

「困ったな、まだ少しかかるよ」

——じゃあ、こっちから行く。実はいまそんなに離れてないところにいるから。あのファミレスでしょ、前にいちど入った。ゆっくりはできないけど、軽くでいいんなら一緒に食べよ。

「しょうがないな、とにかく待ってるよ」

鴨下はスマホをしまって、店内へ引き返し、すいませんでしたと中座を詫《わ》びてふたたび腰を下ろした。

「えっと、なんの話をしていましたっけ」

「ああ、真理《しんり》の放課後の過ごし方についてですね。もっとふさわしい場所があると仰ってました」

「ええ、そうでした。だからテニス部でもブラバンでも、ごく普通のクラブ活動に精を出せばいいと思うんですよ」

「部活ですか。部活ならやってます。秋に発表会があるらしいので、見にいってやってくれませんか、きっと喜ぶと思います」

「……なぜ僕が行くと喜ぶんですか」

「そこは父親ですから」

「ん？　というのは」

「だからわかるんですよ、父親ですから」

「わかるって、なにが」

「まあ、なんだ、その、つまり、タイプなんですね、真理《しんり》の」

そう言って花比良主任は人さし指を静かに持ち上げ、目の前の鴨下を指した。

「僕が？」

「この指の先にほかに誰が？」

主任の口元には悪戯《いたずら》っぽい笑みが浮かんでいる。鴨下が唖然《あぜん》としていると、着信音が鳴って、こんどは主任がスマホを取り出した。ああ、ああ、いや、まだ。……うん、いつもの、そうそう。……そうだね、じゃあそうしよう、了解。——と簡単な返事だけの通話を終えると、スマホをポケットにしまって、また鴨下に向き直った。

「えっと、なんの話をしておりましたっけ、こんどは私がわからなくなった」

「タイプ……いや、もうその話はいいんです」

「あっ、その逃げ腰で逆に思い出しましたよ。そうそう、警部補はまさしく真理のタイプである、そう説明していたのでした。いや、父親ですからね、わかりますよそのくらい。警部補はまさしくどストライクなんですよ」

「その話はよしましょう。問題は特命捜査係の不適切きわまりない捜査です。そちらのほうが重大です」

「不適切なんですか」

「まちがいなく」

「ただ、まだ問題は起こしておりませんが」

「問題を起こしたら最後、それはおそらく、警視庁を揺《ゆ》るがす大問題に発展するにちがいありません」

「まあ、その可能性はないとは言えませんが……。だけど、これまで真理はいくつもの事件を解決に導いておりますよ。このへんはまったく評価していただけないのでしょうか?」

鴨下は、一瞬考えた後で、首を振った。

「だとしても、この問題を見過ごすわけにはいきません。不適切な手段を用いて解決できた、よりも、適切な手続きで進めたけれども解決できなかった、のほうが正しいのです」

「いやあ、ただ、時と場合によっては、不適切なほうがむしろ適切なんて例もあるんじゃないですかね」

「それはまずい」

「まずいですか」

「ええ、ただ、ここで主任と押し問答していてもしかたないので、こうなったらきちんと問い合わせましょう」

「え、どこに？」

「もちろん徳永部長に、です」

「は？　徳永部長に談判する？」

呆れたように花比良主任は笑った。

「相手は警視監ですよ」

「警視監だからこそ、この采配は問題なんです」

「困ったな。待ってください。そんなことされたら、うちの係全体の問題になってしまいます。実は特命捜査係を敵視する勢力もおりますので」

「それはそうでしょう。疑義を呈されてもしかたのない組織運営です、これは」

「しかし部署がなくなるというのは大変なことですよ。警部補なら、行き先はいくらでもあるでしょうが、二宮君や吉住君、さらに草壁さんなんかどうなります。いまの警視庁にあの連中を引き取ってくれるところなど――」

「それも本人の問題と捉えるべきでしょう。もういちど心を入れ替えてがんばり直すしかありません」

「いやあ、せめて直談判じゃなくて篠田さんを通していただけませんかね。係長としてのメンツもありますから」

「スジとしてはそれが真っ当でしょうし、できればそうしたいところですが、係長が僕の意向をちゃんと伝えてくれるのかどうか確信が持てないので」

「うーん……あ、いいことを思いつきましたよ。じゃあこれはどうです。ひとつ娘に説教してやっていただけませんか」

「説教、僕が真理《しんり》さんに？」

「ええ、お前はここで働くべきじゃないと諭《さと》していただいて」

「……いや、ただ、お話を伺っていると、彼女が悪いわけではありませんよね」

「そうなんです。真理はなにも悪くありません。いくら警部補だって非難を真理《しんり》に向けられたら、私も黙っちゃいられませんよ」

「だから、僕は真理《しんり》さんが悪いだなんてこれっぽっちも言ってないし、思ってもいません。彼女を利用している警視庁刑事部が問題だと申し上げているのです」

「だけど警部補、真理が納得して桜田門に通うのをやめれば、それですむ話ではありませんか」

「ん？　……まあ、それはそうですね。真理《しんり》さんあっての特命捜査係のようなので」

「ええ、真理がいなくなれば、おそらく係は解体されるでしょう。けれど、捜査官がひとり辞めたからといってすぐにバラすってわけには、これも建て前上いかないわけです。おそらく一年かそこら、係は形だけは存続すると思います。であれば、その間に我々は次の身の置き所を探すことができますよね」

　鴨下は腕組みをして「うーん」と唸《うな》った。

「けれど説教と言ったって、高校生に推定無罪《すいていむざい》の原則や、刑事裁判の本質を教えることはなかなか――」

「いやいや、そのへんはご心配なく。理解はすると思いますよ。ああ見えてベテランですから」

このフレーズはさっきも聞いたぞ、と鴨下は思った。たしか、篠田係長に抗議した時だ。

「ただ、納得するかどうかはわかりませんよ、それになかなか手強《てごわ》い、ふふふ」

主任の口調には余裕が感じられた。

「じゃあ、近いうちに話してみましょう」

「いや、善は急げ。早いほうがいいでしょう。もうすこしで参ります」

鴨下はコーヒーカップを持ち上げた手を止め、主任を見た。

「え、こ、これから？　ここに？」

「はい、まもなく。実はここにはちょいちょい真理《しんり》と来るんです。学校からも近いので、娘は友達とも来てだべっているそうです。そうそう、さっきの電話、実は真理からだったんです。今日はもう料理するのは面倒だからここで食べようってことになったんですよ」

思いも寄らない展開に唖然《あぜん》としていると、

「おっと来ましたよ」

と主任が出入り口のほうに視線を投げた。つられて鴨下も見る。薄墨色の制服を着た花比良真理が入ってきたところであった。

「待ち合わせです」

と断って、真理はテーブルに挟まれた通路を奥へと進んだ。

父親はいちばん奥の壁に背を向けて座っていた。誰かと話している。そばまで行って見ると、あの新入りだった。あれ？　とつぶやきながら、とりあえず父親の隣に腰を下ろす。

「なんで」

どちらにともなく真理は言った。

「いや、中野だっていうから乗ってもらって、真理のことを話してたんだ。そしたら終わらなくなっちゃってさ」

「私の話？　だったらそれはろくなことじゃないね。でしょ」

真理は目の前の鴨下を見た。新入りは少々決まりが悪そうだ。

「いやいや、桜田門に通うことになった経緯をさ。知ってもらっておいたほうがいいだろうと思って」

とりなすように父親が言って、真理もそうかもね、とうなずいたあと、また新入りをじっと見つめて、

「面白いでしょ」

と言った。

「面白い……なにが」

「私の運命が……」

「うーん、面白いってわけじゃ……」

「そっか、まだ信じてくれてないからね。みんな頭がおかしいと思ってるんでしょ」

相手は、うむ、とか言いながら言葉を探してうつむいている。言いにくいだろうからと思い、こっちが言ってあげたのに、そのとおりとは言えない性格らしい。言えば私が傷つくと思ってるんだな、と真理《しんり》は鑑定した。

「警部補はね、放課後は部活に精を出したほうがいいんじゃないかって仰るんだよ」

父親が脇から口をはさんだ。

「はあ。やってるよ、部活も」

「そう言っておいた。なんてったっけ、三味線《しゃみせん》じゃなくて太鼓で拍子を取る都々逸《どどいつ》みたいな――」

「その説明やめてって言ったでしょ。もうわざと言ってんだから。ヒップホップだよ」

「そうそうヒップホップ。足立区生まれ、警視庁育ち、ヤバそうな刑事《でか》ならだいたい知り合い、イェイってやつ」

たまりかねたように新入りが口を開く。

「あの、そのラップこそヤバくないですか。冗談じゃなくてまんまじゃないですか」

「ですかね。で、警部補は聴きますか、ヒップホップ?」

目の前の男は黙って首を振った。

「秋の文化祭で出るらしいんですよ」

「部活というのは軽音なんですね」

「みたいですね。行きますか、文化祭」

「そりゃ来るでしょ。相棒なんだから」

真理が先回りしてそう言うと、父親もうんうんとうなずいて、

「そうですね、まだ相棒です。いくらキャリアだからって、刑事部長が組めと言ったコンビを独断で解消するわけにはいきませんよ」

へえ、小百合さんがこのコンビを決めたんだ、顔の好みなんて話したことあったっけな、と真理が不思議に思っていると、ウエイトレスが注文を取りに来た。

「まだ頼んでないの？」

と真理は父親のほうを向いた。

「食事はね。ちょっと話し込んでたから」

「私を辞めさせるかどうかについてだよね」

父親は曖昧に笑ってこれには答えず、新入りに、

「どうです、歓迎会と言うにはあまり話題が適切ではないんですが、警部補も」

「いいね。お迎えする相手に、お前は辞めろって言われる歓迎会。あはは」

「……いや、ですから、今日は人と食べる予定が入ってるんですよ」

「そうなんですか、それは残念だな、じゃあ、またあらためて」

ほんと残念、と言って、真理はウエイトレスに向かうと、口調を改め、黒毛和牛のすき

焼き御膳を注文した。父親はハンバーグと天然海老《えび》フライ&紅《べに》ずわい蟹《がに》のクリームコロッケ（ライスのセットで）を頼んだ後、新入りのほうに向き直って、

「いいですか僕たちだけ食べちゃって、なんだか気が引けますが……」

と断りを入れた。――その時、

「失礼します」

と女の声がして、真理《しんり》は視線を仰向けた。セージグリーンのスーツに肩までの髪を垂らして、背の高い女がすこしかがみ気味に立っていた。

「愛里沙」

と新入りが女を呼んで、

「彼女だな」

と真理はぴんと来た。そして、女の顔を見つめると、

「これはなかなか強敵だ」

と勝手にライバルとして認定した。

「あー、会食というのはデートだったんですか。さすが警部補にお似合いで、実に美しい方ですね。さ、どうぞどうぞ」

娘が気になっている男の彼女を目の前で褒めるなんて、父親としてなっとらん、と真理は思った。

「あ、いや、私、お話が終わるまで別の席で待ってますので」

愛里沙と呼ばれた女はとりあえず遠慮した。しかし、店は大変に混んでいて、空いているテーブルはなさそうだった。

「まあまあ、いいじゃないですか」

と父は熱心に勧めた。真理はこの女にここにいて欲しいような、いて欲しくないような、複雑な気持ちだった。しかし結局、愛里沙は新入りの隣に腰を下ろすことになった。

「私、鴨下警部補の同僚で花比良と申します」

と父親が妙に格式張った挨拶をした。

「穂村《ほむら》愛里沙です。どうぞよろしく」

「こちらは花比良真理。女の子の名前でよくある真理《まり》と書くんですが真理《しんり》と読みます」

「ああ、お嬢様ですか」

「はい、そうなんですが、これもまた鴨下警部補の同僚になりまして」

「え？　同僚？」

「はい。ところで、穂村さんのお仕事は？」

「報道です。まだ駆け出しですが」

「報道と言いますと、テレビ局かなにか？」

「いや新聞です」

「新聞。……ひょっとして警察《サツ》回り？」

「ええ、やっていました去年まで」

「ははあ、そこで警部補と」

すこし照れたように笑いながら愛里沙はうなずき、そして、照れ隠しのようにボーイフレンドを見た。

警察回りというのは、署に張りついて記事を書く、新人記者がまずやらされる仕事だくらいのことは真理《しんり》も知っている。たいていは地方に回されるみたいだが、愛里沙は警視庁の所轄の担当になったらしい。

「そうですか、いやラッキーでしたね警部補」

そう言って父親は向かいの新入りに笑いかけたけど、私にとってはアンラッキーだ、と真理は悔しがった。新入りは居心地悪そうに「ええ」と言いながら、水のグラスに口をつけている。父親は愛里沙に向き直った。

「ところで、現在はどのような?」

「海外の取材をさせていただいてます」

「それは優秀だ」

よく知りもしないくせに。真理はそう思って、そろりと斜め向かいの男に視線を送った。手にした水のグラスは空になっている。

「いや、大学でアラビア語をやっていたので、スタッフの欠員が生じた折に引っ張られただけです」

と愛里沙は謙遜した。

「アラビア語ですか。それまた優秀だ。イランで絨毯《じゅうたん》買うときも困りませんね」

「困りますよ。イランはペルシャ語ですから」

「おっと、そうでした、ペルシャ絨毯だからペルシャ語で値切らなきゃ。あははは」

もうパパかんべんしてよ、と苦々しく思っていると、またウエイトレスが、こんどは愛里沙の注文を取りに、やって来た。

「あの、私たちは夕飯の注文を済ませていますから」

父親がそう説明し、愛里沙はメニューを手に取って、

「俊輔は？」

と訊いた。そうか、俊輔と呼んでるのか、と真理は軽い衝撃を受けた。そして、ならば私もそうする、と勝手に決めて、俊輔を見た。

「いや、僕はコーヒーだけ」

「ぜひ一緒にと誘ったんですがね、これからデートなんですと叱られました。あはは」

「叱ってなんかいませんよ」

「まあまあ。でもこうしてお会いしたのですから、差し支えなければ、ぜひご一緒に」

「そうですね、どっちにしても夕飯は食べなきゃいけないし」

と愛里沙が言ったとき、黒毛和牛のすき焼き御膳とハンバーグと天然海老フライのセットが運ばれてきて、真理と父親の前にそれぞれ並べられた。

「おいしそうですね」

湯気の立っている鍋を見た愛里沙にそう言われたとき真理《しんり》は、

「おいしいですよ」

と言った。そして、箸を取りながら、

「おすすめです」

とつけ加えもした。

「じゃあ、私もあれください」

女がウエイトレスに向かって言い、驚いている俊輔にすかさず父親がメニューを差し出した。

「さあさあ、もうこれで決まりですね、警部補もどうぞ」

「じゃあ、僕もそのすき焼き御膳を」

うーん、なんて日なの。

出会ってすぐに、いいなと思った男子から早々にむかつく態度を取られた。おまけに彼ときたら私を追い出すと宣言したらしい。あげくの果てに、彼女がやってきて一緒に夕飯を食べることになった（こっちは父親同伴！）。しかも、三人とも同じものを注文して同じものを食べるなんてへんだ。「同じ釜の飯を食う」と「同じファミレスのすき焼き御膳を食べる」は似ていなくもないけれど、問題の男と私の関係はいまめっちゃぎくしゃくしているし、やってきた彼女はうっとなるほど美人で髪はさらさらで、頭もよさそうじゃない。こんなとげとげした気分で、同じファミレスのすき焼き御膳を食べるなんて。

「あれ、なかなかおいしいね」

ひとくち食べて、愛里沙が言った。そして、真理を見つめ、

「よくここで食べるの」

と訊いてきた。その視線を受け止めた真理は、これだと思った。へんだと思ったのは、冷戦の真っ最中に、すき焼き御膳の共食で和解モードに無理やり押し込まれたことにあった。だけど真理は、とりあえず薄い笑顔を作って、

「はい」

と答えた。愛里沙はこんどは父親のほうを向き、

「あの、さきほど、お嬢さんは鴨下君の同僚だって仰ってましたよね」

「ええ、ええ」

と海老フライを咥《くわ》えたまま父がうなずく。

「それはどういう意味ですか」

「娘は特別捜査官として警視庁で働いているんですよ」

「え、でも、その制服、吉祥《きつしよう》女学院でしょ」

「あ、ひょっとして先輩ですか」

父親がまた先走る。

「ちがうよ、念のため滑り止めに受けたんだよ」

とすかさず真理は訂正して、

「でしょ」

と愛里沙を見た。

「いや、バリバリ行くつもりだったんだけど、制服かわいいから。え、てことは、いまの年齢は？」

「十七歳です」

肉を口に入れたばかりの真理《しんり》の代わりに父が答えた。

「えっ。高校生で警視庁の本庁でバイトしてるんですか」

「バイトではありません、特別捜査官です」

「特別捜査官って……？」

女は解説を求めて俊輔を見た。

「試験を受けて警察官になったわけじゃなくて、特別な能力を買われて、捜査に協力したり参加したりする人だよ」

「ん……？　あの、その特別な能力っていうのは――」

好奇心に満ちたまなざしが向けられ、真理は肩をすくめた。俊輔も黙っていた。父もこれには解説を加えずに、

「この蟹クリームコロッケ、なかなかいけますね」

などと料理の品評を始めたので、とりあえず特別な能力については棚上げになった。しかし、愛里沙はふた口ほど食べたあとで、

「あの、どこかに取材を受けたりしましたか」

真理は箸を口に運びながら首を振った。愛里沙が身を乗り出す。

「社会部に話していいかしら」

俊輔のため息が聞こえた。ただこれは、愛里沙の耳には届かなかったみたいだ。彼女は興奮気味に、

「きっと取材したがると思う」

と詰め寄ってきた。

「取材ですか、いやー、それはどうかなあ。すくなくとも広報を通さないと」

と父親が言った。すると急に俊輔が、

「いや、そういう問題じゃありません」

と割って入った。

「ならどういう問題」

愛里沙は問い返す。

「それは……」

と言い淀《よど》んだその先を真理が、

「まあ、そうだよね、辞めろって言っている人が取材なんて賛成するわけないもの」

と継ぎ足した。

「辞めろって？」

怪訝《けげん》な顔つきになって愛里沙が言う。

「どういうこと」

「それとこれとは話が別だよ」

「別ってのは」

「僕が真理《しんり》さんに警察で働くことを奨励しないのと、マスコミの取材を受けさせたくないのは別だってことだ」

「まだ彼女の能力がどういうものかわからないけど、警察が彼女を必要としているからこそ雇用しているわけでしょ」

「必要とするべきではない、ってことが言いたいんだ、僕は」

「必要とするべきかそうでないかは俊輔が決めること？」

「もちろんちがう。ただ意見は言ってもいいだろう。それに僕の意見には正当性がある」

「正当性？　若い女性の職場進出を阻む正当性ってどんなの？」

「この場合、性別は関係ない。それよりも、社会部に真理《しんり》さんを取材させてどうしようって言うんだ。彼女の能力ってのがどういうものかわからないうちに取材したいってなぜ思うんだよ。女子高生が警察で働いていることの物珍しさくらいの動機しか僕には思いつかないな。それこそ女性蔑視ってものじゃないか」

たちまち愛里沙の顔が険しくなった。けれど、その口から切り返しの台詞はすぐには出てこなかった。

「それで君んところの紙面が華やかになって喜ぶのは、読者と会社だけで、社会でもなければ警察でもない。花比良捜査官だって記事が出た当初はもてはやされるかもしれないけど、長い目で見れば、いいかどうかわからないよ。少なくとも僕はよくないと思う」

これまでのしどろもどろな態度は消え、きっぱりとした口調で俊輔は言った。

いい、真理は思った。面白く、好ましかった。

それに〝真理《しんり》さん〟と呼ばれることも嬉《うれ》しかった。回りはみな〝真理《しんり》ちゃん〟だ。小学生の頃から知っている篠田さんはよしとしても、女子高生ってだけでちゃん付けはないだろう、誰のおかげで逮捕できたんだよ、とムカつくことも一度や二度ではなかった。ただムカついてばかりだと疲れるので、ほうっておく。だけど、〝真理《しんり》さん〟はいい。ファーストネームはなれなれしいが、父親も同じ職場にいるので紛らわしいから、これは許す。

ただし、座の空気は一気に冷えた。愛里沙は黙り込み、料理の感想なんかじゃこの空気を和ませるのは無理だと思ったのか、ひょうきんが持ち味の父も、苦笑いを浮かべながら黙っている。すこし機嫌が直った真理は、人さし指で愛里沙の前のテーブルをトントンと叩いた。相手がこちらを見たので、人さし指で隣の席へ視線を促した。

そこには、昼間もここで見かけた、肌の浅黒いあの青年がいた。メニューを見ながら、ウエイトレスとなにかやりとりしている。彼の言葉は英語のようにも聞こえるけれど、訛《なま》りが強いのか、よくわからない。ウエイトレスもこちらは単品の値段になります、などと当てずっぽうを言って、会話はまったく噛み合っていない。

「アラビア語で人助け」

青年を見た愛里沙も、気分を変えるチャンスだと思ってくれたらしく、通路越しに声をかけた。アラビア語で話しかけられ、青年は驚いていたようだったが、メニューの中の料理を指さして、なにかを訴えた。愛里沙がまたなにか言うと、青年は安心したように、ウエイトレスに向かって、無事に注文を終えた。

青年からの礼に愛里沙は、おそらく「どういたしまして」くらいの意味だと思われるアラビア語を返したあと、テーブルの三名に向き直って、

「調味料の中に豚肉の材料が入っていないのかを確認したかったみたい」

「アレルギーですかね」

と父親はまた見当ちがいなことを言う。

「もう、なに言ってんの、宗教だよ。イスラム」

「あ、そうかー。しかし、さすがですね、これは国際部に引っ張られるわけだ」

「そんな、日常会話ですよ」

父のスマホが鳴った。耳に当てると、急に声の調子を落とした父は、隣に座る真理《しんり》にジエスチャーで出してくれと合図し、通路に出ると、出入り口に向かって話しながら歩いていった。そして途中で踵を返したと思ったら、また急ぎ足で戻ってきて、これから人に会いに行くのだと言った。

「どうかしましたか」

俊輔は当然訊いた。

「いや、ちょっと個人的なことです」

と父は言ったが、かけてきたのは篠田さんだな、と真理は確信した。

父は鞄を取るとすぐに店を出た。

残された三人はそそくさと食事を済ませた。食べ終わったころに、こんどは愛里沙のスマホが鳴って、やはり通話しながら出入り口のほうに向かっていったが、また途中で回れ右して、席に戻ると、そろそろ行かなくちゃ、と言った。

「ノートはどうする」

「悪いけど、着払いでいいから、バイク便出しといて」

愛里沙はそう言い残し、店を出て行った。

こうして花比良真理と鴨下俊輔という、とりあえず結成されたものの、ぎくしゃくしたデュオが残され、ふたりは対角線上に向かい合うことになった。

鴨下は、この状況で真理とふたりきりになったことに、実は動揺していた。とにかく、話すことがないのが困る。

まず、仕事の話はできない。警視庁で働くのはよせという本心を曝露《ばくろ》されたいまとなっては、さてこれからどうやって一緒にやっていこうか、という普通だったら当然やるべき打ち合わせができない。

また、辞めろと説得するのもお門違《かどちが》いのような気がした。早い話が彼女は巻き込まれたわけである。抗議は巻き込んだほうに、つまり徳永部長にするのが筋というものだ。しかし、この話も避けるとなると、女子高生との間に共通の話題などないのだから、鴨下はなにを話していいのかわからず、ほとほと困った。

隣の席では、ビーフカレーを食べ終えた青年が、スマホで誰かに通話し始めた。携帯電話の使用は禁止されているけれど、声は低く抑えているし、ひとこともわからないアラビア語なので気にならなかったから、注意するしないは店にまかせることにした。

すると日本語が聞こえた。

「ニーチェ・マスキチはどうしてる？」

鴨下は顔を上げて斜め向かいの少女を見た。

「ニーチェ……？」

「いやなんでもない」

と真理《しんり》は首を振った。

先に退店した愛里沙と主任は、愛里沙は自分の、主任は自分と真理のふたりぶんの払いを置いていった。鴨下が自分のぶんを足してレジに持っていった。そして、真理といっしょに店を出た。

暗くなっていたので、鴨下が真理を家まで送っていくことになった。スマホの地図アプリに教えてもらった住所を入れると、裏通りに入った細い道を十五分ほど歩いたところだった。鴨下の住まいはそのすこし手前なので、ちょっと先まで足を伸ばせばすむ。しかし、こんなご近所だと、デュオ解散後に、たとえば休みの日に本屋で立ち読みなんかしているところで、ばったり出くわしたりしかねないぞ、それは気まずいなあ、と心配した。そして、やはり仕事の話はできず、さりとて取り繕う話題もないので、ただ黙って、暗い裏通りを歩いていた。

ところで真理は、ダンマリを決め込んでいる鴨下の心積もりのおおよそは摑んでいた。やはり、辞めさせるつもりなんだな、と腹を立ててもいた。私を誰だと思っているんだ。こっちは正式に特別捜査官になってから七年、あの荒川河川敷の事件から数えれば（まったく覚えてないけどさ）十五年も捜査に携わってきたんだぞ。キャリアだろうが、東大出だろうが、昨日今日入ってきたばかりの新入りに私を追い出せるもんか——などと憤慨していた。

こうなると、鴨下のことを「いいな」と思ったことさえ忌々しく思えてくる。しかし、彼女にはまだゆとりがあった。それは、そのうちこの馬鹿だってわかる時期がくるだろうという、言ってみればベテランの貫禄だった。

一方、私立の男子校出身の鴨下は、女子高生と言葉をかわしたことなどほとんどなかった。そんな彼にとって、制服を着た十七歳と一緒に夜道を歩くというのは、緊張を強いられる難業であった。さらに、彼女は仕事先の同僚であり、父親は先輩だ。このややこしい状況で当たり障りのない言葉をつるつる吐き出せるほど、彼は器用ではなかった。しかし、黙っていると沈黙はどんどん重苦しくなっていく。突然、鴨下は足を止めた。

「ここの四階が僕の部屋」

そう言って指さした先には、五階建てのマンションがあった。すると少女は、くるりと足の向きを変えて、また歩きだした。

「え、どこに」

「ちょっと疲れたから休んでいく」

「え、まずいよ、それは」

「どうして」

「どうしてって」

「まさか、襲わないでしょ」

「え」

「警察官が女子高生襲ったら洒落《しやれ》にならないものね、それに同僚だし。おまけに相棒。いまはまだ。――でしょ」

「あのさ、うちのマンション、エレベーターないんだ、だからよけい疲れることになるよ」

「ふむ。だったら足を細くする運動にちょうどいいって思うことにしようじゃないか」

真理《しんり》はおじさんっぽい物言いをして階段に足をかけたと思ったら、どんどん上っていった。

「やっぱ疲れた」

四階までたどり着いた時、振り向いて真理は言った。

「ここかな、あ、そうだ」

〈鴨下〉と書かれた板《プレート》を真理が見つけた時、彼は背中でドアを守るようにして立った。

「急には困るよ。人をあげられる状態じゃないんだよ、散らかってて」

「許す。私もパパからもうちょっと部屋を片づけなさいってよく言われる」

「二日ほど部屋に帰ってないんだ、だから散らかり方が半端ない」

「嘘つくなっての。今日、彼女来るはずだったんでしょ」

そう言って真理はドアの横についているチャイムを高速連打し、

「開けてー、俊輔さーん、私よ、いるのはわかってるんだからー」

「よしてくれよ」

真理は手を止めた。

「なんてことするんだ」

「あれ？　あんまり面白くなかった？」

「面白くはない。とても困る」

「なら開けなさい」

鴨下は逡巡《しゅんじゅん》した。

真理は扉の前で拳《こぶし》を握って見せ、「次はノックしましょうか」とでも言うように首をかしげた。

ため息をついて、鴨下はキーを取り出した。

「なんだ、わりと片づいてるじゃない」

鴨下が灯《あか》りをつけると、部屋を見渡して真理《しんり》が言った。

「なんでこんなに本があんの？」

壁を埋め尽くした本棚を真理は不思議そうに眺めている。

「パパがキャリアの警察官は試験受けなくても昇進していくからズルいって言ってたよ」

鴨下は靴を脱いであがってすぐのところで、キッチンテーブルの椅子を引いて腰かけ、奥の書斎兼ベッドルームの八畳間を見つめていた。彼の本能は、この少女とはなるたけ物理的に距離をとったほうが安全だと告げていた。真理は「ふーん」と言ってカーペットの上にバッグを置いて本棚を見ていたが、

「ところで、ソファーないんだけど、どこに座ればいい？　ていうか、彼女が来たらどこに座らせてんの」

「……いや」

「いやって？　……いきなりベッド」

「ち、ちがうよ」

真理は意味ありげな笑いを口元に浮かべ、

「ふふ、大きな声出さないでよ。わかったよ、じゃあ、ここにしようじゃないか」

とまたおじさんっぽい口調で言って、勉強机の椅子に座った。

「コーヒー飲まない？」

「え」

「さっきファミレスで、コーヒーどうするって訊いてくれなかったよね」

「いや……いまの高校生はほとんどコーヒー飲まないって誰かに聞いたから」

「なぜ私に訊かない？　向かいに座っていたのに。訊けばいいじゃん」

「飲むの？」

「飲む」

真理が力強くうなずき、鴨下は立ち上がって、ケトルに水を汲《く》んだ。

「まさかインスタントじゃないよね」

「え……」

「レギュラーでなきゃ嫌だよ」

「だけど、切らしてるんだ」

「買ってきて」

「え」

「もう少し先に行くとセブンがあるから、そこで。Sサイズ」

「あの……マジで言ってるの」

「マジ。コーヒー飲ませてくれないと帰らないよ」

鴨下はじっと真理《しんり》を見たあとで、鍵をとって腰を上げた。玄関に向かいながら、真理を振り返って警告するように指さし、

「クローゼットとか開けないでよ」

すると真理も指をさし返して、

「開けない。エロ本とか出てきたら気持ち悪いし」

鴨下は反論の言葉をぐっと飲み込んで、部屋を出た。


なんて日だ。夜道を歩きながら鴨下は思った。

赴任先で、相棒だよと女子高生を紹介され、しかも、係はその少女の霊感を頼りに捜査さらに父親からは、「娘のタイプですよ、ふふふ」などとからかわれ、おまけに忽然《こつぜん》と本人が現れたと思ったら、なぜかここにガールフレンドまでもが合流して一緒に夕飯を食べたあげく（動転して、同じものを注文してしまった。しかもガールフレンドまで）、なんたることか、いま問題の少女は、自分の部屋に無理やり上がり込んで、こっちがコーヒーを買って帰るのを待っているではないか。わけがわからない。なんて日だよ、まったく。

コンビニのレジでスマホを出して、電子マネーのバーコードを読み取らせていると、突然、画面が十一桁の番号を浮き上がらせて鳴り出した。

知らない番号である。すみませんと謝って、後ろに並んでいた客に順番を譲り、列の後

ろに回った。

「もしもし」

――あのさ、ちょっと頼みたいことがあるんだけど。

「……真理《しんり》さん？」

――そうだよ、やだ。わからなかったの？

「あの、この番号はどうやって」

――ああ、いまパパに電話した。

「え……主任に。それで話したの」

――なにを？

「つまり真理《しんり》さんがうちにいるってことを」

――うん、言った言った。

「主任はなんて」

――べつになにも。

ホッとした。とりあえず父親は、こちらが妙な下心で娘を部屋に連れ込んだとは思ってないようだ。

――それになんか忙しそうだったし。バタバタしてたよ。

「で、この電話は？」

――ああ、そうだ、私のコーヒー、アイスにして。

「アイス……」

——そう、気が変わったの。冷たいやつ。で、ついでに買ってきてほしいものがあるんだ。そこセブンだよね、ファミマじゃなくて。

「そうだけど」

——だったら、オリジナルのシャンプーとリンス、セットで買ってきて。

「え、どうして？」

——どうしてって、ノンシリコンタイプだからだよ。

「……あのさ、いちおう訊くけど自宅で使うんだよね」

——自宅？　ん、誰の？　まあとにかく男臭いトニックシャンプーしかないと困っちゃうでしょって話。

「え、誰がどう困るのさ……」

——だから、これ置いとくと彼女が来たときも便利だよって教えてあげてるの。

「……あの、そういう心配はしてくれなくていいと思うんだけど」

と返したときには、通話が切れたことを知らせるツーツー音だけがむなしく聞こえた。

折しも、前で勘定を済ませた客がどいて、鴨下の番になった。

「すみません」

とまた詫びて、こんどは日用品の棚へ移動した。真理《しんり》が言っていたシャンプーとリンスはそこに並んでいた。

部屋に戻った時、真理の姿はなかった。キッチンとその奥の八畳間を仕切る鴨居に、グレーのブレザーがハンガーにかけられて下がっていた。その横に自分が脱ぎ捨てた紺色の上着が並んでいる。

書斎と寝室を兼ねた部屋に行くと、デスクの上には、渡邊二郎《わたなべじろう》編著の『ニーチェ・セレクション』が、開いたページを伏せて置かれてあった。

水を使う音がする。まさか……と思いつつ、浴室・洗面所・トイレのスペースとダイニングキッチンとを仕切るアコーディオンカーテンを開けると、脱衣籠《かご》に白いブラウスとスカートが脱いであった。

不吉な予感とともに、曇りガラスがはめられたドアを眺めていると、カチャリ、といきなり開いた。鴨下は、うわっと叫んで、飛び退《の》いた。

「あった？」

バスルームから訊いているのだから、シャンプーとリンスのことだな、とかろうじて理解した。

「ああ、あった」

「ちょうだい」

「ええっと、君がいま使うのか、これは」

「これでいいのなら愛里沙さんが使ってもいいよ。だけど、買ってきてと言った私がいまお風呂に入っているのに、私がそれを使わないと思う理由はなに？」

言いあぐねて立っていると、急に真理《しんり》は調子を柔らかくして言った。

「ドアの前に置いといて。アイスコーヒーは冷蔵庫の中に入れておいてくれればいいよん」

カチャリ、とまたドアが閉まる。観念した鴨下は、牛乳配達の少年のように、ボトルをふたつ扉の前において退いた。すぐにまたドアが開いては閉まる音がして、それらが中に取り込まれたことがわかった。

着信音がした。鳴っていたのは真理のスマホだった。渡邊二郎編著の『ニーチェ・セレクション』の横で鳴っているそいつを、風呂場まで持っていってやろうかと思ったが、よした。ピンクのケースに収まったスマホは、ひとしきり咆哮《ほうこう》した後で黙った。

すると、もういちど鳴った。こんどは鴨下のだった。ポケットから恐る恐る取り出して相手を見てから、出た。

「もしもし、鴨下です」

――あー警部補、申し訳ありません。いまそばに真理はおりますでしょうか？

「あ、いや。そばには……」

――そうですか。おかしいな。電話したんですが、出ないもので。

「ええ、実は真理《しんり》さんは……」

――どうかしましたか。

「入浴中です」

――あれ、警部補はいま拙宅におられるんですか？

「いや僕の部屋です。けれど、決して――」

と言ってから言葉に詰まった自分が、鴨下は歯がゆかった。

――はあはあ、なるほどなるほど。すみませんねえ、一夜漬けのテスト勉強が続いて、二日程シャワーも浴びてなかったみたいで。

なぜ自分んちで入らない、と鴨下は叫びたかった。

――警部補、申し訳ありませんが、このスマホ、風呂場まで持っていってくれませんか？

「え、ええっ。それはちょっと」

――大丈夫ですよ。

「だけど……」

――いまのスマホは風呂場で使ったぐらいじゃへこたれない防水性を持っていますから。

やっぱり親子だ、ふたりともどこか変だ。

すると、ドアが開く派手な音の後に、真理の声がした。

「誰と話してるの」

「主任」

そう言わざるを得ない。

「私にでしょ。出るよ」

「出るって言ったたって……」

「早くして、ほら」

アコーディオンカーテンを薄く開けると、浴室のドアの隙間から、濡《ぬ》れた白い手が水滴をしたたらせて突き出ている。恐る恐る近づいて、掌の上にスマホを載せると、さっとその手はひっこんだ。

バタンとドアの閉まる音に続いてくぐもった声が聞こえてきた。「うんうん」とか、「そうだなあ」とか、「ちょっとまずいかも」とか、「それだけじゃあなんとも」などという言葉の断片は拾えたものの、会話の内容は把握できない。ただ父と娘が、明日の夕飯の献立を相談しているわけではなさそうだ。

ドンドン、と扉をノックする音が聞こえたので、アコーディオンカーテンを薄く開けて見ると、また濡れた手がスマホを差し出していた。

「パパが替わってくれって」

カーテンの隙間から手だけを突っ込んで受け取り、

「もしもし」

——いや、あいすみません警部補、申し訳ないんですが、いまから二宮君を使いに出しますので、それまで真理《しんり》を預かっていただけませんか。

「それはかまいませんが、どういう状況なんですか」

——いや、たいしたことないんですよ。

「じゃあ教えてください」

――うーん、例の失踪事件のことなんですがね、本当にたいしたことないんですよ。

「だったら、なぜこんな時間に真理《しんり》さんを桜田門に呼び寄せるんです」

――まあ、念のため参考意見を聞くという程度です。

「なら、僕も参りましょう」

――ただ、警部補の赴任は明日付けですから。

「けれど、もう会議にも出させていただきましたし」

――ええ、あのときはたまたま部屋におられたので。あそこで呼ばないと仲間はずれにしているみたいじゃないですか。ですので、わざわざ篠田係長が、明日付けですけどよろしいですかと確認していたでしょう。明日、きちんとお話ししますよ。

「いや、しかし……」

――ま、詳しいことはまた。

別れの挨拶のようなひとことの後で通話は切られた。背後でアコーディオンカーテンが開く音がして、振り返ると、髪にバスタオルを巻いて出てきた真理が、冷蔵庫を開けて中を覗き込んでいる。ばたんと扉を閉じて、プラスチックのカップを手にしてこちらにやってくると、机の上の『ニーチェ・セレクション』を取ってベッドに寝転がり、アイスコーヒーを飲みながら読み始めた。

「悪いけど、ジョーコーが来るまで休ませてね」

鴨下が呆然《ぼうぜん》としていると、ストローをくわえたままで真理《しんり》が続けた。

「入ってきたら」

「なにが」

「お風呂。お湯張ったままにしてある」

鴨下が蚊の鳴くような声で、

「いや、いいよ」

と言うと、女子高生はなぜか愉快そうに笑った後で、

「あ、ここにも書いてある」

と、急に真面目になった。

「なにが」

「神は死んだって」

「ああ、有名な言葉だ」

「ニーチェの」

「うん」

「私たちが殺したんだ、とも」

「そう、『神は死んだ、神は死んだままだ。私たちが殺したのだ』」

「でも、あの人は死んだなんて思ってないんでしょ」

「あの人って？」

「ほら、さっきファミレスにいたじゃない。愛里沙さんが通訳してあげた。食べるものまで神様の言う通りにしてるんだから」

「うん、彼はイスラム教徒だから」

「だったら、神はまだ死んだわけじゃない、ってことにならない？」

「まったくね。ヨーロッパ人が死んだって勘違いしただけってことが証明されつつある」

「だいたい、どうしてニーチェは神は死んだって言ったの？」

「ひとつは、絶対的な価値が壊れたからだろうね。神は絶対に正しいって昔の人は思ってた。けれど、いろんなことを知るにつれて、世界にはさまざまな価値観があると人は気づきはじめたんだ」

真理は枕の横に『ニーチェ・セレクション』を置いて、

「ディオニソスってのは？　そいつも神様なんでしょ」

「それは一神教の神《ゴッド》とは別の、ギリシャ神話のお酒の神様だよ」

「それは聞いたことあるんだけど。で、いいやつなの、そいつ」

「うーん、少なくともニーチェはそう思ってたね」

「どうして」

「勇気を与えてくれるから、じゃないかな」

「ふーん、なら、いいやつだな。でもどうやって」

「ディオニソスとキリストはどちらも悲惨な目に遭っている。キリストは人間の罪を被って十字架に架けられた。つまり、僕らの罪をキリストがチャラにしてくれたってことだ。だから、僕らはキリストに贖《あがな》いきれないほどの借りがある。こういう負い目を人々の心に植え付けて、キリスト教は世の中をコントロールしたんだってニーチェは考えた。つまりキリスト教は、ニーチェに言わせれば、苦しみの意味を人間に嫌というほど教えた上で、その苦しみから人間を救おうとする宗教なんだ。ところが、ディオニソスは、こいつもまた八つ裂きにされて苦しむんだけど、生きる苦しみそのものを肯定する。生きるってことで人間は苦しむけれど、生きたいっていう欲望以外には、生きる理由なんかあり得ない。ディオニソスはそう教えてくれる。——ま、そういうことをニーチェは言いたかったんだと思うんだけど、この説明でわかるかな」

ふと見ると、真理《しんり》は両手でプラスチックのカップを胸の上で持ったまま、目を閉じている。薄く開いた唇からは寝息が漏れていた。

そっと、真理の手からカップを取り上げると、鴨下はそれを机の上に置いた。そして、クローゼットの棚から薄い毛布を出して、真理にかけた。

そうして、枕元の『ニーチェ・セレクション』を取って、灯りを暗くすると、ダイニングキッチンに下がって椅子にかけ、コンビニで買ってきたコーヒー（もう冷めていたが）をひとくち飲んでから、『ニーチェ・セレクション』を開いて拾い読みした。

それにしてもどうしてニーチェなんだ。高校の授業でニーチェなんか教えたっけな。教えないとも限らないけれど。そういえば、ファミレスでもニーチェがどうしたとか言っていたような気がする。愛読してるのかとも思ったが、それにしてはなにも知らないようだった。

チャイムが鳴った。インターフォンのモニター画面を見ると、スカジャンのポケットに手を突っ込んだ二宮が立っている。

「お疲れ様です」

靴を脱ぎながらおざなりに挨拶をすませた二宮は、部屋に上がるとベッドで眠っている真理を見つけて、肩をゆすった。

「うわ、髪乾かさないで寝ちゃった」

真理はひとり言のように言ってから、バッグを提げて洗面所に入ると、アコーディオンカーテンを引いた。すぐにヘアドライヤーを使う音が聞こえた。

二宮はでかい体でポケットに手を入れたまま突っ立っていたが、鴨下が椅子を勧めると、尻をつけた。

「三鷹の失踪事件ですか」

「まあ、そうだけど」

「どういう状況なんです」

二宮は苦笑して、

「ちょっと俺の口からは言いたくないな」

「なぜ」

「口下手なんで。すみませんが」

「どういうことでしょう」

「いや、俺が説明すると面倒なことになりかねないので、篠田さんから聞いてもらえるかな」

鴨下は少し考えて、

「貫井さんにハッキングさせて、霧島もえがTwitterに投稿したときの位置情報を取ったんですか」

「さあ。まあ、そこも含めて篠田さんに訊いてくださいよ」

「じゃあ、今日訊くことにしましょう」

「なんだって」

「早いほうがいいでしょう。本庁まで僕も乗せてってください」

「それはまたどうして」

「捜査に加わるためです」

「どうかなあ、それは」

「いけない理由は?」

「うちでの勤務は明日からでしょうに」

「僕のほうは今日からでもかまいません」

「うーん」

と二宮は唸って、そこまで言うのなら拒絶もできないと観念したのか、

「じゃあ、乗ってってください」

と譲歩した。すると、ヘアドライヤーの音がやんで、アコーディオンカーテンが開き、

「お待たせー」

とこの場にそぐわない明るい声を響かせて真理《しんり》が出てきた。

二宮が腰を上げる。玄関に向かった真理は白いソックスにくるんだ足をスニーカーに入れた。鴨下も上着を摑んで、二宮の後に続いて部屋を出た。

マンションの前に路駐していた車の助手席にまず真理が乗り込み、運転席のドアを二宮が開けた時、

「あ、忘れ物しちゃった」

と真理が助手席の窓を開けて言った。

「あのニーチェの本、貸してよ。続き読みたいから」

後部座席のドアハンドルを摑んでいた鴨下は、わかった取ってくる、と言って踵を返した。しかし、階段を上りはじめ、三階に達しようとしたとき、彼は下のほうから上ってくるエンジン音を聞いた。はっとして見下ろすと、真理を乗せたトヨタが急発進したところだった。それはみるみるうちに遠ざかり、先の角を曲がって見えなくなった。

「大丈夫かよ。裏切ったの、絶対俺だと思ってるぜ、あの人は」

二宮はステアリングを握りながら、おいてけぼりを食らわした首謀者に言った。真理《しんり》は、鴨下が三階まで上がるのを見届けると突然、

「いまだ、出せ」

と言い、言われた二宮もアクセルを踏んだのだった。

「だって、髪乾かしながら聞いてたけど、来て欲しくなさそうだったじゃん」

「そうなんだけどさ。しつこく粘られて、じゃあ乗ってけばって言っちゃったんだよ。それに、俺は巡査長、むこうは警部補だよ」

「わかった。じゃあ、そこは私がうまくやっとくよ」

真理はスマホを取りだして、両手の親指ですばやくショートメールを打ち、送信するとすぐに電源をオフにした。

「だけど、そこまで嫌うのならニコイチ無理じゃないの。俺とのコンビ復活させるように係長に言ってみようか」

隣で二宮が言った。

「いいよ。それに嫌ってるわけじゃないし」

「あ、無理してる」

「してないよ」

「真理《しんり》ちゃんと俺のコンビは最強だと思ってたんだけどなあ」

「まあ、草壁さんよりはマッチングはいいよね」

「リウマチ持ちの眠り爺《じじい》と比べられて言われても、たいして嬉しくないなあ」

「そう言うなって。これからもジョーコーの力は借りなきゃならなくなるだろうからさ」

「お、ほんと」

「ああ、モメるとは思うよ、あの新入りとは」

「やっぱり嫌ってんじゃん」

「嫌ってるわけじゃないよ。ドンじゃないしね。意外といいやつだよ」

と弁護して、真理はブラウスの胸ポケットに手を入れた。その手が抜かれた時、指先には緑色のカプセルがつままれていた。さっき洗面所で、ブラシを探して鏡付きの戸棚を開けたら、透明のピルボトルがあったので、中から一錠失敬してきたのだった。カプセルをつまんだ指を鼻先に持っていき、じっと見つめた。そして、自分のバッグの中から『ニーチェ・セレクション』（実は取ってきてた）をまず救出して、底のほうから似たようなピルケースを引き上げてキャップを取った。ボトルを回して口を開けると、中にはやはり緑のカプセルが詰まっている。真理は指先につまんだ錠剤をそこに落とした。

同類だった。

真理はそう思った。あいつはドンなふりをしているだけだ。いや、努力さえしてドンになろうとしている。ビンだとやってられないからだ。真理はシートを倒して目を閉じた。

第七会議室に入ると、篠田係長と父親とが待ち受けていた。テーブルの上には資料が散乱している。そして、部屋の隅のほうに寄せた椅子に一課の田所がひっそり座っていた。

「真理《しんり》ちゃんごめんね、こんな時間に呼び出して」

篠田さんはいつものようにやさしい笑顔をこちらに向けたあとで、

「それで、内容のほうは」

と二宮を見た。

「いや、まだ話してません」

「車の中で寝てたので」

と言って真理は椅子を引いた。

「今日テストの最終日だったので、私も昨夜《ゆうべ》ほとんど寝てないんです」

「も？」

篠田係長はまた二宮を見た。

「いや、俺はたっぷり寝ましたよ」

寝不足なのはジョーコーじゃなくて俊輔のほうですと説明したらまたややこしくなりそうなので、

「それで、貫ちゃんにやらせたんですね」

と本題に入った。

「ああ、本人は渋ってたんだけど、やってもらったよ。そのほうがよかったんだよね」

「ええ、手遅れにならないうちにと思って。それで、位置情報は摑めたんですか、『これで見おさめ』と『さよなら、世界』だっけ、霧島もえがTwitterでそうつぶやいた場所は」

篠田係長はうなずいた。

「河口湖《かわぐちこ》だったよ、山梨県の」

篠田係長は立ち上がると黒いマーカーを取って、左右に広がる凸凹《でこぼこ》な輪をホワイトボードに描いてから（河口湖のつもりである）、「だいたいこのへん」と言って、輪の右下あたりを、こんどは赤い油性ペンで囲んだ。二宮はその赤い○《マル》を指さして、

「観光用のロープウェイが出てるあたりじゃないですか」

と言い、

「独身時代にカミさんと行ったなあ」

と蛇足《だそく》めいたひとことを挟んでから、

「だったら、そのあたりの防犯カメラに霧島もえが映ってるはずですよね」

と同意を求めた。篠田係長は、

「そのへんはまだ捜査中なんだが」

と濁してから、部屋の隅の田所を見る。

「とりあえず、河口湖駅の防犯カメラは確認した。投稿された時刻から前後二時間だけだけどな。霧島もえらしき人物は映っていない」

「でも駅のカメラだけでしょう、調べたのは」

「ああ、大規模な捜査をかけるとなると、県警との連動が必要になるからな。この時点で

大規模捜査に切り替える材料は見当たらんよ」

「だけど、河口湖駅のカメラだけだとわかりませんよね。もっと前の時間帯に着いて、あちこち彷徨《さまよ》ってから撮った二枚だって可能性もありますし、車で来たのかもしれない」

霧島もえは車を持ってるんですか、と二宮が逆に尋ね、いいやと篠田さんは首を振って、

「誰かに乗っけてってもらったんじゃないかな。河口湖なんてカップルが行くところだろ、なにせお前みたいなのまで女連れで行くんだから」

「お前みたいなのってのはひどいじゃないですか」

二宮がいくぶんおどけて言ったので、笑いが起きた。会議室の空気はすこしばかり緩やかなものになった。あわせて、霧島もえが姿を現さないのはただの無断欠勤だろう、という気配が伝わった。これはまずいな、と思った真理《しんり》は口を開くことにした。

「霧島もえの写真をください」

おお、と驚いたような声を出して、父親がすぐ紙焼きをいちまい差し出した。

「駄目。加工されてるよ。いつも言ってるでしょ。素のやつにしてって」

ほとんど見もせずに、真理はそれをつき返した。そうかこれもしてるんだ、最近は何でもかんでも加工だなあ、と言ってから、じゃあこれはどうだ、と父は四つ切りの写真を真理の前に置いた。居酒屋の中で撮られた集合写真だった。十五人くらいが、グラスやジョッキを持ち上げている。その中でひときわ目立つ美女が霧島もえだと教えられた。

「この写真誰が撮ったの?」

中ジョッキを手に、もう一方の手でピースサインを作っている霧島もえの顔を見ながら、真理は言った。

「さあ、この飲み会に参加した誰かだろ。スマホには自動シャッターだってついているんだし」

「ほかにもある？　こういうの」

「こういうのってどういうのだ」

「加工されてないスナップ写真っぽいやつ。できたら霧島もえが大きく写ってるの」

田所が黙って紙束をテーブルに置き、それを滑らせて真理のほうへ押しやった。真理は、目の前のテーブルの上でそれを広げ、『呑んでけ』の面々と一緒に収まった霧島もえのスナップ写真を見た。さきほどの店内の呑み会のほかに、公園でバーベキューをしているものがあった。皆でカメラに向かって微笑《ほほえ》んでいる集合写真だけでなく、女友達とふたりで写っているもの、霧島もえを単独でとらえたものも混じっていた。

「オッケー」

写真を見つめながら真理は言った。

「飛ぶのか」

「飛びます」

この父と娘のやりとりを聞いて、周りが動いた。篠田は写真以外の資料を片づけはじめ、二宮は会議室を出て、特命捜査係のフロアの真理の机の上からピンクの熊のぬいぐるみを取った。熊の背中に縫い込まれたジッパーを引くと、中からまた熊が出てきた。こんどは木彫りだ。色はもちろんピンクではなく焦げ茶色。それから、袖机の一番下の引き出しを開けて、なにかの把手《とって》を摑んで引きあげると、キャンプなどで使うランタンが出てきた。

熊を小脇に抱えランタンを提げた二宮が、第七会議室へ引き返したとき、ドアの前では主任が、A4の紙をセロファンテープで扉に貼りつけていた。そこには――、

「認煙」

の二文字がえらそうに主張していた。そして、少し下げて、

「飛考中につき」

と添えられてあった。

主任は紙の四隅をテープで留めた後、二宮のために扉を開けた。二宮が中に入る。すでに書類は片付けられて、真理《しんり》だけが背もたれに身体を預けて仰向き、天井の隅を見つめていた。

二宮は真理の前に熊を、テーブルの隅にランタンを置くと、ポケットからライターを取り出し、蠟燭《ろうそく》に火を灯《とも》した。そして、ドア付近の壁にある照明のスイッチに手を当てて、

「いいか」

と訊いた。

真理がうなずく。

パチン。乾いた音とともに、部屋は闇に沈み、蠟燭の火影《ほかげ》が、仄《ほの》かに紅く染めた壁に、

少女の人影を作った。扉の閉まる音がして、二宮が出ていったことを真理は知った。

ひとりになった部屋の中でバッグから取り出したイヤフォンを耳に入れながら、そういえばあのあと俊輔はいったん寝たのだろうか、と思った。それから、スマホのミュージックリストをくって「カムイ」という曲を選んでタップした。

ヒップホップのリズムに琴のような弦のつま弾きが重なった。これは、小四の時に連れて行ってもらった大阪千里中央の民族学博物館のオーディオライブラリーで、アイヌのトンコリという弦楽器を聴いて気に入り、売店で買ってもらったCDを、一年前に眠睡《ねむねむ》を結成したとき、亜衣に渡して、トンコリのフレーズを引っぺがしてもらい、さらにドラムパターンの上に乗っけてループさせ、ほんの少しだけシンセの和音をまぶしてもらったものだ。この曲を聞いていると、飛べるのである。

紙焼きを手元に引き寄せた。霧島もえは集合写真では笑っているが、あとの二枚ではただ黙ってカメラを見つめていた。不機嫌な気持ちが流れ込んできた。写真を見ると、写された人の気分や体調がわかるってことに気がついたのは、やはりトンコリのCDを聴きながら、母親の若い頃の写真を見ていた時のことだった。

母は父と一緒に森の中に立っていた。稚内の実家に父を連れて行ったときのものらしい。幸せ、それでいて、不安、そんな気持ちが、こちらの心の中に流れ込んでくるのが感じられた。おそらく母親は、父との結婚を反対されていたのだ。北海道に帰って来い、と強く言われていたにちがいない。お前には北海道でやることがある、それがお前の運命だ、運命を受け入れなさい、と。

ズンズン、カッ――ズンズン、カッ――と反復されるリズムを聴きながら、真理《しんり》は目を閉じた。意識は深く沈んでいく。深く深く、警視庁のビルが建つ桜田門の地階のコンクリートを突き破り、その下の大地をさらに掘り進んで……。土の中から染み出す匂いを嗅ぎ、霊気を吸って、こんどは横に、地下鉄の複雑に絡まり合った坑道を巧みに避けて、皇居のお堀の下を何周か回ったあとで、浮上した。鳥のように羽を広げて上昇した真理《しんり》の意識は、いつのまにかカラスに姿を変えて、大手町《おおてまち》にある新聞社の高いビルの屋上の柵《さく》の上にとまっていた。

真理はふたたび黒い羽根を広げて羽ばたいた。皇居の暗い森の上を越え、まばゆい夜の東京を、四谷《よつや》を通過し、どぎつい光をギラギラ輝かせる新宿を抜けて、中野へと向かった。俊輔のマンションが見えた。真理はその上で二度旋回し、それからさらに西へと飛んでいった。

その頃、鴨下も夢を見ていた。試験の夢だった。答えはわかっているのに、鉛筆が用紙に届かない。Aの欄を塗りつぶそうとしているのに、狙いが外れて他所《よそ》を塗ってしまったりする。そして、ああ、もう時間がないぞと焦っているうちに、用紙が真っ白なままベルが鳴った。

鴨下は起き上がった。てっきり目覚まし時計のアラームだと思ったが、鳴っていたのは枕元のスマホだった。

「もしもし……」

――もしもし、ごめん。寝てたのかな？

愛里沙にしてはめずらしく恐縮していたので、よっぽど寝ぼけた声を出していたんだな、と思いながら鴨下は目をこすった。

「ああ、ちょっと仮眠してたんだけど、もう起きる頃だからかまわないよ」

――それで、私のノートなんだけど。

「うん、送っとくよ、明日でいいんだろ」

――いや、ちょっと後ろから四ページを写メに撮って送ってくれないかな？

「なんだ、急ぐのか、ちょっと待って」

鴨下はTシャツとトランクスで起き上がり、机の引き出しを開けた。

――悪いわね。

「後ろから四ページだな。すぐやって送るよ」

――念の為、六ページで。お願いします。

茶色い表紙のノートは中ほどまで使っていて、そのほとんどは殴り書きされたアラビア語で埋められていた。ただ、ところどころに漢字で、総理大臣の名前が書かれていた。先月、中東を歴訪した総理は、最後に訪問したエジプトで、イスラム過激派に対して決然とした態度をとると演説して、大いに物議を醸した。おそらくそのことに関するメモなのだろう。スマホのカメラでぱちりぱちりと撮って、愛里沙のスマホへ送った。すぐにちんと鳴ってショートメールが来た。

〈ありがとう。助かる。これで間に合いそう〉

間に合うというひとことで、さっき見た夢を思い出した。短い時間ウトウトするとこういう夢を見ることがある。まったく準備していない範囲を告げられて、一週間後に試験だといきなり言われるとか、電話をかけようとするのだが、プッシュボタンになかなか指が届かず、まごまごしているうちに最初からやり直しになるとか、よちよち歩きの幼児が下りの階段に向かって歩いていて、止めてあげないと落下してけがするぞと思っているが、こちらの身体がいうことを聞いてくれないとか、要するに、間に合いそうになくて焦る、そんな夢ばかりをくり返し見る。しかも、その頻度は警官になってからやけに高まった。

立ち上がって伸びをした。たとえうたた寝でも二時間寝るとずいぶんちがう。二宮と真《しん》理《り》においてけぼりを食らったとわかった時は、唖然として、腹も立ったが、そのあと真理から受け取ったショートメール、

〈どうしても来たいのなら、少し寝て、日付が変わってからくれば。とにかく少しは寝たほうがいいと思うよ〉

を読んで、そうするかと思い、ベッドに潜り込んだのだった。

さて、時計を見ると十一時半を回ったところである。ひとまずシャワーを浴びることにした。

浴室に入ると、バスタブには湯が張られていた。栓を引いて、真理が浸かっていた湯が流れていくのを見た。床にはシャンプーとリンスが置かれていた。鴨下はショートメールの続きを思い出した。

〈因《ちな》みに、シャンプー切れてたよ。今日買ったやつは、パパも使っているから大丈夫〉

なにが大丈夫なのかはよくわからないが、使わせてもらうことにした。そもそも、鴨下が買ったものなのだ。

「本日付けで、特命捜査係勤務となりました鴨下俊輔です。よろしくお願いします」

わざと大きな声で言ってがらんとした刑事部屋に入っていくと、ソファーに寝転がっていた二宮は、上半身を起こし、驚いた顔をこちらに向けた。

「お、こられましたか。こちらこそどうぞよろしくお願いします」

机の脇のパイプ椅子に座って篠田係長と話していた花比良主任は相好《そうごう》を崩してニコニコした。

「コーヒー入っていますよ。そこのサーバーです」

礼を言い、フロアの隅に設けられた小さな流しに置かれたサーバーから紙コップに注いだ。棚には私物らしきマグカップが並んでいる。銃口をこちらに向けてデカい銃を構えているクリント・イーストウッドがプリントされているのは吉住のものだろう。足を高く上げてハイキックを披露しているブルース・リーは二宮のにちがいない。ピンクのマグカップがあったので、これは真理《しんり》のだなと思って胴を回して図柄を見ると、鮭《さけ》を食わえたヒグマがいたので、やはり、熊なのか、と思った。

「どんな状況なんですか」

コーヒーを手に係長のデスクの前まで行くと、鴨下は尋ねた。

「飛んでんだよ」

怒鳴るような二宮の声がして、鴨下はふり返った。

「飛んでるって……？」

「ええ、ちょっと花比良捜査官にお願いして……」

係長はそう言ってあとを濁した。心配したとおりである。非科学的で呪術的な捜査のために真理を呼び寄せたらしい。

「では、新たに追加された資料があればください」

「それはもちろん」

係長がそう言い、主任が一式渡してくれた。自分の席に持って行って、すぐ閲覧に取りかかる。

まずは、『呑んでけ』に提出された霧島もえの履歴書を見た。〔特技・趣味などの自己PR〕の欄に、〈第十二代 ミス・チェリー〉とある。こんな経歴があったのか、と驚きはしたが、履歴書に貼られた写真を見ると、モデルやタレントをやっていてもおかしくない容貌である。

霧島もえの写真はほかにもあった。居酒屋の店内（おそらく『呑んでけ』だろう）での宴会や公園でのバーベキュー大会のものなどが大量に出てきた。じっと見ていると、妙な違和感を抱き出した。

写真に写っている誰かに話を聞いてみたいと思い、「アルバイト仲間ではもっとも親しい」と記されている藤木真梨香という同じ年頃の女性に電話した。

非常識な時刻であったが、藤木は出てくれた。名前と身分を名乗り、夜分遅くに大変申し訳ございませんと断ると、「いつもこの時間は起きてますから」と言った。話を聞くのは日を改めることにして、鴨下は簡単な頼み事をひとつだけした。藤木は協力すると言い、その協力はすぐになされた。鴨下はまた受話器を取り上げて架電し、「受け取りました、ありがとうございます」と礼を述べた。

それからまたしばらく資料とにらみ合っていたが、約三十分後、鴨下は立ち上がった。

「二宮さん、あのトヨタ、乗っていってもいいですか？」

「あ、ああ。でも、どこへ」

二宮はポケットから車のキーを出しながら訊いた。

「すこし気になる点があるので確認してきます。戻ったら連絡します」

鍵を受け取って、鴨下は刑事部屋を出た。

『呑んでけ』はチェーンの居酒屋である。三鷹にあるのは、中規模店といったところだろう。

「すいません、ラストオーダー終わっちゃったんすよ」

看板の灯りを落としているのにズカズカ入って来た客に、すこし迷惑そうに店員は言った。鴨下はバッヂを見せ、お忙しいところ大変申し訳ありませんが店長とお話ししたい、と申し込んだ。

奥へと引き返した店員を見送って、出入り口近くの席に腰かけて店内を見渡すと、客はまだちらほら残っていた。やがて、ひょろりとした、年の頃なら三十をすこし過ぎたくらいの、眼鏡をかけた男がやってきて、

「店長の古森《こもり》です」

と名乗り、鴨下も立ち上がって頭を下げ、

「霧島もえさんの件ですこしお訊きしたいことがありまして」

と用件を明かした。相手の顔には「こんな時刻に？」という怪訝な影が射している。

「短い時間で結構です」

「はあ。じゃあ、事務所にどうぞ」

と歩き出す古森の背中に鴨下が声をかけた。

「できれば出ませんか。向こうのファミレスがまだ開いてました」

そして、すこしためらっている店長に、

「そのほうがいいと思うんです」

とつけ足した。

「なにか進展があったんでしょうか」

ドリンクバーを注文し、それぞれのグラスやカップを手に席につくと、古森が尋ねた。

「いえ」

鴨下は首を振った。

「なんだ、ないんですか。まあご協力はいたしますが、私が知っていることはすべて話してしまったので、お役に立てるかどうか」

「では、こちらなんですが」

鴨下はテーブルの上に霧島もえが写っている写真をトランプのように広げた。

「これがなにか」

「古森さんが写っていませんね」

鴨下は送別会とバーベキューの集合写真を指でさして言った。

「それは私がシャッターを切ったからですよ。三脚があれば私も入れたんですが」

「提供していただいた写真はすべて古森さんがお撮りになったものですか」

「そうですが。……私がカメラを持っていったので」

「カメラは一眼レフ？」

「……それがなにか」

「いまはスマホのカメラでもフルHDで撮れますよね。それでも、わざわざ重い一眼レフを持って行ったんですね」

「いや、フルHDと言ってもやっぱりちがいますからね」

「そうですね。つけていたのはマウントレンズですか」

「ええ、それがなにか」

「写真がご趣味で？」

「趣味というほどのものではありませんが」

「撮るのは？」

「風景とかですかね」

「ポートレイトは撮られますか」

「まあ、機会があれば」

うなずいて、鴨下はゆっくりとコーヒーを飲んだ。

「……それで、私に訊きたいことというのは？」

そう促されても、いぜんと鴨下は頬杖をついて写真を見つめていた。古森は居心地悪そうにコーラを飲み、腕時計を見て、それから自分が撮った写真にぼんやりと視線を落とした。

「これ私が勝手に思ってるだけですが」

ようやく鴨下がそう言った時、古森は怪訝なまなざしを返した。

「霧島もえさんはほどなく戻ってこられると思います」

「……どうしてそう思われるんですか」

「だから勝手に思っているだけです」

「それじゃ駄目じゃないですか」

「なら協力していただけますか」

「なにをです」

「私が勝手に思っていることを、確信に変えてもらいたいんです」

「……それが僕にできることなら。でもどうやって」

「簡単です、私の憶測に正直に答えてくれればいいんです」

「はあ」

「正直に答えることによってあなたが罪人になったりしないので」

「え、それはそうでしょう」

居酒屋の店長は、驚いたように、ふいに訪れた若い刑事を見返した。

「じゃあいいですね」

と鴨下は念を押してから、

「この Twitter の @AAA というアカウント、これ、実はあなたですね」

「ちょ、ちょっと待ってください」

「慌てる必要などありません。あなたはこう話しかけただけです。『その気持ちわかります』『よければ相談に乗りますよ』。たとえ@AAAがあなたであったとしても、なんの罪も犯していない。そうですよね」

「もちろんそうですが。しかし、どういう意味なんですか、それは」

「私はこの@AAAがあなたであって欲しいと思っています。あなたでないとしたら、警察はしょうしょう慌てなければならない」

「というのは？」

「去年、Twitter上で死にたいとつぶやいた女性に話しかけ、オフラインでコンタクトを取り、自分のマンションに連れ込んで殺害した男がいました。神奈川県で起こった事件です。ご存じですよね。我々警察はこのことに対して非常に神経を尖《とが》らせています。ところが、あなたが霧島もえの個人的な悩みについてなにか知っていて、それに対して、自分の名前を出すのは憚《はばか》られるが相談には乗れると思って声をかけたんだとしたら、霧島もえさんは、気持ちの整理ができたらまた戻って来るでしょう。『呑んでけ』で働くことはもうないかもしれませんが、少なくともあなたは法によって裁かれることはありません」

古森は黙っていた。

「私にとっては聞くべき答えはふたつです。イエスかノーか」

古森はやはり黙っている。

「もちろん古森さんには黙秘という選択肢もあります。けれど、たとえいま答えてくれなくても、我々が必要と判断し、法的手続きを経てTwitter社や通信会社に協力を要請すれば、これはいずれ明らかになりますよ」

「ならそうすればいいでしょう」

「いや、よしましょうよ、それは」

「どうして」

「黙秘などなんの意味も持たないからです。逆に警察にあなたを疑う動機を育ててしまい、つまらないじゃないですか」

「だけど……」

「あっさり本当のことを言ってしまったほうがいいんですよ。さっきも言いましたが、@AAAがあなたであってもなにも問題はないのですから」

古森は押し殺したような息を漏らし、

「でも、なぜそう思うのです。僕がそのアカウントの主だと」

「答えを先にください。イエスかノーか。理由は答えをいただいた後でお教えしましょう」

しばし沈黙した後、古森は力なくうなずいた。

「ご協力ありがとうございます」

鴨下は頭を下げ、

「総合的に判断した結果でした」

古森はえっと驚き、そして、

「それじゃあ、まるでひっかけじゃないですか」

と憤慨した。

「すいません。でも、まあ、そうなんです。僕がそう考えたプロセスを細かく話すこともできるんですが、それはあとで時間があればにいたしましょう」

古森はため息をついてコーラを飲み干すと、グラスを置いて、

「では、このアカウントが僕だとしたら、いったいどうだって言うんです」

「警察は手を引きます」

「どうして」

「あなたは、送別会とバーベキューの会に一眼レフを持っていった。それは霧島もえさんを撮るためだったんですよね」

古森は笑った。馬鹿らしくて相手にならない、と伝えることを狙った笑いだった。

「だってほかの人間の写真だって撮ってますよ」

「だからそれはついでです」

「そう決めつけられたらどう反論すればいいのかな、僕は」

「だから本当のことを言ってくれさえすればいいんです。悪いことはなにもしていないのですから。そしてそんなことは我々警察が関知することではないんです」

「そんなこと？」

「申し上げにくいんですが、霧島もえさんは古森さんに写真を撮られたくなかった」

古森は失笑気味に笑って、

「失礼だな」

「だから申し上げにくいと断りました。霧島もえさんは、あなたが自分に好意を、はっきり言えば恋愛感情を寄せているということを知っていたのだと思いました」

古森はさも面白い冗談を聞いたように笑ってみせた。

「僕が霧島さんをですか」

「はい」

「なにを根拠に」

「ですから総合的な判断です。ただ、やがて彼女は戻ってくるでしょう。そうすると、あらためて彼女から事情を聴くことになります」

「ちょっと待ってください、僕が霧島さんに好意を持っているかどうかは、僕にしかわからないことじゃないですか」

「もちろん」

鴨下は穏やかにうなずいて、

「あなたの心の中のことはあなたにしかわかりません」

と言ったあとでまたゆっくり、コーヒーを飲んだ。

「けれど人間は心の中を言葉にして相手に伝えることができますから」

鞄からノートを取り出すと、胸に挿《さ》してあったボールペンを抜いてノックした。

「では、聞かせてもらえますか」

古森は鴨下を上目遣いに見つめながらストローをくわえた。けれどコップの中のコーラはすでに飲み干されていて、ストローは耳障りな音を立てて、空気だけを吸い上げていた。

チンチンチンと着信音が鳴った。ソファーに寝ていた篠田はズボンのポケットに手を突っ込み、花比良主任は読んでいた週刊誌を伏せ、カップ麺をすすっていた二宮は箸を止めて、それぞれスマホを取ってショートメールを読んだ。

〈いま戻りました〉

三人は立ち上がり、刑事部屋を出た。

会議室の扉に貼られた〈認煙〉の紙は二宮によって剝がされた。扉を開けると、ランタンの炎だけが灯った薄暗い部屋に真理《しんり》がひとり座っていた。父親が三つ並んでいる壁のスイッチをひとつだけ捻《ひね》った。

5　飛行少女

のっぺりした蛍光灯の光に照らされて、真理《しんり》は顔をしかめた。まぶしい。いつもこれが応《こた》える。照明の加減をもっと細かく調整できるように飛考専門部屋でも作って欲しいよ、まったく。

「お疲れ様です」

篠田さんのねぎらう声が聞こえた。ごん助（熊）のマグカップが目の前に置かれ、ジョーコーがペットボトルから緑茶を注《つ》いでくれた。

「それで、どんな感じかな」

ひとつあけて隣の席に座った父が尋ねた。

「あまりうまくいかなかった」

「というのは」

真理はホワイトボードの赤い〇《マル》を指さして、

「そこあたりには気配がない、そのもえって子の」

大人たちの顔が曇り、ノックの音がして、ふたり入ってきた。

ひとりは、一課の刑事でいつも不機嫌そうな顔をしている田所。飛考が終わったと連絡を受けて足を運んできたんだろう、と真理《しんり》は思った。続いて入ってきたのは、俊輔だった。

「あ、来てたんだ」

つぶやくように真理がそう言うと、飛考中に来て、いちど出てまた戻ったんだよ、と父親が教えてくれた。どこ行ってたの、と訊くと、斜め向かいに腰かけながら、三鷹の『呑んでけ』だと言うので、

「へえ、なるほど。じゃあ先に俊輔の報告を聞いたほうがいいと思うよ」

と真理は提案した。この時、はじめて俊輔という名前を口にしてみたのだが、やってみると嬉しくもあり、照れくさくもあり、また大胆なことをしでかしたようですこし緊張もして、なんだかへんな気分だ。呼ばれた鴨下のほうはむつかしい顔をしている。ただ、この部屋にいる刑事たちに気にする様子はない。二宮や吉住だって、ジョーコー、かなえちゃんと呼びつけられているから、慣れっこなのである。

「まず、Twitter のアカウント @AAA の正体は、居酒屋『呑んでけ』の古森店長でした」

鴨下がそう報告すると、真理以外、みな驚いた顔つきになった。

「本人がそう言ったのか」

代表して二宮が訊いた。

「そうです」

「なぜ言わなかったんだ」

「訊かれなかったからだと」

「自分から言えよ」

「バツが悪かったんでしょう」

「どういうことだ」

「古森は霧島もえにいろいろと親切にしていたようです。例えば、正社員になれるように本社に推薦しようか、などと言ってたらしい。霧島もえのほうも、正社員になりたいかどうかはともかくとして、その親切には感謝していた、最初は」

「感謝してたってのは、店長の古森にはそう見えたってことだな」

部屋の隅から、一課の田所が口を挟んだ。

「そうです。そこでやめとけばよかったんですが、古森は、数ヶ月前に交際を申し込んだ。ところが、霧島もえにはまったくその気がなかったんでしょう、つまり――」

「ドン引きされた」

真剣な調子で二宮が後を足した。

「断り方はやんわりとしていたみたいですがね」

「しかし、その気もないのにバイト先の店長なんかにコクられたら、いやだろう。よく辞めなかったな」

「霧島もえとしては、生活のことを考えると、すぐに辞めるということもできかねたのかもしれません。とにかく、そのまま勤務していた。店長の古森は、ちょっと鈍いところがあるようで、これが彼にとっては、希望の光に見えた。あとひと押しすればなんとかなると思ったみたいです。それで、送別会やバーベキュー大会を企画して、温かくて楽しい職場を演出し、関係を修復しよう、あわよくばもう少しその先まで発展させられないか、と考えていたみたいです」

「ちょっと待ってください」

と篠田係長が口をはさんだ。

「いま話しているのは、警部補の憶測ですか」

「いえ、わかりやすいように翻訳してますが、概《おおむ》ね本人が認めていることです」

「つまり、＠AAAが『相談に乗りますよ』と霧島もえに話しかけたのは、『バイト先の店長にコクられて、キモい』なんて打ち明けられたら、『そんなに悪い人ではないのでは』という方向に誘導するつもりだったたってことですか」

と言った父は、おかしいのか呆れているのか、複雑な笑みを口元に浮かべている。

「そこまで器用に画策できる人とも思えませんが、自分に都合のいい情報を入れるつもりだったことは確かでしょうね。タイミングを見計らって、実は自分ですよと告白したかったみたいです」

と鴨下が説明した時、真理《しんり》は口をはさむことにした。

「だけどそれって、彼女が行方をくらましていることとどうつながるの？」

「だから、そういう状況であれば、バイトには行きたくないし、電話にだって出たくないだろうし、かと言ってずっと部屋でゴロゴロしてるってのもつらいんじゃないのかな」

するとジョーコーが、

「ただささ、店長がウザいとかキモいってことで店を休むところまではわかるけど、旅行にまで行くかなあ」

と疑問を投げかけ、

「そこだね」

と真理が含み笑いをして、

「だろ」

とジョーコーがまた返したので、なんだかコンビで連携プレーをしかけたみたいになったぞ、と真理は後悔した。すると、篠田係長が、

「そこはまあ人それぞれでしょう」

と問題をグレーゾーンに持っていったついでに、

「うちの吉住だったら面と向かってキモいから近づくなって言うだろうけど」

なんて言ったので、ジョーコーがあははと遠慮なく笑って、

「あいつなら撃ちますよ」

といつもの冗談を言った。

「だとしたら、ほとぼりが冷めたらまた戻ってきますかね」

父が言って、ようやく話は本線に戻った。

「僕はそう読んでますし、それが妥当ではないかと」

「母親が、シンクに洗い物をためるような子じゃないって言ったことについては？」

とジョーコーが問い質すと、

「母親の評価なんか当てにできんよ」

と意外なところから援護射撃があった。これまで部屋の隅に座って遠巻きに眺めていた田所は、

「まあ、警部補の予測が妥当なところだろうな」

と結論めいた台詞を吐いた。

「確かに、そう考えてもおかしくはありませんが」

と係長も同意して、ため息をついた。この、やれやれというような吐息を合図に、さほど心配するような案件じゃないのだな、と皆の緊張が解けようとしたので、真理《しんり》はこれはまずいと思い、

「そう甘く考えないほうがいいよ」

と注意した。

「もえが店長をウザいと思っていたことはたしか。@AAAのアカウントもその店長のものでまちがいない。店長の下心の推察も正しいよ」

と続ける自分の口調はまるで答案を採点する先生みたいだ、と真理は内心苦笑していた。

「だけど、彼女が部屋に戻っていない理由はそこじゃないと思うな」

篠田係長が真理のほうを向いた。

「じゃあ次は真理《しんり》ちゃんの番だ、なんかわかったことあるかな」

「それがあまりないの。ただ、霧島もえは河口湖には行ってないみたい」

父親が「たしかなのか」と訊き、真理は「たぶん」とうなずいた。

「だとしたら、霧島もえが投稿したこの空の写真は河口湖のものじゃないってことかよ。だけど、それだと、貫井が盗み出したIPアドレスの情報とあわないぞ」

主任がかすかに首を振ってちらと鴨下を目で示したので、二宮は首をすくめた。

「IPアドレスを偽造する方法もあるようです。そういう技術を使えば、河口湖にいなかったのに、いたかのような情報を残すこともできるそうですが」

取り繕うように主任がそう言うと、鴨下はいやいやと首を振った。

「IPスプーフィングですね。霧島もえがそんな技術を持っているということをどうやって証明するんですか」

「いや、単にそう考えたほうが辻褄が合うというだけですが」

「辻褄が合うというのは、『霧島もえは河口湖には行ってない』という真理《しんり》さんの判断と合わせられるってことですよね。なぜ無理してまで、科学的根拠のない判断に合わせなければならないんですか？」

真理がくすりと笑い、係の全員が黙る中、

「けれど実績はあるぞ」

と警告めいたひとことを発したのはまた田所だった。

「しかもたんまりと」

俊輔は反論した。

「科学的根拠は皆無だけれど、真理《しんり》さんが言った通りになった。しかし、それは過去の出来事です。次がそうなるとは限らない」

「じゃあ、プロファイリングってのはどうなんだ？」

「だからプロファイリングも危険なんです。ただ少なくとも、プロファイリングには統計的事実がある。統計は科学として認められています。対して、うちの捜査はあまりにも非科学的です。いままで見つかったカラスが黒いからといって次のカラスが黒いとは限らない。実際、白鳥はみな白いと思っていた人類は黒鳥《ブラックスワン》を発見したんですから」

部屋の中の全員は黙って聞いていたが、田所がおもむろに、

「で？」

と先を促した。その口調は、捜査の心得についてもうこれ以上の講釈は聞きたくないという風だった。

鴨下は驚いた。いや彼はさっきからずっと驚いていた。自分が理路整然と押し進めていった理屈が、真理《しんり》の一声によって紙くずのようにくしゃくしゃに丸めてごみ箱に放り込まれたり、「で？」と聞き流されてしまう状況が信じられなかった。

「もっと単純に考えたほうがいいと思います。霧島もえは、東京の生活にも、バイト先の

人間関係にも嫌になって、気晴らしに姿をくらましている。気持ちが落ち着いたら帰ってきます。この時点ではそう解釈して様子を見るほうが正しいのではないでしょうか」

「しかし、河口湖ってのがちょっと気になるんですよねえ」

主任が遠慮がちにそう言ったので、みなが目でその先を乞うた。

「そこからバスに乗ったとしたら、と考えると……」

この一言で刑事たちは言わんとすることを理解した。河口湖駅から三十分ほどバスに揺られて行けば、そこは青木ヶ原樹海。俗称、富士の樹海。つまり、自殺の名所だ。

「かもしれんが、警察の出る幕じゃないぞ」

田所がまた注意した。鴨下がかすかにうなずく。

「だとしても、携帯の位置情報では霧島もえは河口湖にいたはずなのに駅の防犯カメラに映ってないのは納得がいかないよな」

不満そうに二宮が言った。

「単に見落としたか、死角になっていたからだと思います」

鴨下がそう説明し、田所が篠田係長を見た。

「まあ、いまのところできることもないですし、その方向でいきますか」

篠田が言い、ようやく鴨下がやれやれと思ったその時、

「いいの、それで」

と真理が言った。

「単純に考えたいのなら、もうひとつあるよ」

刑事たちはまた居住まいを正して少女を見つめた。鴨下はげんなりした。

「誰かが霧島もえのスマホを持って河口湖に行った。そこで空をパチリ。それから『これで見おさめ？』と『さよなら、世界』を投稿した。これで辻褄合うでしょ」

「だとしたら霧島もえのスマホを持って河口湖に行ったのはいったい誰なんだ、という問題が残る」

「それを捜査するのが警察の役割です」

諫《いさ》めるように少女に言われて鴨下は驚き、

「じゃあ、なんのためにそいつは霧島もえのスマホを持って河口湖にいたっていうんだ」

「それは単純。霧島もえがそこにいたかのように装うためだよ」

この言葉に二宮が身を乗り出した。

「つまり、彼女が富士の樹海で自殺するってことを匂わせようとしているのか」

「それもおかしい。自殺を匂わせるならば、樹海まで行って、そこで撮った写真も投稿するはずでしょう」

鴨下は雑な推論にうんざりしていた。すると、これまで対立していた真理《しんり》が急に、

「うん、それはそうなんだよね」

とあっさり認め、

「それはなぜかなあ。そこまで露骨にやっちゃうと、すぐに警察が動いちゃうからかな。

いや、それもちがう気がするな」

と考え込んだ。ここをチャンスとばかり鴨下は踏み込んだ。

「だったら、〝オッカムの剃刀《かみそり》〟に戻りましょうよ」

ん、剃刀がどうしたって、と二宮が怪訝な目を向けたので、

「より広範囲のできごとを説明できる、単純な理論がベストだって考え方です。つまり僕が最初に言ったいちばんシンプルな推論に戻しましょうって言いたいんです」

鴨下はそう言ってから真理を見た。すると、斜め向かいの女子高生は首を振った。まるで、口頭試験で不正解を言い渡す教官のように。

「いや、それは危険だね。複雑なことは世の中にいっぱいある。それを強引に単純化するのは世間知らずの坊ちゃんか、馬鹿のやることだ」

辛辣《しんらつ》な駄目を食らって、鴨下が呆然としていると、主任が「まあまあ」と割って入った。

「ちょっと話を戻しませんか。ねえ真理、さっき言ってた誰か、つまり霧島もえのスマホを持って河口湖まで行った誰かってのを、もう少し言うと、どんな人間だと思う」

「男。三十歳後半から四十歳前半。身長は百七十センチとすこし。帽子を被っています。野球帽。それからサングラス」

気がつくと、全員がメモを取っていた。田所が手帳をパタンと閉じて胸のポケットにしまって、

「わかった」

「わかったってなにを」

鴨下は思わず尋ねた。けれど誰からも返事はない。あわててさらに、

「ちょっと待ってください。まさか、いまの真理《しんり》さんの言葉でもういちど防犯カメラを確認する訳じゃないでしょうね」

「そのくらいはしてもいいだろう」

とめんどくさそうに答えたのは二宮である。

「そうして、該当する人がいたら、声をかけて事情聴取するわけですよね」

「話ぐらいは聞いてもいいんじゃないですか、ね」

とりなすように笑って、主任が言った。

「ただ、その時になにかあやしいと思ったら、一歩二歩と踏み込んで絞り上げていくわけです」

鴨下がそう詰め寄ると、逆に二宮は不思議そうな顔つきになった。

「だって、それが刑事の仕事だろう。どこがいけないって言うんだ」

「いけません。そもそもその人が事情聴取を受けた合理的な正当性はまったくないわけです。その上での聴取です。それでなんとなくあやしいなと思ったら刑事は追及していく。そういう習性を刑事はみな持っている。そしてどんどん逃げ道をふさいで自白に追い込み、犯罪者にしてしまう。実際、そういう捜査方法で犯人を挙げることはできるでしょう。けれど、警察の追及があまりにも厳しいので自分がやったんだと言ってしまうこともある。

そうすると、我々は、まったくの無根拠を出発点にして冤罪をでっち上げてしまったということになります」

二宮は首をかしげている。こちらの言ってることがわからないらしい。篠田が代わって弁明した。

「そうならないように気をつけているつもりです、我々は」

「気をつけるよりも、やめるべきです、こういう捜査は」

「ちょっと待てよ、それってこの係を全否定していることにならないか」

二宮が気色ばんだ。

「そう受け取りたければ、それでも構いません」

「いい加減にしろよ、こら」

とすごんだ二宮に、篠田係長が、

「おい、口の利き方に気をつけろ」

といつになく厳しい調子で叱った。叱られた二宮のほうは、けど、いくらなんでも、これじゃあやってられないぜ、などと言いながら、ブツブツと悪態をつき続けている。その時、

「鴨下警部補の言う通りだと思うよ」

という声がして、しかも声の主が真理だったものだから、鴨下は自分の耳を疑った。

「科学的な裏付け？　合理的な根拠？　どっちでもいいけど、そういうのを示したほうが

あちこちからあれこれ言われずにすむならばそれに越したことはないんじゃないの」

「と言うよりも、それが正しいおこないだから、です」

「正しさってのは、このケースでは、いましばらくは霧島もえが帰ってくるのを待つってことになるわけね」

　鴨下はうなずいた。

「それが正しいおこないなのね」

　鴨下はふたたびうなずく。

　真理《しんり》は目を閉じて首を振った。

「かわいそうに」

「かわいそうにって誰が？」

　鴨下が問い質す。

「誰が？　やっぱり寝足りないんじゃないの。霧島もえしかいないでしょう、この場合」

「なぜかわいそうだって言うんです」

「正しいおこないが選択されるから」

「正しいおこないが選択されたら、なぜかわいそうなんですか」

「間に合わなくなるからよ」

　鴨下はドキリとした。

「正しいかもしれないけど、手遅れになるかもよって言ってるの」

「だけど」

と反論を開始する言葉が、鴨下の喉から出かかった時、椅子が鳴る音がして、田所が立ち上がっていた。

「どちらへ」

「SSBCへ」

田所の即答は鴨下に打撃を与えた。SSBCは防犯カメラの情報などで犯人を追跡することを得意としている警視庁の中の組織だ。

「こんな時刻だが、あそこはまだ残っているのが誰かいるはずだ。いま聞いた条件を伝えて、防犯カメラを調べてもらうよう掛け合ってくる」

異を唱える者は誰もいなかった。

一夜明けてその日の昼頃、特命捜査係で、係長席の電話がやけに長く鳴って、小走りに戻ってきた篠田が受話器を取り上げた。

——徳永です。

「は、部長、わざわざお電話いただきありがとうございます」

——相談がある旨のメールを受け取っているんだけど、時間がないので昼膳《おひる》を一緒にしませんか。

「いや、それはもう。で、どちらに伺えば?」

三分後、篠田は刑事部長室のドアをノックした。

どうぞという声を聞いて中に入ると、すでに寿司桶《おけ》が応接セットに並べられ、秘書が茶を注いでいた。

「おかけなさい」

そう言って、徳永は書類に押印していた。篠田のほうは「はい」と言ったまま、ソファーの横に立ち、徳永がやってきて腰を下ろすまで待った。

「勝手にお寿司にしちゃったけど、まさか食べられないってことはないわよね」

「いや、まったく」

篠田は首を振った。

「こちら、置いていきます」

と秘書が言って、急須をテーブルに残して出ていった。

「鴨下のことですって？」

箸を割りながら徳永が言った。

「そうなんです。昨日すこしありまして。実は警部補が、我々の捜査手法について根本的に反対であると発言しました」

「なるほど」

徳永は驚いた様子もなく、マグロの赤身を箸でつまんでいる。

「それで？」

「いや、このまま警部補がうちの係にいると亀裂が深まるばかりで」

「ふむ。係長、食べながらでいいので、食べなさい」

徳永は二個目のハマチに箸を伸ばしながら言い、篠田もかしこまりつつ、自分の箸をパチンと割って、

「それで、あのように舌鋒《ぜっぽう》鋭く切り込まれては、我々独自の捜査が……」

「ある程度予測していましたが、思ったよりも早いですね。ただ、私の指示で動いていると言って押し切りなさい」

「ええ、そのつもりでいるのですが、花比良主任から聞いたところによると、警部補は徳永部長に直談判するとまで言っているそうです」

「ほお。なにを」

「いやですから、このような捜査はやるべきではない、と。つまりは特命捜査係の解体です」

「ふむふむ」

「それでまあ、困っているのは、鴨下警部補の言わんとするところがまっとうであるという点にありまして、我々としてもなかなか反論しにくい」

徳永は湯呑み茶碗を取ってうなずき、

「それで」

「で、こういうことを私が申し上げるのははなはだ僭越《せんえつ》なのですが、やはり鴨下警部補は

うちの水には合わないのではないかと」

「よそに移せ、と？」

「はい。まあ、赴任してきたばかりですので通常ならばそんな人事はできないのでありますが、刑事部長のお力をもってすれば……」

「それは駄目。できません。却下」

徳永は首を振った。篠田はまた茶を飲んで、

「そうですか」

と一拍おいた後、箸を置いて両手を膝の上に載せて身を乗り出し、「では」と言った。

「相棒なんですが、部長に言われた通りに組ませている花比良真理《しんり》特別捜査官とのニコイチ、これを解消するわけにはいきませんか」

「なぜ」

「いや、なにせ捜査官にとっては自分の相棒に自分の存在を完全に否定されていることになりますので」

「真理《しんり》はなんて言ってるの？　このコンビを解消してくれと？」

「いや、今朝も主任に確認したんですが、本人からそのような申し出はないそうです」

「だったらそれも却下、悪いけど」

篠田は、にべもない返事にしばし押し黙ったが、

「わかりました」

と言ってふたたび箸を取った。それからふたりは黙って寿司をつまんでいたが、ふと篠田が顔を上げて、

「大丈夫でしょうかね」

徳永は笑った。

「大丈夫かどうか、確認しなければならないことが多すぎて、どのことなんだか」

「いや、まあ、うちの係に関してはあちこちでいろいろと言われてますから」

徳永はうなずいたきりで、その後はなにも言わなかった。


ちょうどその頃、鴨下は壁を見つめていた。

すると、隣についと男が立った。

「ゆうべはお疲れ様」

横を見ると一課の田所だった。いつも仏頂面を下げているので、ねぎらいの言葉が意外だった。田所は、前のファスナーを下ろし、勢いよく放尿しながら、

「どうやって帰ったんです、あの後」

と大して興味もなさそうな口調で訊いた。

「主任の車に乗せてもらいました」

会議で対立した後だったので、後部座席に真理と並んで座るのは、さすがに気まずかったのだが。

「明日は休むからね、ただ、例の結果が出たら教えて」

真理《しんり》は運転席の父親の背中に向かって言った。

「ああ、今日はずいぶん飛んだからな。まあ、あっちも早くて夕方だろうし。三十歳後半から四十歳前半で百七十センチの野球帽とサングラスの男か……けっこう人数いそうだな」

聞いていた鴨下は、はてと思った。ＳＳＢＣが該当する人間を防犯カメラの映像から抜き取るにはそれなりに時間がかかるというのはわかるが、「ずいぶん飛んだから」というのはどういう意味だろう。〝飛ぶ〟はおそらく真理の霊視捜査のことだろうが、やはり一度やると疲れるものなのだろうか、などと思っていると、横から真理が、

「ということで、よろしく」

と、さっきの会議でのいざこざなどないかのような調子で言った。そうして鴨下の返事を待たずに、シートに深く身を沈めると、

「疲れた。寝る」

と言って目を閉じ、一分もしないうちに寝息を立てはじめた。つられるように、鴨下の意識もしまりがなくなって、とろとろと溶けて正体がなくなった。気がつくとこちらの肩に真理が頭をもたせかけ、その上に自分は頬を載せていた。驚いて顔を上げると、運転席から主任が身を乗り出して、鴨下の空いている肩に手をかけていた。

「着きましたよ。お疲れ様です」

すでに車は鴨下のマンションの前に停まっていた。鴨下は真理の頭をゆっくり押し上げ、バックシートにそろりともたれさせた。真理は起きなかった。半開きの唇から寝息が漏れていた。鴨下は静かにドアを開けて外に出た。

「まったく疲れるよな」

ざらついた声が耳に入り、警視庁の男子トイレの朝顔の前に鴨下は引き戻された。田所はファスナーを引き上げると、

「どうですか一緒に、昼飯でも」

と言って鴨下を見た。

てっきり警視庁の食堂で一緒に食べるのかと思ったが、

「ちょっと出ましょうや」

と連れて行かれたのは銀座の地下街にある寿司屋だった。入って田所が名前を告げると、奥のテーブルに案内され、そこにはスーツを着た男がひとり先に来て座っていた。田所が紹介した。

「柳田一課長です」

鴨下は驚きつつ、

「本日付けで特命捜査係に就任いたしました鴨下です。一課長のほうにもご挨拶に上がるべきだったのかもしれませんが」

と挨拶した。

「いやいや。まあ、かけなさい。……逆に、来てもらわないほうがよかったんだ。特命捜査係は徳永部長直轄なんでね、うちは手出しできないから」

「でも、昨日は田所さんが会議に出てましたし、真理《しんり》さんの提言を受けてＳＳＢＣに参考人の特定を依頼するとも」

「連携はしている。そうせざるを得ないんだ。それに、そのほうがいまは得だしね。こちらにもどんどん売り上げが立つようにしてもらっているから」

「しかし、あの捜査法は危険ですよ」

「まあ、食べながら話すことにしようや。握りの松を頼んどいた」

運ばれてきた桶を手元に引き寄せて柳田が言った。このあたりでこの値段なら御の字だろう、などと寿司の品評をすこし挟んだあとで、

「田所から聞いたよ」

とまた言った。ちょうど鴨下が一貫頬張ったところだったので、

「君は花比良真理の〝お告げ〟に基づく捜査に猛反対したそうだね」

と続けて言った。鴨下はうなずいた。

「まあ、それがまともだろう」

「では、どうしてあれがまかり通っているんですか」

「さあ、徳永部長が自分の点数稼ぎに使っているというのがもっぱらの評判だが」

「けれど、実際に一課は特命捜査係と連動してるわけですよね。どうして一課からよせとはっきり言わないんですか」

「そこは難しい。実際にあの子のご託宣《たくせん》で解決した事件があるわけです。ひょっとしたら偶然かも知れないが、そのおかげだと解釈する向きがあるし、徳永部長もそのように仕向けている。そんな中でお告げを無視して、それが仇《あだ》となった場合は、我々も深い傷を負うことになりますから」

そんなの言い訳になるものか、と鴨下は思った。

「ただ、間違いが起これば話は変わってくる。君の言い方を借りれば、白いカラスが現れた場合だ」

湯呑み茶碗に伸ばした鴨下の手が止まった。

「いままで見つかったカラスが黒いからといって次のカラスが黒いとは限らない。その通りだ。だけど、それはいまは言えない。次のカラスは白いかも知れないと言ったって聞く耳持つ人はいないよ」

「なぜです」

「事件が解決されているからだ。そして一課にも売り上げが立っている」

「売り上げが立とうが立つまいが、中止にするべきでしょう。根本的にまちがっているわけですから」

柳田は首を振った。

「君はまだ若い。警察は実績がものをいうんだよ」

そう言ってため息をついた時、隣で田所は桶に箸を伸ばしながら薄く笑っていた。柳田は続けた。

「けれど、このような捜査を進める人間が、さらに上のポストに就くことを心配する声はある」

刑事部長は警視監である。警視監という階級は二十九万人を超える警察官の中で七十人ほどしかいない。そして、キャリア組の出世レースはここから最後の直線コースに入り、熾烈《しれつ》なデッドヒートが繰り広げられるのだ。

「警備部長の御子柴《みこしば》さんは知っているね」

「お名前だけは」

警視庁の警備部長もまた警視監である。警視監の中での序列も刑事部長と同じ。つまり、出世レースにおいてこの二人はいま横並びである。

「まっとうな人だ。地味ではあるが、ああいう人こそ局長となるにはふさわしい」

この手の話に疎い鴨下も、ようやく理解した。この刑事部第一課長は、御子柴警備部長の一派なのである。

ただ、刑事部長と警備部長は警視監の序列としては横並びだが、警備畑のほうが出世が早いというのは、警察官僚機構の常識である。ほうっておけば、警備部長の御子柴は前に出る。鴨下の疑念を嗅ぎつけたように、柳田が口を開いた。

「ああいう飛び道具で次から次へと点数を稼がれると、いくら御子柴さんでも抜かれかねないな。昨今はジェンダーバランスがどうのこうのとうるさいこともあって、どこもかしこも女性初のなんちゃらというのを立てたがってるし」

確かに、徳永小百合が局長に収まって記者会見を開けば、アピール力は絶大だろう。

「まあ、結構なことかもしれないが、それでいいのかってことだよ」

そう言って柳田は茶をすすってひと息ついた。

「つまり、特命捜査係が稼いでくれた売り上げがうちの課に立つのはありがたい。ただ同時にそれは、徳永部長の得点として加算される。よそには手が出せないように自分の直轄の部門で無茶な功績を立てる徳永さんのこれ以上の出世はいかがなものかね」

鴨下は黙っていた。まあ、言葉づらだけ眺めていれば、真っ当であり、ある意味自分よりも穏当なくらいだった。

しかし、このタイミングで、この意見を鴨下に披露する心づもりは気になった。

いま、わかったことは一課の柳田課長は徳永刑事部長の配下にはいるが、警備部長の御子柴派である。おそらく、刑事部の主流は御子柴派なのだろう。そして、数少ない徳永派の特命捜査係がガンガン売り上げを稼いでいる。

鴨下はうなずいた。このうなずきを賛同と捉えたのか、柳田もまた首を縦に振った。

「ところで、私が特命捜査係に異動になった理由について、ご存じでしたら教えていただきたいのですが」

「そこは、よくわからない。キャリアをあんなところにトバすなんて、普通じゃ考えられないから、俺もびっくりしたよ」

キャリア官僚であることを鼻にかけるつもりはないが、確かにこの人事は異常である。

「嫌がらせだ、素直に考えればな」

薄笑いを浮かべてそう言ったあとで、「ただし」と柳田は断りを入れた。

「特命捜査係は徳永部長の大事なシマだ。離島の交番にトバすのとはわけがちがう。なんらかの考えがあってのことだろう。御子柴さんもそう言っていた」

そして、桶にひとつ残った玉子を口に放り込むと、

「ま、今日はここまでにしよう。失敬、ちょっと急ぐので」

と立ち上がり、

「ゆっくりして行ってくれ」

と言い残して店を出て行った。残された鴨下は田所とふたりきりで横に並ぶことになった。最後の一貫を頬張ったあとで田所が言った。

「どう思うね」

なにについての感想を求められているのかわからなかったので、

「そうですね」

とかわして、茶を飲んだ。

「まともな人だよ、柳田さんは。そう思わないか」

「さきほどお聞きした範囲においては」

　田所は満足そうにうなずいた。

　ランチの狙いはこれで明らかになった。御子柴派への勧誘なのだ。

　勘定は課長が済ませてくれていた。勧誘の粗品を受け取ったようで、嫌な気分である。

「まあ、本庁一課のフロアには来たわけだから。歓迎の意を表してと受け取っておけばいいさ」

　田所は楊枝《ようじ》を使いながら笑った。

「柳田さんは今日は余裕を見せていたが、内心は特命捜査係にそうとう脅威を抱いている」

　日比谷公園の中を通って、桜田門へ戻るとき、田所が言った。

「というのは」

「なにせ、費用対効果がすごいんだ。百名つぎこんでも解決できるかどうかって事件の端緒を、あんなおぼこ娘が暗い部屋にこもって出てきたら、もう握っているんだから」

　そう説明した後で、

「これがまた当たるんだよなあ」

　と田所は感慨深げにつぶやいた。

「SSBCからの返答はいつぐらいになりそうですか」

鴨下はまた話題を変えた。

「夕方には上がってくるらしい」

「その画像はやはり真理《しんり》さんに見せるんですか」

「まあそういう流れになるだろう」

田所はそう言ってから、ちらりと鴨下を見て、

「そろそろハズレが出てもおかしくない頃合《ころあ》いだけどな」

と薄笑いを浮かべた。

やはりそうか、と鴨下は思った。

田所は、いや柳田も、そしてもっと言えば御子柴派は、花比良真理《しんり》の予言が外れること、それによって特命捜査係がヘマをやらかすことを期待しているのだ。失態を、自分たちの致命傷にはならないが、特命捜査係を排除できるくらいには深い傷跡を残すようなそれを。特命捜査係の内部に軋《きし》みが生じたとき、外部から圧力を加えて一気に崩壊させようとしているにちがいない。そして、内部に亀裂を生じさせる因子として自分が目をつけられたのだ。

なんだか気に入らなかった。

警視庁本庁前のエレベーター前についた時、やはり外から戻った篠田係長と花比良主任に出くわした。ふたりは田所と一緒にいる鴨下を見て、意外そうな顔つきになったが、な

にも言わなかった。あえて口を閉じているかのようだった。

自分のデスクにつくとすぐ、また霧島もえの関連資料と向き合った。彼女のマンションの部屋の写真をもう一度見た。住所を入力し、Googleストリートでマンションの外観も確認した。三鷹という立地条件を合わせ、部屋の広さや新しさなどを考えると、居酒屋でアルバイトをしている身としてはかなり贅沢《ぜいたく》な部屋だと思われた。となると、ほかにもアルバイトをかけ持ちしているのかもしれない。昼間にも別の仕事をしているのだろうか。

鴨下は、『呑んでけ』の店員の藤木真梨香にまた電話をかけた。昨晩はありがとうございました、と礼を述べ、今日なんとか会ってもらえないだろうかと尋ねると、これから新宿で映画を見るので、その前なら話せると言われ、すぐ部屋を出て地下鉄に乗った。

約三十分後、鴨下は靖国《やすくに》通りに面した映画館の近くにある古い喫茶店で、髪を後ろに束ね、Tシャツの上に芥子《からし》色の薄いカーディガンを羽織った藤木真梨香と対面した。バッヂを見せて自己紹介を終えると、

「昨夜《ゆうべ》、お店に行ったそうですね」

と意外なことを言われた。

「というのは？　古森店長からなにか言われましたか」

「いえ。ただ今日シフトの件で店に電話したら店長が出て、そう言ってました」

「ほかにはなにか」

「警察からなにか訊かれたかと。言われた通り、なにも訊かれてませんって言っておきま

したけれど」

「古森店長はどんな風でしたか、声の調子とか」

「すこし不満そうでした。もえちゃんの身を案じて届けたのに、逆に問い詰められて心外だ、みたいなことは言ってました」

「そうですか。ただ、藤木さんは気にしないで結構です」

「あの、店長になにか疑いがかかっているということはないのですよね」

「それはありません。ですから、気の毒なところもあります。ただ、こちらも職務なので」

「まだもえちゃんの手がかりは？」

「いま本格的に捜査するかどうかを含めて検討中です」

これを聞いた藤木はため息をついて、

「どうしちゃったのかなあ、もえちゃん」

と、気まぐれで姿を消しているとも、事件に巻き込まれたともとれる台詞で不安を表した。

「霧島さんがなにか他にアルバイトをしていたかどうか、ご存じですか」

「レギュラーで入っていたのはうちだけだと言ってましたけど、それがなにか？」

「いや、それならそれでいいんです。では、霧島もえさんが地方のミスコンで優勝したことは聞いてますか」

「ああ、ミス・チェリーでしょ。女優を目指してるっぽいんですよね」

「ぽいと言うのは？」

「よく急に、明日オーディションが入ったのでお店を休ませてくれとか、台詞を覚えるので休みたいとか言ってきたりするので、そっち方面に進みたいんだなとは思ってました」

「なるほど。それで、そういう、女優のお仕事である程度の収入があったのでしょうか」

「どうかなあ。オーディションに落ちてってことですか」

「オーディションに落ちて落ち込んでることが多かったから」

「んー、私もあまり訊かないようにしてたけど……」

「あまり順調ではなさそうだとは思ってた……」

「だって、順調だったら、うちでバイトしてないで撮影に行ってますよね」

「あの、変な質問なんですが、霧島さんのようなタイプは飲食業でも、別の種類のところで働きがちだと思うのですが……」

「ああ、私もそこは不思議だった。もえちゃんだったら、そういうお店に出れば、もっと稼げるんじゃないかって。ただ、そういうところは、お酒呑まないといけないし、またお客の自慢話を聞かされるので嫌だって言ってました。うちは注文取って、お料理と呑み物を運ぶだけですむから」

　霧島もえがそう語ったんだとしたら、おそらく彼女はその手の店で働いたことがあるのではと疑っていい、いや、ひょっとしたらいまも不定期に働いているのかもしれない、と鴨下は思った。

「合格して喜んでいたことはなかったんですか？」

うーん、と藤木はうなり、ないんだな、と鴨下は思った。

「意外と贅沢だからな、もえちゃん。台詞がない役はいやだとか言ってたし。学芸会じゃないんだから子羊の役ばかりやってられないなんてことも言ってました」

「なるほど。羊の役ってのはなにかの作品で演じたんですか」

「そういうことじゃなくて、学芸会で馬の前足の役とかあるじゃないですか、あれですよ。ただ、馬の足は男の子がやる役でしょう。だから女の子っぽく羊にしたんじゃないのかな」

まあ、そうかもしれませんね、と鴨下が曖昧に同意すると、藤木真梨香はふと思い出したように、

「あ、もしかしたら、あれかな『羊たちの沈黙』」

「ああ、見ました。ジョディ・フォスターが出てた。気持ち悪い映画でしたよね」

「でも、アカデミー賞獲《と》ってますよ。もえちゃん、ジョディ・フォスターみたいになりたいって言ってた。主演女優賞を獲ったんですけど、ああいう作品で受賞できるなんて本当にうらやましいって言ってたのを聞いたことがあります」

『羊たちの沈黙』か。確かに見た覚えはあるのだが、さてこの映画、いったいどんな話だったっけ、と記憶をたどっても、ストーリーには霞《かすみ》がかかったままだ。それでも、次々と

殺人を犯して皮を剥ぐ大男を、まだＦＢＩの実習生であるジョディ・フォスターが、犯罪に詳しい天才（これまたサイコな犯罪者で、しかも受刑中）からヒントをもらいながら追い、ついには仕留める――そんな話だったような気がする。

「つまり、自分に与えられているのは主演じゃなくて、端役も端役、子羊みたいなものだって霧島さんは不満だったわけですよね」

　藤木真梨香はうなずいた。

「ただ、わりと最近のことなんですけど、喜んでいたというか、こんどは大丈夫だと思う、みたいなことは言っていました」

「なぜ？」

「さあ。そう言って気合い入れてるのかな、なんて私は思ってたんだけど。つけもたまってるからそろそろみたいなこと言ってたな」

「借金ですか」

「じゃないかなあ。『呑んでけ』の時給じゃ住めないような部屋借りてたわけでしょ」

「いつごろ言ってたんですか、それは」

「二週間くらい前かな、聞いたのは」

「大丈夫だと言ったのは、どの作品のどんな役だったかは？」

「さあ、聞いてません」

　たしかに藤木真梨香が聞いてもしようがないことではある。

「やっぱり東京が嫌になっちゃったんじゃないかな」

結論づけるように藤木が言った。その口ぶりからして、霧島もえが事件に巻き込まれているとは思っていないようだ。

「楽な部分もあるけど、なんか自分が駄目出しされてるような気分になるんだよね、東京って」

「かと言って故郷には帰りたくないわけですか」

「刑事さん、ご出身は？」

最近よくこの質問をされるな、と思いながら東京です、と答えた。

「あはは、やっぱり地方から出て来たって感じはしませんよ。どこか余裕を感じますね。もっとも刑事さんって感じもしないけど」

そうですか、くらいしか鴨下には返す言葉が思いつかなかった。

藤木真梨香から聞いた「こんどは大丈夫だと思う」や「子羊の役ばかりやってられない」「つけもたまってるから」という霧島もえの言葉は、当然引っかかった。なにをもって霧島もえは「こんどは大丈夫だ」などと思ったのだろう。なんらかの確証を得ていたのに、それが裏切られて失踪の原因につながったのだろうか、とも思った。だとしたら、それはなんだ。しかし、そのことは刑事が考えるべきことだろうか？　受かると思っていたオーディションに落ちたのは、個人的な傷心であり、警察が関与することではない。

そう考えると、『これで見おさめ？』や『さよなら、世界』は自殺を仄《ほの》めかしているようにも受け取れる。しかし、関係ないのだ、距離を取るべきなのだ、鴨下はそう思おうとした。傷が癒《い》えれば帰ってくる。人間、女優になれなかったくらいで死ねやしない。人生はままならない。ままならない人生はつらいけれど、それでも生きる意味がある、ニーチェだってそんなことを言っている。そう思っていったん忘れようとした時、真理《しんり》に言われた「甘く考えないほうがいいと思う」というひとことが脳裏をかすめた。

霧島もえがバイトを急に休んでいる頻度からすると、かなりの数のオーディションを受けていたようだ。それらのオーディションの情報はどこから得ていたのだろうか。鴨下が想像するに、普通なら所属事務所から教えてもらうだろう。では彼女にはそのような所属先があったのかと藤木真梨香に尋ねたところ、わからないと言った。タレント活動は本名でなのか、それとも芸名でおこなっていたのか、ということについても、知らないと首を振った。

「私がこういうタイプだから、もえちゃんもつきあいやすかったんだと思う」

警視庁に向かう電車の中でスマホを取り出し、〝霧島もえ〟で画像検索をかけてみたが、彼女は現れなかった。いつのまにか鴨下は、霧島もえの居所が気になりだしていた。彼女の身の上を聞いたことで、存在が身近に感じられ、安否が気になり始めた。

冷静になれ、と鴨下は自分に言い聞かせた。

ちょうどその頃、花比良真理《しんり》は、保坂明美《ほさかあけみ》心理士によるカウンセリングを終えようとしていた。

心療内科の受診は、特別捜査官として警視庁で働くための条件だ。

捜査が本格化すると、鋭敏になった神経が、事件にまつわる様々な感情を吸い寄せてしまい、傷だらけになることがあります。ですので心の傷は体の変調となっても現れます。そうなる前に心を潤し癒やさなければなりません。心療内科には定期的に通ってください。

――建て前はこうだ。けれど、実はなかなか難しい。まず、捜査中の事件のことは話せない。そのように警視庁と診療所で言い交わしているし、さらにこの十七歳の高校生が捜査に協力していることは認めているものの、内容については質問してくれるな、と診療所のほうに警視庁からお達しが出ている。だから通いはじめた頃は、

「なにも聞けないいんじゃお手上げだよ」

と保坂先生もこぼしていた。けれど、真理が、

「ここにきて学校のことを先生に話すだけでもずいぶんちがうから」

と言うと救われたように笑った。これじゃあ、どちらが癒やしているのかわからない。だから、カウンセリングはほとんど保坂先生とのよもやまばなしに終始する。

「ニラブセルはちゃんと飲んでる？」

カルテにボールペンを走らせながら、保坂先生は訊いた。

「はい」

いつものように真理はにこやかに答える。ニラブセル、あの緑色のカプセル。過敏になった神経を鈍らせてくれる。飲んで三十分ほど経つと、身につまされてこっちまで苦しかった被害者やときには加害者の身の上が、遠い星の異星人の話みたいに感じられる。心が瓦礫であふれそうな時には、この薬が必要だった。ここには、ニラブセルを取りに来るついでに、保坂先生と雑談するようなものだ。

けれど昨日から飲むのをやめていた。飲むと、飛べなくなる。飛行距離も短くなる。

心療内科を出て、コンビニのイートインでペットボトルのミルクコーヒーを飲んで、ツインクル チョコをつまんでいると、スマホが鳴った。

——いまどこかな。

すこし疲れてる、と父親の声を聞いて、真理は診断した。

「保坂先生のところが終わってひとりでお茶してる。どうだった？」

——河口湖駅の監視カメラを調べてもらった。該当するのが七名いたよ。

「じゃあ写真をプリントアウトして持ってきてくれる」

——すこし遅くなるな。

「どのくらい」

——外でお酒を呑むから、九時は回ると思う。

「だったら俊輔に届けさせてよ」

うーん、と父親は渋った。

――ああ見えて階級で言えばパパよりも上だからなあ。お使いみたいなことはさせにくいよ。

「でも、まだいちおうコンビなんだし。嫌だと言ったら小百合さんに言いつけて」

――そんな乱暴なことはできないさ。それに、警部補だって嫌と言ってるわけじゃないんだ。

「知ってるよ。パパが言いにくいのなら、かなえちゃんを使ったらどお？　あんまりそういうこと気にしない性質《たち》だから」

――うむ、じゃあそうするか。

「よろしく。で、ご飯はどうするの？　作っておく？」

――いや、お酒呑む時に食べるよ。今日は自分の好きなものを作って食べなさい。

父親はそう言いつけて電話を切ってしまった。夕飯のことを尋ねたのは、あの新入りの都合を聞きたかったからなのに。鈍《どん》な父なのである。

――ミス・チェリーへの応募は、特定の団体・会社と専属契約のない方に限ると謳《うた》っております。つまり、タレント事務所に所属している方は対象外となります。

山形県観光キャンペーン推進事務局に電話をかけたら、そう言われた。ということは霧島もえは、すくなくともミス・チェリーに応募した時点では、芸能事務所には所属していなかったことになる。

「任期終了後の芸能活動などについては、フォローはされておられますか」

――いえ、一切関知しておりません。

予想通りの答えが返ってきた。鴨下は質問を変えた。

「それでは、ミス・チェリーの任期中の活動について教えていただけますか」

――主には果樹園でのイベントですね。観光農園が開くときにスピーチしてもらいます。あとは宮城《みやぎ》球場で行われるプロ野球の公式戦で両チームにさくらんぼを贈呈するとか。場合によっては始球式も。さくらんぼの種吹きとばし国際大会の優勝者にトロフィーを贈呈するとか。

女優になるまでにはかなり長い道のりを歩まなければならないな、と鴨下は思った。

「それらのイベントの模様はテレビで放映されたりもするのですか」

――地元の放送局ではよく取り上げてもらってますよ。農園開きのイベントなどは全国放送のニュースで放映されることもあります。

「契約期間はどのくらいでしょうか」

――ミス・チェリー、準ミス・チェリーともに一年間です。

ここではじめて準ミスもいるということを知った鴨下は、

「霧島もえさんの代も準ミスはいらっしゃったんですか」

「お名前と連絡先を教えていただけますか」

——ええ、もちろん。

——名前は問題ないんですが……。

発表しているんだから当然だと思いつつ、鴨下は千野英子《ちのえいこ》という名前を書き取った。連絡先は個人情報だからと教えてもらえなかった。承知していったん切り、山形県警に電話を入れて、生活安全部につないでもらい、そこからミス・チェリーの主催団体に話してもらうことにした。県の観光にまつわるさまざまな事案は地元警察の生活安全課の世話になることが多い。思った通り、十五分後には机の上の電話が鳴った。

——もしもし、すみません、さきほどは。いちおう応募の規定で、個人情報はミス・チェリーの選考以外には使用しないと謳っておりますので。

職員はさきほどと同じ言い訳をこんどはもうすこし丁寧な口調でくり返した。ええ、もちろんです、と鴨下も調子を合わせた。

——いま、千野さんと確認が取れまして、まちがいなく警察であるとわかっているのなら、連絡先を教えてもいいとのことですので。

そう言って、彼女の新しい苗字と携帯の番号をくれた。準ミス・チェリーはすでにミセスとなっていた。

いまならつながるだろうと思い、すぐにかけた。もしもし、千野ですという若い女の声がして、現在の苗字を名乗らなかったのは、東京の局番が出たのでこれは警察だなと思ったから、と訊かないうちに説明してくれた。

――活動が地味なのでちょっとがっかりしてましたよ。もうすこし華やかなものを想像していたみたいで。

ありうるなと思いつつ鴨下はあえて尋ねた。

「どんなふうにがっかりしてましたか」

――観光客が集まるところで、小分けにしたさくらんぼを配るなんてこともしてたんですが、ティッシュ配りみたいで嫌だなんて言ってました。私とちがって、これをきっかけにもっと派手な活動ができると夢膨らませていたんじゃないかな。

祖母が勝手に応募して、書類選考が通ってしまい、しかたなしに面接に出向いたと言う千野英子と霧島もえの間には、意気込みにかなりの隔たりがあったようである。

「ミス・チェリーの活動終了後、芸能事務所に所属するというような話はなかったんですか」

――だから、そういう華やかなものじゃないんですよ。ただ、もえちゃんはプロ野球の公式戦の始球式をやったことがあって、地上波では流れなかったんだけど、BSのスポーツチャンネルでそれを見ていた高校時代の知り合いが東京から連絡をくれたと言っていました。

「東京からですか」

――ええ、東京で映像関係の仕事をしているから、ひょっとしたらって言ってました。

「喜んでた？」

──うーん、そこはビミョーだったな。いい加減なやつなんだけど、まあしょうがないって感じだった。

「というのは？」

──なんか、高校でミスコンを企画して、もえちゃんにミスなんちゃらにしてやるから出ろって言ったとか。

「で、その高校のミスコンには出たんですか、霧島さんは？」

──出るつもりだったんだけど、学校側に苦情が持ち込まれて中止になったそうです。ミスコンなんて時代錯誤でけしからんって怒る保護者がいて。

「その人の名前は？　えっと、ミスコンの企画者、始球式を見て連絡してきた人の」

──知りません。

「高校の同級生なんですね」

──先輩じゃなかったかな。

鴨下はもういちど山形県警の生活安全部に電話し、霧島もえが卒業した高校の卒業名簿を三年ぶん調達してもらえないかとかけ合った。

──急ぎますか？　できれば一週間ぐらい時間をもらえませんかね。なにせこちらもいろいろと立て込んでおりまして。

鴨下はいくぶんこれに同情しながら、

「そうですか……」

と言った時、「間に合わないから」という真理《しんり》の声が脳裏によみがえって、

「申し訳ないけれど、なる早でお願いできますか。ひょっとしたら急を要するかもしれませんので」

急を要するかもしれません、ですか、と相手は苦笑気味にそう言ったあと、

――少々お時間ください。

と期限を曖昧にしたままで切った。

しかし、意外なことに、ものの三十分もしないうちに県警は折り返してきた。

――いま、警部補のメールアドレスに三年分の卒業名簿と、当時の連絡先の一覧をお送りしましたので。ご確認ください。

驚いた鴨下は丁寧に礼を言ってから、尋ねた。

「どうして、こんなにすぐに調達できたんですか？」

相手は、すこし決まり悪そうに笑って、

――警視庁からの要請ですからね、いの一番でやったんですよ。――と言いたいところですが、実はすでにあったんです。

「あった？　県警の資料としてすでに保管してあったということですか」

――ええ。実はこの高校、卒業生がちょいとやらかしたことがありましてね。その時にも警視庁から問い合わせがありました。で、当時とりよせたものが保管してあったんですよ。

か？
どういうことだ。霧島もえの同級生は上京した後になにか事件を起こしているのだろう

——大学のサークルで、他校から勧誘した女子大生を呑ませて暴行したってのがあったでしょう。被害者が多いのと、天下のW大だから大問題になったあれですよ。

ニュースでも大きく取り上げられたので、鴨下も覚えていた。名門大の看板で都内の女子大生をサークルに勧誘し、強い酒で泥酔させ、前後不覚になったところを集団暴行に及んだという醜聞《スキャンダル》だった。

ともあれ、その事件であれば警視庁に資料が残っているはずだ。事件名を尋ね（W大サークル　スーパーフリーダム事件）、あとはこちらで調べますと言って切った時、吉住が近づいてきて、角2封筒を差し出した。

「これ係長から。姫のところまでお使いを頼まれて欲しいそうです」

中を覗くと、防犯カメラの映像をプリントアウトした四つ切りのモノクロ写真の束があった。どれにも帽子を被ってサングラスをした男を上から捉えた姿が収まっている。SSBCの仕事は思いのほか早かった。そして、次は、疑うべき対象を真理《しんり》が選び出し、「こいつだ」と告げるのだ。それはまずいだろ、と思い、横に立っている吉住を見上げた。

吉住は両手を挙げた。撃ちあう気はないと意思表示するガンマンのように。見ると腰にはガンベルトが巻かれており、そこにリボルバーが吊《つ》るされている。普段から銃を携帯しているような警官は異常である。けれど、いまはあえてこれには触れず、

「真理《しんり》さんは今日はどちらに」

と鴨下は尋ねた。吉住は両手を下ろして親指を立てた。

「今日は自宅にいるみたい。すぐに届けて〝結果〟を報告して欲しいそうです」

鴨下は迷った。これを真理に届ければ、係の捜査方針を認めることになりはしないか。なる気がした。しかし、自分が断っても、ほかの誰か（おそらく二宮）が届けるだろう。だったら自分が行って、一度じっくり彼女と話したほうがいいかもしれない、とも思った。

「承りました。ところで、僕からも吉住さんにお願いしたいことがあるんですが」

吉住は急に真剣なまなざしになって、さっと腰を低くし、ガンベルトに手をあてがい、

「誰を撃てば？」

そして、啞然としている鴨下に向かって、

「冗談です」

と笑ってまた背筋を伸ばした。

鴨下はなんとか気を取り直し、警視庁の資料庫でW大サークル　スーパーフリーダム事件の資料を当たって、山形県のH高校を出て事件にかかわった卒業生の名前と現在の連絡先、それからいまなにをしているのかを調べてもらえませんか、と告げた。吉住は、了解です、とうなずいたあとで、

「あのW大の事件か。ああいうクズは脚ぐらい撃ってもいいですね」

と滅相《めっそう》もないことを言い、呆れかえっている鴨下に向かって、

「冗談ですよ」

と言ってまた笑った。

真理《しんり》と主任が住むマンションの玄関ホールで、集合郵便受けの横にあるインターフォンを鴨下が鳴らしたのは七時過ぎだった。

「いらっしゃーい」

スピーカーから明るい声が聞こえ、扉のロックが外れる音がした。エレベーターで十階まで上がり、通路に出ると、いちばん奥の部屋のドアがすでに薄く開いていた。

部屋番号を確かめてから中に入ると、

「こちらでーす」

という声がした。上がり框《がまち》に揃えてくれていたスリッパに足を突っ込んでその先の扉を開けると、広々としたダイニングキッチンのコンロの前で、オーバーサイズのグレーのパーカーとスエットズボンを穿《は》いた真理が背中を向けて、鍋をかきまぜていた。

「今夜はビーフシチューです」

尋ねもしないのにそう言って、

「ご飯にする？　お風呂にする？　それとも――」

パタン。角2封筒をテーブルに投げて鴨下は言った。

「こちらです、捜査官」

封筒をちらと見た真理は、電気コンロの電源を切って、鴨下を自分の部屋に案内した。パステル調の水色の壁紙の部屋に勉強机があり、ベッドがあり、その上には熊のぬいぐるみがいくつも置いてあった。真理は、机に向かった椅子を回してそこに腰かけ、

「どこか適当なところに座って」

と言ったが、ベッドに腰かけるのは気が引けるし、かといって腰を落ち着けるのに適した場所はどこにもなかった。しかたなしに、鴨下はカーペットの上に尻をつけて胡坐をかいた。

真理は、封筒の中から写真を引っ張り出して、上から順に五秒ぐらいずつ見つめながら、繰っていった。そして、最後の一枚を見て、それを一番後ろに回すと、その束を机の上にぽんと投げた。そして、床に座っている鴨下に、

「ところでさ、『呑んでけ』の店長が霧島もえに言い寄ろうとしてたってこと、どうして勘づいたの？」

鴨下は、真理の思いもよらない質問と射貫《いぬ》くような視線にたじろいだ。

「写真でしょ」

真理は、追い撃ちをかけるように言った。

「どういうこと？」

「写真から気がついたんじゃないの」

「まあ、そうだけど」

真理《しんり》は満足そうに薄く笑って、

「どう推理したの」

「推理ってほどのものじゃ。どの写真も、霧島もえ狙いで撮っている気がしたんだ」

「なぜ」

「たぶん構図とか、そういうものから感じたんだと思う。というか、ふたつの宴会は霧島もえの写真を撮りたくて設けたもののような気がした」

「はーん、ほとんど霊感じゃないの。でなきゃ偏見か」

鴨下が急に黙り込んだので真理は、

「あはは、霊感は褒め言葉だよ。――それで？」

と妙な励まし方で先を促した。

「そう感じた理由を整理してみたんだ。みんなと写っている集合写真では、彼女はいちおう笑ってはいるけど、それはお愛想笑い、おつきあいで笑っているように見えた」

「そうだね。ほかのはもっとひどい」

「そうなんだ。友達とふたりでいるのを撮られたものなんか、彼女だけレンズのほうを見ないようにしている」

「つまり、撮られたくないんだって推理したわけね」

「いや、最初は、ただで撮るなよって言いたいのかなって思ったんだ」

「どういうこと」

「霧島もえはミス・チェリーに応募したような子だから」

「ミス・チェリー？　なにそれ」

「ああ、地方のミスコンで優勝してるんだよ、彼女」

「ふーん、そういうミスコンに出るような子だからどうだって？」

「いやだからむしろ、撮られるのは仕事だってプライドがあったんじゃないかって」

「ああ、アマチュアカメラマンに気軽にシャッターを切られるのはやだってことね？」

「うん。だから店員仲間に電話して、特に女子の店員が霧島もえを撮った写真を送ってくれないかと頼んでみたんだ」

「比較するためにか。それで」

「楽しそうに笑ってたよ」

「つまり、ミス・チェリーのプライドなんか関係ないってことね」

「そう、これは単純に店長に撮られるのが嫌だったんだな、と思った」

「このふたつの宴会はコクられたあとだよね。つまり、もう彼女のほうはウザいとかキモいとか思ってた」

「そうなんだ。で、もしそうなら、これは行方をくらましていることと関係あるんじゃないかと思って、『呑んでけ』に確認しに行ったんだ」

なんとか推理のプロセスを論理にしたてあげられた、と鴨下が軽く放心していると、

「なるほど。感心したよ。よくもまあそこまでうまく理屈をつけられたね」

と真理《しんり》はお世辞なんだか皮肉なんだか、あるいはその中間を狙っているのか、微妙な台詞を口にした。そしてこうもつけ加えた。

「ただ、それだとあまり変わらないんじゃないのかな、私と」

「なにが」

「推理する方法がだよ」

「なんだって」

「ちがうのはバランスだけ」

「バランス？」

「感性と言葉のバランスかな、言ってみれば。要するにピンと来たわけでしょ。写真を見て、絶対確実なものから出発して、細かく、AならばB、BならばCって具合に、這《は》うようにじりじり進んでいってたどり着いたゴールが『店長は霧島もえが好きで、彼女は嫌っていた』なんじゃなくて、ピンときたものを言葉で整理しただけだよね」

「だけど、その言葉があるかどうか、理屈が通っているかどうかはすごく大事なんだ」

そう抗弁すると真理は、

「まあね」

ととりあえず認めた。その口ぶりには余裕が感じられた。

「それはわかる。だからまかせるよ」

「まかせる？」

「私はすぐにピンとくる。私は速い。私がスピードを上げてるんじゃなくて、向こうが私を引っ張っている感じなんだ」

「向こうってなに」

「わかんない。とにかく言葉じゃないものだよ」

「だから、それがまずいって」

「ちょっと、黙って聞いてよ。とにかくスタートダッシュでめちゃくちゃ引き離しちゃうから、おいてけぼりを食らった人たちは、ずっと遠くに行っちゃった私を見て、ズルをしていると感じるみたい。だけど、一歩一歩確かめながら歩いてくる人たちも、やがては私のところにやって来る。実際、俊輔がそうしたように。まあ、君はなかなか速いほうだよ」

「それで」

「だから、まかせる。一歩一歩確認する作業はね。私にはなぜ私がそう感じたのかって、言葉にする力がない。ただ、まざまざと感じる。ありありと見える。それは嘘じゃない。私はそれを伝えているだけ」

「いや、だけど、それだと困るんだよ」

「だったら困らないようにして。私は速い。だけど言葉を持っていない。言葉ってのは遅いんだよ。だから俊輔は遅い。だけど言葉を持っている。だから言葉をちょうだいって言ってるの」

「いや、そういうふうに単純には片づけられないな。真理《しんり》さんがダッシュして、僕はゆっくりと、いや僕にとっては全力疾走なんだけど、とにかく自分のスピードで追走するってイメージはとりあえず理解した。だけど、最終的に僕と真理《しんり》さんが到達した場所がちがう、つまりちがう結論を出すって可能性だってあるんじゃないのか」

「その時は、俊輔がまちがってる」

「え、僕のほうが論理的なんだぜ」

「だとしても」

「なぜ」

「なぜかって訊かれると、それはわからないな」

「だから、それが問題なんだよ！」

「わかった、じゃあ、その問題は棚上げにしよう」

「え、なんだって」

「最終的には俊輔が判断すればいい。結果、俊輔がまちがっていてもこれこれこういう理由でこのように判断しましたと説明できれば、クビにはならないんじゃないかな」

「なぜまちがってるんだ」

「だって、霧島もえは店長がウザいから距離を取るために行方をくらましてるっていうのが俊輔の見立てでしょ」

「それがまちがってるっていうのか」

「まちがってるね」

「なぜ」

「そう感じたから」

「そこがマズいってさっきから言ってるんだよ」

「私もさっきから言ってる、だったら俊輔が判断すればいいって」

　鴨下は黙った。

「ただ、私は言うよ、自分が感じたことをね。もう言うな、というのなら辞める。辞めて欲しいんでしょ」

　そのあっさりした態度に意表を突かれ、鴨下はちょっとたじろいだ。しかし、もともと自分が辞めろと言った手前、慰留するわけにもいかない。

「ただ、言っておくけど、私のスピードに頼らないと間に合わない場合はどうする？　間に合わない？」鴨下は口を開きかけたが、真理は唇に人さし指を当てた。喋《しゃべ》るなのサインである。

「俊輔の理屈だと、間に合わなくてもしょうがない、ってことになる。でも、いまは聞きたくない」

「いや」

　と俊輔は言った。

「もし、そんな事態になったら僕のほうが警察を辞めるよ」

真理《しんり》は回転椅子に座って足を組み、腕組みして「ふーん」と鴨下を見つめたあとで、

「ビンちゃんだなあ」

とつぶやいた。

「ビンちゃんって」

「こんど教えたげる。とにかくいったん棚上げだね。さてと――」

真理は身体をひねって机の上に置いてあった写真の束を摑み、

「こいつだと思うな」

と中から二枚抜いて鴨下に突き出した。

速い。そう言えば、一課の田所が、大量動員しなければならないような難しい事件でも、あっというまに急所を摑んでしまう、と言ってため息を漏らしていた。

紙焼きには、電車から降りるサングラスとキャップの男。もう一枚は駅舎を出る姿が写っていた。どちらも、隅のほうにサインペンで〔河口湖－C〕と記されている。

しかし、このお告げを報告してもいいのかという迷いもまだくすぶっていた。一方、真理のパワーがどのようなものなのかを確認したい、という興味もあった。そして、捜査が進み、〔河口湖－C〕が不当な扱いを受けるような場面に出くわしたら断固として阻止しよう。そう決心して、鴨下はポケットからスマホを取り出した。

――篠田です。お疲れ様。

「もしもし、鴨下です。いま真理《しんり》さんが――」

そこまで言って鴨下はすこし言葉を選んでから、

「所信を伝えられました」

と言った。

――ちょっと待ってください、いまメモを用意します。………どうぞ。

「〔河口湖‐C〕ではないか、と」

――Cですね。ありがとうございます。

「このあとの捜査方針は」

――やはりSSBCに、こんどは〔河口湖‐C〕を追ってもらい、身元を特定させた上で、事情聴取する流れになろうかと思います。

そこまでならいいだろう、と鴨下は思った。

――ところで、吉住が代わって欲しいそうです。少々お待ちください。

一秒ほどして、声が変わった。

――もしもし、例のW大の馬鹿ですが、名前はすぐにわかりました。兵頭康平《ひょうどうこうへい》。霧島もえと同じ山形県立H高出身。学年は二個上ですね。ただしこいつはW大じゃないみたいですよ。まあ、このサークルには学外の会員がいっぱいいたみたいですが。幇助犯《ほうじょはん》で三年食らっています。

「ということは、その兵頭ってやつは主犯じゃないわけですね。具体的にはなにをしたんですか」

——このサークル自体は活動が非常に曖昧な、言ってみれば合コンサークルですよ。W大の学生とつきあいたいと思っている他校の女子大生を勧誘するのが兵頭の役割だったみたいです。

そして、兵頭に勧誘されて入会した者の中に被害者が含まれているらしい。

「で、いまは？」

——四年ほど前に出所して、映像制作会社に勤めているみたいです。

映像制作と聞いて、始球式の霧島もえをテレビで見て連絡したのはこいつだなと思った。

「吉住さんの手元にいま兵頭の写真ってありますか」

——あるよ。

「真理《しんり》さんによれば、霧島もえのスマホを持って河口湖に行ったのは、〔河口湖‐C〕らしいのですが、兵頭と〔河口湖‐C〕は似てますか？」

——Cと？　あきらかに別人でしょ、これは。

「そうですか。いま見ている兵頭の写真、電子メールで送ってくれますか」

鴨下がそう言った時、横から真理《しんり》が声を上げた。

「かなえちゃん私のほうにも送ってね」

——了解しました。真理《しんり》ちゃんのほうにも送ります。

最後に鴨下は、明日の朝一で資料に目を通したいので、W大の事件の資料一式を机の上に置いといてくださいと頼んだ。吉住は承知した。

「さあ、お夕飯ですよ」

真理はそう言って、キッチンのほうへ歩きながら手招きした。

一緒に食べるのに二の足を踏んでいた鴨下を真理は無理やりに食卓につかせた。

「主任は？」

真理がシチューを皿によそって出すと、観念してスプーンを取った鴨下が尋ねた。

「今日はお酒呑んで来るって言ってた。たぶんこれから篠田さんと居酒屋でお刺身とかつまむんだと思うよ」

「そうか、それならいいんだけど」

「大丈夫。鴨下警部補排斥運動なんか共謀してないよ」

「……そんなこと考えたこともなかったさ」

「それは甘い。大人の世界は汚いんだから、もっと考えないと。どうですか、お味のほうは」

「うん、おいしいよ」

よかった、と真理はひとこと言ったあとで、鴨下が食べているところを見つめながら、

「でも、あやしいな」

と言って、怪訝な顔を向けた鴨下に、

「いや、霧島もえと高校がいっしょだったやつのことなんだけど」

「兵頭？」

「そう、そいつ。もえの失踪と関係があるよ」

「え、どうして」

「さっき顔を見た。かなえちゃんがスマホに送ってくれた写真で。シチュー温め直してるときにね」

　鴨下は首を振った。

「いやいや、だから速すぎだって」

「そうかもしれないけど」

「吉住さんも言ってたけど、〔河口湖－C〕とは別人なんだろ。始球式を見て連絡を取ったのが兵頭だってこともまだ確認が取れてないし」

「だからあ、さっきも言ったように、俊輔がそう思うのなら、私の言葉は頭の片隅に入れておくだけでいいんだってば」

　鴨下はスプーンを置いて、テーブルの上で両手を組みあわせた。

「いいかい。実はそれだって困るんだ。そういう情報が頭の片隅にでも残ると、どこかで僕の判断を狂わせかねない。だから、よしてくれないかな、マジで」

　鴨下はそう叱ったが、真理《しんり》は鴨下の真剣な表情を見つめてデレデレしている。

「顔を見ただけで判断するのはよせってこと？」

「そのとおりだ」

「だけど、いま俊輔の顔を見てわかったことだってあるよ」

「なにが」

「俊輔は私を好きになって、彼女と別れる」

「だから、そういうこと言うのはよせって話をしてるんだよ」

「顔に書いてあるもん」

「書いてない」

「なに怒ってんの。ねえ、こんどディズニー行こうよ」

「行かないよ」

「でも、事件が起こったら行かなきゃでしょ。例えば、お城でシンデレラが人質になったり、ミッキーが撃たれたりしたら――」

「いや行かない」

「どうして」

「東京ディズニーランドは千葉県の浦安《うらやす》にある。出動するのは千葉県警だ」


　鴨下が帰ったあとで、真理は兵頭康平の写真をもういちど見た。嫌な気持ちが、胸の中にわだかまった。本当は誰かに電話して、重くとぐろを巻いている疎ましい感覚を打ち明けてしまいたかった。そして、その相手にふさわしいのは、鴨下だと思った。けれど真理《しんり》は結局、この胸のつかえはシャワーで洗い流すことにした。

浴室から出た後、キッチンで『ニーチェ・セレクション』をパラパラとめくった。これは日本語なの、と思うくらい難しい。運命愛《アモール・ファティ》という聞き慣れない言葉があった。運命という言葉が日頃から気になっている真理はそのくだりを読んだ。

やむをえざる必然的なものは、私を傷つけはしない。運命愛は、私の最も内奥の本性である。

わかったようなわからないようなフレーズだ。その隣にこんな一節もあった。

なによりもまず、やむをえざることをなすこと――しかもそれを、君になしうる限り美しくまた完璧に！「やむをえざる必然的なものを、愛せ」――運命愛、これこそが、私の道徳であろう。

父が帰ってきた。コーヒーが飲みたいと言ったので真理が淹《い》れた。うまいと言い、明日は朝から会議だあと言う父親をキッチンに残して、真理はベッドに潜り込んだ。

一方、鴨下は自宅に戻るとすぐに、パソコンを立ち上げ、吉住が送ってくれたファイルを開いて、こちらも兵頭康平の顔を見た。

まだ若く、おとなしい顔立ちをした、事件発覚後に地元の人が「真面目な子なので驚きました」などと取材陣に対して答えるような、暗い目をした地味な男。

現在の勤め先はルーデンスとあった。映像制作会社にルーデンスとは面白い社名をつけたな、と鴨下は感じた。それはそうと、こういうところで働いているのなら、ミス・チェリーになった後輩をテレビで見つけて連絡を取るのは自然だろう、とも思った。

ルーデンスのサイトにはスタッフ紹介のページがあり、下のほうには兵頭の名前もあった。こちらの写真では、目は暗いままだが、口元に曖昧な笑みを浮かべている。

それにしてもこのルーデンス、いま非常に勢いのある会社のようだ。ここ数年で手がけている制作本数がぐんと伸び、ホームページもしきりにそれをアピールしている。

社長もまだ若く、三十半ばぐらいである。持月正樹《もちづきまさき》。はす向かいに構え、口を真一文字に結んで、自信に満ちあふれた精悍《せいかん》な顔をこちらに向けている。

「好きな言葉は献身と絆《きずな》。みなが自分ができることを精一杯やる。自分の役割を演じきること。それが絆を強くする。それがわが社のモットーであり、それしか生き残る道はないと信じています」

社長からの挨拶にはこうあった。平凡だしダサい。そして、経営戦略としてこんなものが通用するのか、とも思った。しかし、結果論で言えば、ルーデンスは躍進しているわけだから、意外と有効なのかもしれない。だがもちろん、献身と絆なんてのは表向きの看板で、本当の生き残り戦略は別にあるとも考えられる。

ベッドの中にタブレットを持ち込んで、契約している動画配信サービスのライブラリーに『羊たちの沈黙』を探したら、あった。三百五十円払って再生ボタンをクリックした。羊はいつ出てくるのかなと思いながら見ていたが、ほどなくまどろみの中に落ちていった。

6　ホモ・ルーデンス

一夜明けて、真理《しんり》はテスト明けの休みを利用し、警視庁本部に顔を出すことにした。フロアに入っていくと、吉住がダーティハリーのマグカップを手に、あれ真理《しんり》ちゃん今日は朝から？　と声をかけてきた。うんちょっと、朝の会議が気になってと言って（鴨下にも会いたかったしとは言わなかった）、自分の席に行くと、隣の机で鴨下は熱心に資料を読んでいる。兵頭の顔写真が見えて、真理はすこし満足した。ひとつ向こうの席では草壁さんが突っ伏して眠っている。肩を叩くと、寝ぼけ眼で真理を見て「わっ」と叫んだと思ったら、こんどは壁の時計に目をやって、

「なんだまだ午前中じゃないか、真理《しんり》ちゃんがいるんで夕方かと思ったよ」

などと言ってまた目をしょぼしょぼさせて突っ伏そうとした。駄目だよ、今日は朝から会議だよ、と真理がまた肩をゆすった。

一方、鴨下のほうは、W大事件の資料に目を通そうと、すこし早めに登庁した。昨晩吉住から聞いたように、兵頭はW大の学生ではなかった。彼の籍は日本芸術大学の映画学科にあった。なのになぜ、わざわざ他校のサークルに入部したのか？　この問いに兵頭は、

「W大のブランド力が魅力だった。実際、W大の名前で勧誘すると、日芸大とは比べ物にならないぐらいの威力があった」と答えている。高校時代にミスコンを企画する学生が言いそうな台詞である。

現在の勤め先は、制作会社としてはいまをときめくルーデンス。大学を中退し、懲役刑を受けた身にしては、よく軌道修正したな、と鴨下は感心した。

「さて、やるか。第七会議室だ」

篠田係長が招集をかけて、みなが立ち上がった。資料をまとめて腰を上げた鴨下は、隣の席に真理《しんり》がいることに気がついて、

「あ、おはようございます」

と遅くなった挨拶をすませ、

「昨夜《ゆうべ》は――」

と言って、辺りを見回してから、誤解を与えないような言葉を探し、

「ごちそうさまでした」

と軽く頭を下げた。

「うん、なかなか楽しい夜だったね」

と真理が言って、向かいの吉住はにやにやし、通りがかった二宮は驚いていた。

「霧島もえの失踪はこの係では事件として扱うことにいたしました」

会議の冒頭、篠田係長はそう言った。

「まず、〔河口湖－C〕についての聞き込みに着手します。ただし、山梨県警の動員はこの時点では難しいと考えてください。今日明日ともに係全員で、駅周辺の聞き込みに徹して、目撃情報を集めたいと思います」

手が挙がった。どうぞと促した篠田係長の顔はいくぶん硬かった。

「映像制作会社ルーデンスの兵頭康平の鑑取りをさせていただきたいのですが」

そう言って鴨下は、

「兵頭康平ってのは？」

と手元の資料を捲《めく》りだした係長に、

「そこには載ってません。霧島もえの高校時代の同窓です。おそらく彼女と連絡を取ってます」

「おそらく……ですか」

「ええ、それも確認したいのです」

「で、その連絡はいつ、どんな形で？」

「三年前に。プロ野球の始球式で霧島もえが投げるところをテレビで見て電話したものと思われます」

「三年前……？」

鑑取りする必要があるのかとあやしんでいる様子が見て取れた。横から吉住が、

「そいつ、九年前のW大事件で実刑食らっているんですよ」

と言って、兵頭が怪しむに足る人物だと補足してくれた。

しかし、係長の顔に浮かぶ不審の色は消えなかった。

「ええっと、九年前のW大の事件、それから三年前の電話、これらと今回の霧島もえの失踪とを結ぶ線はなにか浮かんでいるんですか」

「いや、この時点ではまったく。ただ、いちおう確認したほうがいいと思いまして」

「ふむ。人数が多ければそうしてもいいかもしれませんが」

と言って篠田係長は眉をひそめた。さらに二宮が、

「うちの所帯だと全員で河口湖の聞き込みに集中したほうがよくないですか」

と言い、草壁までが、

「河口湖か。あのあたりのほうとうはうまいんだ。味噌仕立ての汁で煮込んで、南瓜《かぼちゃ》やキノコなんかと一緒にこしのある麺で食うとたまらんぞ」

などと言って、捜査方針が河口湖一極集中案に傾いた、その時――、

「だけど、早いとこ調べといたほうがいいと思うよ、その兵頭ってやつは」

と真理《しんり》が言った。彼女が放ったこのひと言で会議室の空気がまた一変した。まずは二宮が、

「え、それ本当?」

と念を押し、

「うん。ここはふた手に分かれたほうがいい。河口湖にはそんなに大勢で行かなくたってすぐ裏が取れるよ」

と真理が請けあうと、次は草壁が、

「まあ、ほうとうも時期はずれだしな、うん……」

とひとり言のようにつぶやき、ついに係長までが、

「うむ。ならば、そちらのほうにも網を広げておこうか」

と言った。

「じゃあ私と警部補で行ってきます」

と真理はすかさず立候補し、驚いている鴨下に向かってウインクした。

ウインクは返ってこなかった。


捜査車両はみんな河口湖行きの連中が使うというので、鴨下と真理は大崎《おおさき》にあるルーデンスまで電車で出かけた。

「こうして鑑取りに一緒に出かけることもあったの?」

山手線の車中に並んで腰かけながら、鴨下が訊く。

「ジョーコーとはときどき出かけてたよ、そんなにしょっちゅうじゃないけれど」

「ジョーコー? ああ二宮さんのことか。その時は真理《しんり》さんはどういう役割をするの」

向かいの座席の窓から東京の景色を眺めていた真理は、隣の鴨下を向いてニヤリと笑っ

た。

「こいつは嘘ついてるな、と私が判断したらサインを出す。するとジョーコーが殴って吐かせる」

鴨下はため息をついた。

「僕は絶対そんなことしないよ」

「うん。逆に殴られちゃいそうだしね」

鴨下がやれやれと首を振っていると、真理《しんり》がバッグをごそごそやりだした。取り出したのは、プラスチックの容器に収まったマカロン（二個入り）である。蓋を開け、苺《いちご》のほうをつまみ上げると、

「食べる？」

とさし出した。鴨下はいらないと首を振った。真理はパステルピンクの焼き菓子を鴨下の目の前に滞空させていたが、突然、彼の口の中にそれをねじ込むと、目を丸くしている男に向かって、

「ねえ、もういちど思い出したほうがいいんじゃない。私のひと言がなかったら今頃は河口湖に連れて行かれて、季節はずれのほうとう食べることになってたよ」

とついでにもうひとつのチョコ味も押し込んだ。鴨下は洋菓子をもぐもぐしながら、

「ほれははんしゃしゅてる」

「ん？　それは感謝してる、そう言いたいのね」

鴨下がマカロンを飲み下しながらうなずいたので、真理の顔にやっと薄い笑みが浮かんだ。

ルーデンスのオフィスは大崎駅前のビジネスビルに入っていた。エントランスホールの壁に貼られたパネルで階を確認して十二階に上がった。無人の受付エリアで、内線電話を取って、警察ですが兵頭康平さんにお会いしたい、と鴨下が来意を告げると、そこで待っていてくれと言われた。

「この会社は大きいの」

ひとりがけのソファーに並んで腰かけ、壁に貼られた映画やドラマのポスターを眺めていた真理が訊いた。

「かなり大きなほうだろうな」

「ふーんそうなんだ、職場って警察しか知らないから」

警察と組織の規模を比べられたら勝負にならないよ、とつぶやいた鴨下は、ポスターと一緒に貼られたチラシが気になったので、立ち上がってそばに見にいった。

先日ネットで見た精悍《せいかん》な顔が中央に配され、横には『ルーデンス　持月正樹社長来校！』と大きな文字が添えられてある。社長がどこかの大学に招待されて講演するらしい。学園祭にしては季節はずれだな、と思っていると、

「この日本芸術大学って兵頭が行ってたとこじゃないの」

なんだって、と思って振り返ると、手にしたチラシを真理《しんり》が眺めていた。いま鴨下が壁上に見ていたものの裏面を読んでいるらしい。どこにあったのと訊くと、隅に据えられたチラシスタンドを指した。そこに映画作品に交じって、それも置かれていたようだ。鴨下もいちまい抜き取って、腰を下ろした。裏返すと、細かい文字のブロックの上に置かれたリード文には、

「日芸大のＯＢ持月正樹が後輩だけに教える生き残り戦略」

とあった。

「『映画を作る会社で映画よりも大切なことはなにか？』だって。そんなのお金に決まってんじゃん」

年齢《とし》に似合わない冷めた台詞に鴨下は苦笑した。すると、オフィススペースと受付とを仕切るガラス戸が開いて、女性のスタッフが出てきた。

「兵頭ですが、いま出ておりまして、まもなく戻るはずなのですが」

「じゃあお待ちします」

鴨下は即答した。すると、女はかすかに眉を顰《ひそ》めて、

「あの、もし、制作現場でなにかトラブルが、例えば道路使用許可でうちの現場に不始末があったとかでしたら、お待たせするのも失礼なので、ほかの者を呼びますが」

「あいえ、そういうわけではありませんので」

「……すみません、あの、警察の方ですよね。……もしかしてオーディションでは」

十代の少女と二十代の男の二人連れでは、そう疑われてもしかたがないのかもしれない。

鴨下はポケットからバッヂを出した。

「兵頭さんはいまどちらに？」

記章を見た女は恐縮しながら、

「スタジオです。すこしスケジュールが押しておりまして、昨夜からそちらに詰めております。誠に申し訳ございません。少々お待ちいただけますか、いま兵頭に連絡とってみますので」

と言い残して女は扉の向こうに消えた。

「スタジオってどんなところ？」

ふたりきりになると真理が尋ねた。

「さあ、よくわからないな」

「訊いてみてよ」

「なぜ」

「ちょっと気になる」

「だから、なぜ？」

「そこでレコーディングとかもできるのかな」

「それはできるだろう、スタジオなんだから」

「このあいだ、眠睡のラップをうちで録音したんだけど」

「真理《しんり》さんの家で？」

「そう。だけど、カラスの声が入っちゃって駄目になっちゃったんだよね……」

カラスっていちど鳴き出すとずっと鳴いてて、しつこいんだ、などと真理《しんり》がぼやいていると、エレベーターホールに向いたドアが開いて、見覚えのある顔が入ってきた。兵頭だった。鴨下は意外に思った。思っていたよりずいぶんと背が低かった。

「あの……」

とだけ兵頭は言った。警察が来ていると、先ほどの女性から電話を受けて駆けつけたのだろうが、まさかこの若い男と高校生にしか見えない（そして実際そうなのだが）少女のコンビがそうとは信じられなかったようだ。鴨下は、身分と名前を名乗った。

「刑事部……ですか。僕になにか」

「ここではなんですので、御社に、個室があればそちらでお話しさせていただけないでしょうか。なければ、近くの喫茶店までご足労願えませんか」

兵頭はすこし慌てた様子で、首から提げていたスタッフカードを出入り口脇のセンサーに近づけ、ドアを押して、「どうぞ」と中へ促した。

腰を下ろすと鴨下は、前置きなくすぐに、霧島もえの件で来たと告げた。兵頭は、思ってもみなかった、というように驚いて、

「で、えっと、彼女がどうかしたんですか」

と尋ねてきた。霧島もえと連絡がつかないことを心配した家族が警察に捜索願を出したので、こうして周辺に聞き込みをおこなっている、と説明した。

「へえ。案外そのくらいでも動いてくれるものなんですね」

兵頭は感心したように言い、

「しかし、どうして僕なんだろう。ほとんど接点ありませんよ、彼女とは」

「でも、ご存じなんですよね」

「まあ、高校が一緒ですから」

「彼女がプロ野球の始球式で投げているところを見て、連絡を取りませんでしたか」

「ええ、電話しました。でも、それはどこから？」

「どういう用件だったのでしょう」

「いや、まあ、『テレビ見たよ。頑張ってるね』。そんな感じです」

「上京しなさいと誘ったりはしていないんですか」

「うーん、……っていうか、女優やタレントをやるんだったら上京するしかないんですよ。山形にいたらミス・チェリーがいいとこなので。そんなことくらいは言ったでしょうね」

「ミス・チェリーといえば、兵頭さんは、高校時代にもミスコンを企画してますよね」

「誰から聞いたんです」

「まあ、それはともかく、企画の意図はなんですか」

「え？　たいした意味はありませんよ、美女の祭典です。美女祭り。それでいいじゃないですか」

「なるほど。霧島もえさんはミス・チェリーでは不満だと兵頭さんにこぼしてましたか」

「ええ、こういうことがやりたいわけじゃない、みたいなことは言ってましたよ」

「兵頭さんを頼って上京したわけではないのでしょうか」

「僕みたいな下っ端を頼ってもしょうがないでしょう」

「上京してからお会いになったことは？」

「ありますよ。うちのオーディションも受けてもらっています」

「その結果は」

「いや、残念ながら……」

「女優を目指すことについて、上京後に相談を受けたりはしましたか？」

「ええ、それはまあいろいろと」

「どんなことを」

「どんなこと……。次にオーディションがあるのなら情報が欲しいとか、なにかコツがあるのなら教えてくれとか」

「そう訊かれてどう答えたんですか」

「オーディションの情報は渡していました。事務所に入っていない彼女でも受けられるよう、リストに載っけてあげたこともあります。まあそのくらいは同郷のよしみでセーフなんじゃないですか」

「もうちょっと大胆に便宜を図ってくれと言われたことはありませんか」

「だとしても、僕にどうこうできるものではないので。チャラチャラしているようでそんなに甘い世界でもないんですよ」

「そのことを霧島もえさんには話しましたか」

「ええ、なんども」

「霧島もえさんがオーディションに受からない理由はなんでしょう」

「僕に訊かれても……。オーディションの段取りくらいはしますが、作品の明暗を分けかねないキャスティングについては、監督とプロデューサーが決定権を握っているので」

「ただ、オーディションを間近で見る者として、彼女が受からない理由を率直に言うと、どうなりますか」

「うーん、受からない理由かあ。実は彼女はちょっと声に難点があって、滑舌もいいとは言えず、それから訛りも抜けきらないところがあったんですよ」

「要するに芝居が駄目だった」

「まあ、そういうことになりますね」

「そのことは彼女に伝えましたか」

「もうちょっと頑張んなきゃね、みたいなことは言いました」

「霧島さんから、そこをなんとかしてくれ、と強く言われたことはありませんか」

「だから、僕に言ってもしょうがないんですよ」

「脅されたことは」

「えっ」

「なんとかしてくれ、と強引な態度に出られたことはありませんか」

「無理だと言うだけですよ。それ以上どうやって僕を脅すんです」

「すいません。失礼を承知で申し上げます、例えばW大の事件をこの会社に暴露するなどと言われたことは」

とたんに兵頭の表情が険しくなった。

「それがどうしたというんです。なぜここで急にそのことが持ち出されるんですか。いくらなんでも失礼じゃないですか」

「申し訳ありません。ただ確認させてください。持月社長はW大の件についてはご存じですか」

「ええ、知ってますよ。なんなら訊いてみてください」

「失礼しました。いや、逆にそのようなことで脅迫されているのならば、むしろ兵頭さんが被害者ということになりますので」

「僕が脅迫で苦しんでると思ってわざわざ来てくれたって？　そんなはずはないでしょう」

兵頭はゆがんだ笑みを浮かべ、ぷいと横を向いてしまった。

「あの、映画のスタジオって音楽のとどうちがうんですか」

　兵頭は横にそらした視線を前に戻した。そして、さっきから気になっていたものの、聞きそびれていたらしき質問を口にした。

「あなたはいったい――」

「眠睡ってグループで、ヒップホップをやってるんです」

「……ますますわからないな。なんでラッパーが刑事の隣に座ってるの」

　真理《しんり》が横を向いた。鴨下は、まだ高校生なんですが特別捜査官なんですと説明した。兵頭は首をかしげ、高校生の捜査官っていったいなんですか、と当然の質問を返した。鴨下が言葉に詰まる。こうしてできた一瞬の間を、

「ここだけの話にしてくれますか」

　と真理が埋めた。

「実は私、特別捜査官としては、鴨下の専属なんです」

　驚いている当人を指さし、

「彼は桜田門のシャーロック・ホームズを自称していて」

「え。してないよ」

「いや、してます。ただ、その実態は、なんの科学的根拠もない山勘野郎なんです」

「アブナイじゃないか」

　と驚いて兵頭が言った。

「けれど勘は鋭い。これまで数々の事件を解決してきたことも事実なんです」

「ただ、そうと思い込んだら、証拠がなくても突き進み、理屈は後から馬車で来るみたいなところがあるんですが」

「ちょっと、いったい誰のことを言ってるのさ」

鴨下は隣に顔を寄せ、小声で言った。まるで聞こえてないかのように真理《しんり》は続けた。

「自分ではシャーロック・ホームズのように論理的に事実を明らかにしてるんだって言い張っているんです」

「そんなことしてない」

「ただ、あえて鴨下を弁護すれば」

「しなくていい」

「シャーロック・ホームズだって、勘による推理をしていると私は思うんです。ちなみに私、高校の部活はミステリー研究会に入っています」

「嘘だろ」

「ホームズの推理だっておかしいんですよ。ワトソンと初めて会ったとき、ホームズは『アフガニスタンに行ってたんですね』って言う。どうしてそんなことがわかったのか？まずこいつは医療関係者っぽいぞって思った。んでもって軍人の雰囲気もある。医療関係者×軍人＝軍医だって推理する。これって、おかしくないですか」

「おかしいかな」

「ふーん」

「医療関係者っぽいけれど俳優である。そういう可能性だってあるでしょう。軍人の雰囲気なんてのもヤバい。警視庁には、軍人みたいな警察官がうじゃうじゃいます。ヤクザみたいな警察官は、ある部署では、ヤクザに見えない警察官よりも多いんだから」

「たしかに」

　と兵頭は感心したようにうなずいた。

「さて、ここに桜田門のシャーロック・ホームズ、鴨下俊輔がいます。そう自称するだけあって、これまで数々の難事件を解決してきました、鋭い勘でね」

「おいおい」

「ただ、勘なんてものは、いくら鋭くたって、明日は外れるかもしれないんです。いいですか、いままで見つかったカラスが黒いからといって次のカラスが黒いとは限らない。実際、白鳥はみな白いと思っていた人類はブラックスワンを発見したんですから」

　呆れかえった鴨下は二の句が継げずにいた。

「それに、彼はすこし自惚《うぬぼ》れがすぎるんです。容疑を認めない被疑者を殴って自白させたことも一度や二度ではありません。殴った者が無罪だったことは一度もないと彼は開き直るんですが、そもそも取調室での暴力行為は禁止されています。ただ、上司がいくら注意しても、口先で謝るだけで、反省するつもりなどからっきしないんです。そこで、私の登場です」

「なぜ？」

鴨下と兵頭が同時に言った。

「私にはわかるんです。鴨下はもうすでに兵頭さんを疑ってかかっています。彼の頭の中にあるのは、いったいどんな口実を作って兵頭さんを取調室に連れて行こうか、そしていつ殴ろうかということだけです。そんな鴨下を、コントロールするのが私の役目なんです。私だけが、彼をコントロールできるからです」

「なぜ？」

またふたりは同時に訊いた。

すると真理《しんり》は、クスリと笑って、まるで内緒話を打ち明けるように、

「それは、鴨下が私のことが好きだから、です」

と言って、もうほとんど放心状態でいる鴨下のほうを向くと、

「な？」

とその肩を叩いた。

「なにデタラメ言ってんだよ！」

声は、人影まばらなカフェにやけに響いて、近くの席から数人が振り返った。鴨下は、落ち着こうと、コーヒーで口を湿らせたあとで声をひそめ、

「まるで真理《しんり》さんと二宮さんを足して2で割ったようなキャラじゃないか。そんなのに僕を配役しないでよ」

「しょうがないじゃん、本当のこと言ったら面倒だし」

ブルーベリーチーズケーキラテに添えられたクッキーをつまみ上げ、真理はすましている。

「それに、いろいろ聞けたからよかったんだよ、あれで」

「いろいろって」

「スタジオのこととかさ」

調教前の猛獣みたいに鴨下を説明したあとで、真理は「映画のスタジオって音楽のとどうちがうんですか」という質問をもういちど投げかけた。兵頭の応えを要約すると以下のようになる。

映画のスタジオには、撮影中に使うものと終了後に使う二種類がある。撮影スタジオは、天井の高さが四階建てくらいある大きな箱をイメージするといい。そこに、アパートの部屋や一軒家や、大きい場合には、町並みまるごと建てることもある。ハリウッドには、オープンセットと言って、街角や通りを再現するような、屋外に建てる大規模なものもあるけれど、日本では、時代劇で使われるもの以外はないと思っていい。とにかく撮影スタジオと言えばでっかい箱だ。その中にセットが組まれ、セットで役者が芝居をし、カメラがそれを捉える、そう理解していればとりあえずまちがいない。

もうひとつのスタジオは、撮影が終わった後で、映画の完成に向けて、映像や音の素材を切ったり貼ったりつないだりするところだ。大きく分けると、編集部門と音響部門の二種類がある。

「どちらも、音漏れはないんですか」

自宅録音の際に、カラスに台無しにされた話題をまた真理《しんり》は持ち出した。

「撮影所の壁は分厚く作られているからね。撮影スタジオで、ややこしいシーンをなんとか撮り終えて、カメラも芝居もバッチリだったのに、選挙カーの音が入ってNGになったりしたらやってられないから」

「編集や音響のスタジオはどうなんですか」

「編集スタジオはともかく、音の仕上げのスタジオは、どかーんって爆発音なんかも鳴らすから、遮音は完璧。ドアなんか重くてうんしょと力入れないと開けられないよ」

ヒップホップをやっている高校生なんだと知って、真理に対する兵頭の態度は徐々にフランクになっていった。

「へえ、ヒップホップってどんなのやってるの」

「CDとか出す気はある?」

「ライブはどこで」

「ラップぐらいなら、映像の仕上げスタジオで、ぜんぜん録音できちゃうよ」

などとくだけた調子になり、真理もこれに合わせて、

「すごーい。私たちまだちゃんとしたスタジオで録音したことないから、憧れちゃうな。

——ルーデンスはスタジオは持ってないんですか」

「いやあ、日本の独立プロダクションで、スタジオ持ってるところはないよ。東宝とか東映とか松竹とか、そのくらいの規模にならないと。ただ、思い切って作っちゃおうって話は出てる。税金で持って行かれるよりそのほうがいいじゃんって」

「すごーい」

とまた真理が驚いてみせると、

「スタジオなんてそんなにかかるものでもないし、土地さえあればなんとかなるんだよ」

と妙に大きなことを言い出した。

「へえ。スタジオって安いんですか」

「安くはないけどさ。まあ、規模にもよるよ。別に都心の一等地に作らなくてもいいわけだから」

「だったら、ぜひ作りましょうよ」

「欲しいよね。スタジオ持ってると、僕の仕事はすごく楽になるんだ。スタジオに空いてないなんて言われると、スケジュールが大幅に狂って、予算にも影響してくるからさ」

「スタジオ作ったら、こっそり私たちに使わせてくださいよ、もちろんポスプロのほうで」

「ああ、空いてるときなら可能かもよ」

などと兵頭が調子づいて、

「もしよかったら音源送ってよ。知り合いの音楽プロデューサーに渡してあげる」

と大口を叩きだした時、鴨下は上着のポケットに手を突っ込んで、

「ところで、この人物に見覚えはありませんか」

と〔河口湖‐C〕の紙焼きを兵頭の目の前に突きつけた。

「誰ですか、この人は」

兵頭は首をかしげた。

「ご存じない？」

「まったく」

鴨下にじっと見つめられた兵頭は苦笑いを浮かべ、

「嫌だなあ、この人」

と言って、救いを求めるように真理《しんり》を見た。真理はもういちど鴨下の肩を叩いて、

「駄目だよ。『目を見ればわかる』なんて直感は禁物だよ」

――なんてことがあったのを、席が埋まりだしたカフェでラテを飲みながら思い出して
真理は笑ったが、目の前の鴨下はコーヒーカップを見つめながら考え込んでいる。

「どうしたの」

「兵頭は本当に〔河口湖‐C〕を知らないんだろうか。それともしらばっくれているのかな」

「知らないんだと思うな」

「だとしたら、兵頭は霧島もえの件にはかかわっていない？」

「いや、かかわってるよ」

「〔河口湖－C〕はどうだろう」

「もちろん、そいつも」

「だけど、兵頭は〔河口湖－C〕を知らないと言った」

「ありうるんじゃないの、そういうことは」

「可能性としてはありうるけど……」

「ストーリーが思いつかないからって、いま無理矢理にこしらえなくていいよ」

教え諭すようにそう言ったあとで、真理はカップからストローを抜いてそれを鴨下にさし向け、

「さて、ここで質問です。兵頭はどんな嘘をついていたでしょうか？」

鴨下は首をかしげる。〔河口湖－C〕を知らないと兵頭が言ったのは嘘ではないか、と鴨下は疑っていた。だけど、真理はそれは嘘じゃないと言う。だとしたら――？

「兵頭はね、嘘はそんなについてなかったんだよ」

真理は、鴨下に向けたストローをふたたびカップに挿し、ラテをひと口吸い込んでから、

「ただ微妙にはついている」

「嘘を？　どんな風に」

「さあ、まだわからない」

鴨下はやれやれと首を振った。

「これじゃあ今日の鑑取りの収穫はゼロだな」

「そうでもないよ。兵頭に会えたんだし。ね、どんなやつだと思う、兵頭って」

「まあ、きれいな女が好きなんだと思うな。ミスコンを企画したり、美人の後輩がテレビに出てるのを見て、用もないのに電話したりするんだから」

真理《しんり》はストローをくわえながらふーんとつぶやいた後で、

「俊輔も美女は好きだよね」

と急に批評の対象を振り替えた。

「愛里沙さん、かなりの美女だもんな」

真理がからかうような薄笑いを浮かべると、鴨下は強引に話題を戻した。

「兵頭は、芸能とかその手のこと全般が好きなのかもしれない。映画学科に進んだこともそうだし、大学時代にイベントサークルに入って、問題を起こしたあとも、ルーデンスみたいな会社で働いてるってことはそういうことなんじゃないかな。真理《しんり》さんがヒップホップをやっていると言ったら、すこし打ち解けてたからね」

「W大の事件のファイルは読んだ？」

「一応目は通してる」

実は、W大事件について語ることに、鴨下も真理も躊躇《ためら》いを覚えていた。鴨下のほうは、高校生の真理にとって、この事件の内容はあまりに刺激が強く陰惨すぎると判断し、この話題は避けようと決めていた。だから、W大事件について、

「兵頭ってやつはどのくらい悪いの」

という真理の質問に対しては、曖昧な返事しかしなかった。

当時、兵頭はまだ一年生で幹部ではなかった。ただ、入会への勧誘は上手で、それがサークル内では重宝されていたらしい。兵頭に勧誘され被害に遭った学生が彼をも訴えた。裁判での兵頭は、勧誘が暴行目的だと知っていたことは認めたものの（重すぎると言われた刑量については、女性の判事がここを重くみた結果らしい）、自身もこれに加わったことは否定した。そしてその点は、法廷の場では明らかにならなかった。――というような内容は真理には話さずに、

「悪いやつの序列でいうと下のほうだね。だからといって無罪って訳にはならないけど」

と言うだけにしておいた。

真理も、鴨下がこの事件の詳細を自分に触れさせまいと配慮していることはわかっていた。それは真理を密《ひそ》かに喜ばせた。実際、その事件の詳細を知ることは嫌だった。だから、資料も読まないで放っておいた（また、そうすることが重要とも思ってなかった）。さらに、鴨下とカフェに一緒にいる楽しさを不愉快な話題で台無しにしたくなかった。ただし、兵頭がこの事件にかかわっていたことは気になっていたので、彼女の口から先の質問が出たわけである。真理は続けて、

「だけど、兵頭はW大じゃないじゃない」

という疑問を口にした。

「ああ、日芸大の映画学科だ」

「あのルーデンスの社長もそうだよね。W大事件のことは知っているって兵頭は言ってたけど、どうして社長は前科者を雇ったんだと思う？」

「……同じ日芸大のよしみでってことは考えられるかもしれない」

「ちょっとちがうと思うんだな」

「ん？　どういうふうに」

「その言い方だと、W大の事件があったにもかかわらず、持月は兵頭を雇ったたってことになるでしょ。そうじゃない気がするんだ。W大の事件があったからこそ兵頭を使うことにしたんだよ」

「なぜ」

「それはいまはわかんない。じゃあ、次いこう。兵頭は、山形でミス・チェリーの活動をしていた霧島もえに電話をしました。そのあと、霧島もえは上京しています。ただ自分がそう促したわけじゃありませんよ、なんてことを兵頭は言ってたよね」

「ああ。ただ、山形じゃ芸能活動は無理だよって言ったたってことは認めたけど」

「そこがビミョーな嘘なんだよ」

「どのように」

「あいつは霧島もえをはっきりと東京に誘ったの」

「なんのために」

真理《しんり》は目を閉じた。彼女の脳裏にぼんやりとしたビジョンが浮かんだ。まだはっきりとした像は結んでいない。けれど、人が大勢うごめいているのはわかった。声が聞こえる。しかし、それらの言葉はくぐもりぼやぼやして輪郭が曖昧だ。ただ、声はどことなく儀式めいている。なまめかしい笑い声が混じる。厳粛ではなく残忍な儀式だ、と真理は感じて、舌の上のブルーベリーチーズケーキラテの甘さが消えた。気分が悪くなった。駄目だ、と思い、真理は目を開けた。そして首を振った。

「うまく言えないなあ、それにいまは言いたくないや」

一方、鴨下は、真理がなにか摑みかけたようだったのに、言葉を濁してしまったことに内心がっかりしていた。しかし、同時に彼は驚いてもいた。あれほど否定した真理の霊的直感に対して、自分が期待を寄せはじめているのに気がついたからだ。

「とにかく、霧島もえは兵頭を頼って上京したんだね」

とだけ鴨下は問い質した。見つめ返して、真理が笑う。

「だんだん私の意見をあてにしはじめたね」

図星を指され、鴨下はうろたえた。

「あくまでも参考意見として、だ」

「それでいいよ、いまは」

「いや、これからもずっと参考意見としてだ」

「まあそうしてもらってもいいけれど、切羽詰まったら、そんな暢気《のんき》なこと言ってられなくなるかもよ。さてと、混んできたね。お茶だけでいつまでも座ってるのはお店に悪いから、なにか食べに行こうよ」

鴨下は時計を見た。正午すぎだった。


中華がいいと真理《しんり》が言って、ふたりは駅に直結した複合施設のビルのレストラン階で手頃な店を見つけて入った。真理は回鍋肉《ホイコーロー》定食を頼み、鴨下には海老チリ定食を注文するように言い、同伴者もこの指示に従った。料理が運ばれてくると、真理は定食を載せたトレイを店員に取らせ、回鍋肉と海老チリの皿を真ん中に置いてもらって、ふたりで直箸《じかばし》でつつきあうようにした。

食べ終わった頃、鴨下のスマホが鳴った。

――もしもし、もう昼飯は済ませたか。

大きな声がスマホと耳の間から漏れて、真理が、「お、草壁さんだ」と言った。

「ええ、いま食べ終わったところです」

――こっちはこれからみなでほうとうを食おうって言ってんだ。いや、吉住は季節が季節だし、今日は気温も高いのでほかのものがいいって言うんだが、河口湖に来たらやっぱりほうとうだろう。武田信玄も好きだったたって言うしな。

「そちらのほうでなにか進展はありましたか？」

――大ありだ。

「本当ですか、どんな」

――目撃されてたよ。

「〔河口湖－C〕が？　それとも霧島もえですか」

――〔河口湖－C〕だ。霧島もえの写真も見せたが、そっちは誰も知らないと言ってた。それで、〔河口湖－C〕だがな、行動が変なので、駅員の印象に残ったんだそうだ。

「変というのは？」

――改札を出たあと、駅前のロータリーのあたりで、空に向かってスマホを向けたと思ったら、すぐにまた上りに飛び乗って帰っていったんだと。いったい何しに来たんだと変に思って覚えていたらしいぞ。

鴨下が目の前の真理を見る。予測を的中させた少女は、スプーンで杏仁豆腐《あんにんどうふ》を口に運びながら、だから言ったでしょとでも言うように薄く笑っている。鴨下はもはや当初の楽観論を捨てざるを得なくなった。霧島もえは傷心を癒やすために友人や知人の前から姿を消したわけではない。

――乗った列車も特定できたので、このあとはまたいったんSSBCにおまかせってことになる。じゃあな、これからほうとうを食うんで。

鴨下に返事する余裕も与えず、通話は切れた。

彼はスマホをテーブルの上に置いて、真理を見た。

真理が言ったように、〔河口湖－C〕は霧島もえのスマホを持って河口湖に行ったことがこれでほぼ明らかになり、霧島もえの失踪とかかわっていることも疑いようがなくなった。

と同時に、霧島もえが事件に巻き込まれた可能性が高いと考え直さざるを得なくなった。となると、まず疑ってかかるべきは、誘拐だ。誘拐事件では、被害者の生存率は時間が経過すると急激に下がっていく。鴨下の脳裏にあの言葉がよみがえった。

「間に合わないから」

戦慄《せんりつ》して、鴨下はこの言葉の主を目の前に見た。真理《しんり》は言った。

「大丈夫。まだ間に合う」

母親の了解を得て、霧島もえの部屋をいまいちど捜索した。いちばん欲しかったのは、ノートパソコンやタブレットの類いだったが、どちらも見当たらなかった。鴨下の焦りはさらに色濃くなった。

鴨下は、放課後になって真理が登庁するのを待ち焦がれた。制服を着た真理が隣に座るとすぐ、「あくまで参考意見だけどさ」と声をかけ、ふたりは、真理が屋台で買ってきたたこ焼きを、草壁が鼾《いびき》をかいている横で、紙のように薄く切ったスギの舟から串《くし》で拾い上げながら、話し合った。

「〈河口湖-C〉が『これで見おさめ?』『さよなら、世界』と投稿したのは、霧島もえが自殺したと匂わせるためだよね」

「そう考えるのが妥当だね。マヨネーズかけていい？」

「僕はかけない。──もちろん失踪って線も完全に捨てちゃいけないけど、河口湖って場所が気になるんだ」

「樹海のことだね。──あれ、このマヨからし入りじゃん。普通のにしてって言ったのに」

「河口湖から青木ヶ原樹海はすぐだ。そこで自殺したと思わせたかったんだろうな」

「じゃあ、自殺に見せかけたい理由ってのはなに？」

「ふたつある。ひとつは、死んだと霧島もえ自身が世間に信じさせたいってやつ」

「霧島もえの自作自演か。だとしたら、〔河口湖－C〕は霧島もえに協力しているか、もえに雇われてるってことになるね。で、もうひとつは？」

「〔河口湖－C〕に『霧島もえは自殺した』と世間に信じさせたい理由があるからだ」

「つまり、〔河口湖－C〕が霧島もえを殺したってことだね。そして、自殺に思わせて自分に嫌疑がかからないようにしてる」

鴨下はうなずく。

「ふたつとも、『霧島もえは自殺した』って思わせたいのは共通してる。ちがいはそう思わせたいのが、霧島もえ本人か、それとも〔河口湖－C〕、もしくはこいつと共謀してる誰かなのか、だね」

鴨下はうなずいた。

「じゃあ、俊輔君に質問です。なんちゃらの剃刀があるんだってこのあいだ言ってたよね」

「オッカムの剃刀」

「そうそれ。要するに、いちばんいい説明は、いちばんシンプルなものだってやつ。では、次のふたつのうちどちらがシンプルですか。①自殺したと思わせたくて、霧島もえ本人が〔河口湖－C〕らを雇って自殺を演出した。②誰かが霧島もえを殺し、殺害を自殺に見せかけた」

「②だろうな」

「だよね。もえが自殺を演出するなら〔河口湖－C〕を使う理由がわからない。普通に自撮りするよ」

「だけど、真理《しんり》さんもこのあいだ『それはそうだね、おかしいね』って言ってたけど、霧島もえの自殺を強く印象づけたいのなら、〔河口湖－C〕は、樹海まで足を運んで、そこの写真を投稿したり、そこらへんに霧島もえのスマホを捨てるはずじゃないか。でないとわざわざ河口湖まで行く理由がないよ」

「それはおそらく、そうするはずだったんじゃないのかな」

「はずだった？」

「計画では、樹海にスマホを捨てるのが仕上げになってたんだよ」

「だとしたらどうして？」

「ちょっとしたことで計画に狂いが出た、そんな気がする。俊輔は樹海の写真がないことで、②を否定したいだろうし、①のほうが気が楽だろうけど、それは無理だね」

鴨下は、串の先にたこ焼きをぶら下げたまま凍りついた。

「けど、まだ大丈夫」

真理《しんり》はうなずいた。

「霧島もえは生きてるよ」

「本当か」

すがるような目で鴨下が真理を見る。

「食べなよ」

真理は串の先にぶら下がったたこ焼きを指した。ああ、と鴨下はそれを口に入れた。隣で、うーんと草壁が唸ったと思ったら、むくりと起き上がり、たこ焼きがひとつ残された舟皿を見て、嬉しそうな声をあげた。

「おお、たこ焼きだな。いまはプラスチックの平皿に入れて出す店が多いけど、やっぱり経木《きょうぎ》の舟皿でなくちゃな。たこ焼きっていやあ、やっぱり大阪だ。君たち東京もんは知らんだろうが、明石焼《あかしや》きってのもあってな、こいつは兵庫だ。冬になると――」

「草壁さん、このたこ焼き京都生まれだよ」

「え、京都」

気勢を削《そ》がれ、草壁はぼんやり復唱した。

「どう一個残ってるけど食べる？　マヨネーズかかってるけど」

「……うん、そうか、もらうよ。……なんだ普通のたこ焼きだな。京都ともあろうものがたこ焼きなんかでアピールしなくたっていいだろう。こっちの商売がやりにくくてしょうがないや」

「商売ってなんですか」

鴨下の声は尖っていた。

「だ、だって『いまごろ京の町じゃあ、たこ焼きのソースの匂いが町中に漂って――』なんて言ったって、あまり泣けやしないだろ」

その妙に真剣みを帯びた口調に、真理《しんり》は笑ったが、鴨下は硬い表情を崩さなかった。

「うむ、たこ焼きなんか食ったから喉が渇いちまったぞ。お茶淹れてこよう」

腰を浮かせようとした草壁の肩を鴨下が押さえつけた。

「草壁さん、今回の事件の資料ちゃんと読んでますか」

「な、なんだよ、読んでいるよ、いちおう」

「いちおうじゃダメです。じっくり読み込んでください。W大の事件についてはどうなんです」

「え、そんなの聞いてないぞ」

少々うろたえ気味の草壁の机の上に鴨下は資料を投げた。

「前の会議で話してたじゃないですか。これです。故郷の話で口説くんだったら京都でも大阪でもなくて山形ですよ！」

最後はほとんど叫んでいた。部屋の連中が怪訝な顔してこちらを見ている。

「わ、わかったよ、読んどきゃいいんだろ」

草壁は、すこししゅんとして、給湯室のほうに去っていった。

「焦る気持ちはわかるけど、草壁さんを怒鳴ってもしょうがないよ」

宥《なだ》めるように、そしてすこし諫《いさ》めるように真理は言った。

「人の命がかかっているんだ、のんびり寝てる場合じゃないんだよ」

真理はため息をついた。

「まったくビンちゃんだな。一錠飲んどけば、ニラブセル」


三日後、〔河口湖－C〕についてのSSBCによる追跡調査の結果が出た。

〔河口湖－C〕は里中陽三《さとなかようぞう》。四十三歳の独身男。新聞配達員をして、集配所の上の寮にひとり暮らししている。公園で幼児に声をかけ、わいせつな行為に及ぼうとした容疑で捕まった過去があり、また、通勤電車に乗り込んで、通学時の女子中学生に痴漢行為をした疑いで、警察に引致されてもいる。

鴨下の焦りはさらに深まった。この報告を聞いたあとでは、里中があやしい、と思うのは自然だ。しかし、このあやしさを炙《あぶ》り出しているのは真理の霊能力という、これまた実にあやしい炎である。そのことを思い出し、安易に対象を疑ってかかるのは禁物だ、と鴨下は自分を戒めた。

「じゃあ、行ってきます」

薄いジージャンを羽織りながら、二宮が言った。横では吉住が腰のホルスターにリボルバーを突っ込んでいる。これから里中に会った上で、桜田門まで連れてきてじっくり話を聞くという段取りを思い出した鴨下は、あわてて上着を掴んだ。

「僕も行きます」

不思議そうな顔で二宮と吉住のコンビが鴨下を見た。すこし離れて立っていた篠田が湯呑み茶碗を片手に、

「同行よろしくお願いします。おい、一緒に行ってもらえ」

と声をかけた。

一階に並んでいる集合郵便受けのひとつに、「里中」と油性ペンで手書きされたボール紙が貼られていた。三人は、新聞配達所の二階を見上げた。そして、建物の外壁を伝う鉄製の階段を上りだした。

「邪魔はしないでくださいよ」

二宮が言った。鴨下は返事をしなかった。通路のいちばん奥にある扉の前で三人は立ち止まった。

「ここだな」

二宮が小声で言って、トントントンとドアをノックした。

「誰」

陰気な声だったが、在宅であることにほっとした。

「すいません、すこしお話をお聴かせ願えますか」

警察だとなぜ名乗らない、と鴨下は不審に思い二宮を見た。二宮は人さし指を唇に当てて耳を澄ませた。

返事はない。身支度でも整えているのか、中でゴソゴソ音がする。やがて、ドアのほうに近づいてくる気配がして、カチャリと鳴った。鍵が外れたと思い、待っていたが、扉は開かない。

「里中さん」

と二宮がまた呼んだ。扉の向こうで、サッシ窓の開く音がした。ドアノブを摑む。ノブは回転を拒否した。

「畜生！」

カチャリは、解錠でなく施錠で起きたものだと知り、吉住が踵を返して廊下を階段のほうに猛ダッシュした。鴨下もこれを追う。背後で激しい音がした。振り返ると、二宮が木の扉を蹴り飛ばしていた。

下に降りると、二階の窓から身を乗り出して二宮が叫んでいる。

「そっちだ！」

指さすほうを見ると里中は、隣の建物と自宅アパートの壁の間にできた細い路地に下り立ったところだった。

里中はその細い路地から飛び出てくると、新聞配達所の前の通りを一目散に駆けた。前を行く吉住が立ち止まり、腰のホルスターに手をかけた。鴨下は戦慄した。

「ダメです！」

と叫び、吉住の前に出て里中を追った。しかしまずいことに、その先に、郵便配達の原付きバイクがエンジンをかけたまま停まっていた。鴨下は猛ダッシュした。

里中が原付きにまたがってスロットルレバーを回したその時、鴨下は跳んだ。横に広げた腕を相手の胸元に絡みつかせ、バイクごとなぎ倒した。頭を打たないように瞬時に腕を頭部の下に入れてやった。鈍く痺《しび》れるような痛みが肩口まで走る。

立ち上がった鴨下はポケットから手錠を出した。とにかく、こいつはバイクを盗もうとした。現行犯で逮捕。とりあえずこれで連行できると安堵《あんど》しながら、カチャリという冷たい音を聞いた。すると、里中は手首に巻き付いた金属の腕輪を不思議そうな顔で見つめながら、妙なことを口走った。

「え？　なんだ、警察か？」

連行した里中陽三の取り調べは、花比良主任と篠田係長でおこなわれた。

「おかしなやつだな、なんで逃げたんだ」

主任が笑みを浮かべながら言った。

「だから、警察とは思わなかったんだよ」

「警察なら逃げなかったんだな。じゃ誰だと思ったんだ」

「誰って言われても、知らないよ」

「わからんな」

と主任が首を振ると、係長が手元に伏せて置いてあった紙焼きをいちまい表に返した。〈河口湖－C〉の写真である。主任がそれを里中の前に滑らせた。

「ちょっとこれを見てくれ」

里中は不思議そうな顔をした。

「あんただよな、これは」

「ああ、そうだな」

「これはどうだ」

係長がもういちまい表にしたそれは駅前のロータリーでスマホを空に向けている〈河口湖－C〉だった。

「なんでこんなものを」

「こっちが訊いてるんだ。いいか、先週お前は河口湖に行ったよな」

「ああ」

「なんのために」

「バイトだよ」

「バイト……、雇い主は誰なんだ」

「だからよく知らないんだよ。前にオレオレ詐欺の受け子に誘われたことがあって、たぶんそいつからだと思うんだけど」

「お前、受け子やったのか」

主任は呆れたような声を出した。

「いや、やってない。ていうか。やらせてもらえなかったんだよ」

「ひょっとして、面接でハネられたのか」

「ああ、真面目な会社員に見えないっていうんだ。こっちはやる気満々だったのになあ」

確かに見えないなあ、と主任は笑い、係長は軽くため息をついて、壁にかかっている暗い窓を見た。マジックミラーになっているその向こうに、鴨下らが並んで座っている。

里中は捨駒《すてごま》だ、とミラー越しに取り調べの様子を見ていた鴨下は思った。こいつを雇った連中は、オレオレ詐欺(いまは振り込め詐欺とも)と同じ手口を使っている。つまり、自分の正体を明かさず、里中にいくばくかの金と霧島もえのスマホを渡し、河口湖駅前から写真を撮らせて投稿させたのだ。警察が監視カメラの情報で里中にたどり着くことも織り込み済みだったにちがいない。

「ちょっと動かないでよ」

鴨下が肩を落とすと、彼の前腕にラップフィルムを巻いていた真理《しんり》が口を尖らせた。そして、筒についているギザギザのカッターでカットすると、鴨下の腕にラップの端を巻きつけた。さきほど、鴨下がシャツをめくって、転んだ時にこしらえた傷を確認していると、真理が登庁してきた。擦り傷を見ると、給湯室からラップを取ってきた。消毒液とガーゼで保護するよりこっちのほうがいい、保健の授業で習ったから、と、角筒から透明の皮膜を引っ張り出して、鴨下の前腕を巻きだしたのだった。

「計画に狂いが出た原因はここだったんだよ、ほら」

ラップの筒を脇に置き、真理はマジックミラー越しに取調室を指した。鴨下は手元に置かれた小さなスピーカーから流れる音声に耳を傾けた。

「じゃあなにか、お前はやってきたのが警察じゃなくて、雇い主だと思って逃げたんだな」

「まあ、そうだよ」

「なんで逃げる必要があるんだ」

「いや、まさかバレないと思ってさ」

「なにを」

「だってそんなの関係ないじゃないか」

「だから、バレないと思ったことってなんなんだ」

里中はふてくされたように舌打ちすると、恐ろしい事実を打ち明けた。

「本当は河口湖駅前からバスに乗って、樹海に行ってさ、スマホを捨てろって言われてたんだよな。だけどもう疲れてたし、樹海なんか気持ち悪くて行きたくないし」

「行けと言われたのに行かなかったのか」

「だって、面倒くさいじゃないか。バス代だってかかるし」

聴取していた主任は呆れたように笑って、

「それで、どうしたんだ。その渡されたスマホは」

と追及した。里中は薄笑いを浮かべ、

「だって一番新しい機種だったんだよ」

「え、お前、売ったのか」

里中はしまりのない笑いを返す。

「それじゃあ受け子にも雇われないはずだよ、受け取ったあと、そのまま持ち逃げしそうだからな」

「それはちがうよ。スマホは捨てろって言われたんだ。捨てるんだったら俺がもらってもいいじゃないか。俺のものなら誰にいくらで売ろうが勝手じゃないか」

「どこに売ったんだ」

「なんだ、返さないぞ」

里中はどうして教えなきゃならないんだとか、金を返せっていうんじゃないだろうななどと言っている。横で見ていた二宮が業を煮やしたようにつぶやいた。

「くそ、あの野郎、ちょっとシメてこようか」

二宮よりも先に鴨下が立った。しかし、彼は取調室には入らず、通路に出ると、留置所に向かった。

里中の所持品リストを見せて欲しい、と留置係に言った。部屋着のまま二階の窓から逃走したので、持っていたのは財布だけだった。

あちこちが解《ほっ》れた布製の財布を覗くと、札入れにいくつにも折りたたんだ紙が入っていた。取り出して広げる途中、中から爪くらいの大きさの破片が落ちた。拾い上げて見ると、灰色の平べったいプラスチックの板で、裏には金属の導体が貼られている。とりあえず、そいつをワイシャツの胸ポケットにしまい、広げる途中だった紙に視線を戻した。

領収書だった。¥7777という数字が並んでいる。宛先は、中古パソコンの量販店ソフトマップと印字され、受領者に里中陽三のサイン。但し書きは、iPhone。

看守にコピーを頼み、それを手に鴨下は新宿に向かった。

「まだ売れてませんか」

ソフトマップ新宿店の店頭で、そのコピーとバッヂを見せて鴨下は尋ねた。

「盗品だったんですか」

店員はため息をついて、

「うちが払った金は戻るんでしょうかね。棚卸しが近いんで困っちゃいますよ」

とぼやきながら、鍵を使ってショウケースを開けた。

「この状態で持ち込まれたんですか」

スマホの電源を入れながら鴨下が尋ねる。

「ええ、目の前で初期化してもらいましたが」

「つまり、前の持ち主のデータは？」

「消えてますよ、完璧に」

「持ち込まれた時に、なにか気がついた特徴はありませんか、変なアプリがインストールされていたとか」

「逆ですね。アプリはTwitterのアイコン以外はなにもなかった。変なスマホだなと思いましたよ」

捜査のために借り受けます、と一筆している時、鴨下のスマホが鳴った。

——もしもし、外に出るときは相棒に行き先ぐらい言ってよね。

真面目な調子で真理《しんり》はそう言った。

「そうだな。ごめん」

鴨下は素直に詫び、詫びることで、相棒であることを認めた。

——そこ、ソフトマップの新宿店だよね。

「里中が白状した？」

——うん、ジョーコーが二《に》三発《さんぱつ》食らわせて。

「駄目だよ、そういうことやっちゃ！」

――冗談。

「……そういう冗談はよそう」

――わかった。スマホは手に入った？

「ああ、ただ初期化されてる」

――貫ちゃんに頑張って復元してもらおう。それに、霧島もえがいつも身につけていたものがあれば、私もなにかできるかもしれないし。いや、そんなことは後回しだった。ちょっと困ったことがあって。

「どうかしたの」

――一課が急に、里中のアパートに大掛かりな捜索をかけると言ってるんだけど。

売り上げをかっぱらいに来たなと鴨下は思った。

「うちの係はそこまで人手を回せないから、ここで一課が動いてくれるのは、悪いことではない気がするんだけど」

――いや、よくない。

「どうして」

――わからない。篠田さんにそう言ったんだけど、止める理由が思いつかないなあって困ってるの。俊輔がなんか理由をでっち上げて止めてよ。

「わかった」

そう言ったあとで鴨下は、真理《しんり》の直感を信じはじめている自分にちょっと驚いていた。

――里中ってのが一枚噛んでることはたしかなんだろ。ここでガサ入れないでどうするんだ。

田所にかけると、相手の口調は不満というよりも、不思議そうだった。

「おそらくなにも出ませんよ」

――出なきゃ出ないでいいじゃないか。こっちから人手も出してやるって言ってるのに、なにが不服なんだ。

「警察があんな小さなアパートに大挙して押しかけると、里中を雇った連中は、やつがしょっ引かれたことに気づきます」

――そうだろうな。

「気づかれないほうがいいと思うんです」

――なぜ。

「実は里中はチョンボしています」

――チョンボ？　それはいったいなんだ。

「細かいことはあとで言いますが、雇い主にやれと言われたことをちゃんとやってないんです。つまり、彼らの計画にはすこし綻《ほころ》びが出ている。自分たちの計画に狂いが生じたことを雇い主に知られないほうが得だと思うんですよ」

――つまり、警察はまだなにも摑んでいないって見せかけろってことか。

「そうです。実はちょっとした計画がありまして」

そんなものはなかった。

——おお、それは聞きたいな。話してくれよ。

「整理してまたお話しします。それで、できたら新聞配達所のご主人に適当な言い訳をこしらえて、里中は二三日《にさん》こちらで預かるって説得してもらえませんか。新聞配達なんで、当日になって出てこなかったら逆に配達所に迷惑がかかりますし、そっちから騒がれて、連中にばれちゃう可能性もありますから。

——なんだかつまらん役どころだなあ。二宮が蹴り飛ばして壊したドアの苦情もこっちに持ち込まれそうじゃないか。

「すいません、お願いしますよ」

——で、どうなんだ、解決できそうなのか。

田所の口調はまるで他人事《ひとごと》だった。

「いや、まだわかりません」

——尻拭いさせるんだったら、うちにも売り上げ回してくれよ。それに、こないだも言ったように、あまり景気よく得点挙げられても困るんだよ。

「わかりました」

——だから、大ごとにならない程度で、そっちもチョンボしてくれると助かるんだけどな。

これにはさすがに呆れた。

「いやあ、これは無理っすよ」

貫井は首を振った。鴨下が持ち帰ったスマホを自分のパソコンにつないで操作していたが、一分もたたないうちに音を上げたのである。

「写真やメールだけでもいいんだけどな」

「それができれば苦労しません」

「初期化したスマホでも復元できるって聞いたことあるけど」

「それはね、間違って初期化した場合に備えて、バックアップソフトですぐ手当すれば復元できますよってことなんだと思います。こいつの場合はちょっと時間が経ちすぎてるので駄目ですよ」

「ただ、消去されているのは、本体の中に入っているデータだよね。霧島もえがこのスマホで撮った写真をクラウドにアップしていれば」

「ええ、クラウドには残っているかもしれません。だけど、そいつを引っ張り出すには、もういちどそこにログインしないと。その時にはパスワードが必要になります。通常は、いちいち打ち込まなくてもいいように、スマホ本体にそれを記録させてるんですが、今回のように初期化してしまえば、もういちど必要になってきます」

「くそ」

「とにかく、スマホには個人情報がごっそり詰まってますから、売却するときには初期化して消すわけですよ。それが簡単に復元されるようじゃあ、危なっかしくてしょうがないじゃないですか」

落胆の色を隠せない鴨下に貫井が言った。

「じゃあ、ちょっとやってみようか」

声がして、貫井は横に立っている真理《しんり》を見上げた。

「大丈夫？　このあいだ飛んだばかりじゃないの」

「そうなんだけどね。ニーチェ・マスキチはどうしてる？　って感じかな」

貫井は首をかしげたが、真理の手はさし出されたままなので、彼はスマホをその上に載せた。

「飛ぶよー」

宙に突き上げた手に握ったスマホをシェイクしながら、真理は出入り口に向かう。特命捜査係のみならず、刑事部屋の視線が真理に注がれる。腰を上げて、真理に向かって頭を下げる刑事もいて、それが田所だったのが鴨下に不思議な印象を与えた。あわてて二宮が、木彫りの熊とキャンドルランタンを手に、真理を追った。

「大丈夫って訊いたのは？」

刑事部屋を出て行くのを見送りながら、鴨下は貫井に尋ねた。

「いやあ、結構きついみたいですよ」

「だからなにが」

「飛ぶ状態に入ることです。間隔を空けるようにしてるみたいなんですが」

「……どのぐらい空けるべきなんですか」

「さあ」

驚いて鴨下は思わず振り返った。父親である主任は自分の席で、すこし心配そうな面持ちで、娘が去って行ったほうに視線を漂わせている。

「大丈夫なんですか」

そばに寄ると、鴨下は訊いた。

「まあ、大丈夫かどうかは本人にしかわからない、ひょっとしたら本人にもわからないかもしれないんで」

「それでも、基準みたいなものはあるんじゃないんですか」

「まあ、どのぐらい長く飛ぶのかによりますが、ひと月に一回というのを目安にしているみたいです」

「え……、ついこの間飛んだばかりじゃないんですか」

「だから、もたもたしてると取り返しがつかなくなると思ってるからでしょう」

鴨下が言葉を失っていると、主任はこうもつけ足した。

「それと、警部補のこともあるんじゃないでしょうか」

「僕のこと？」

「ええ、初期捜査の方針を間違えたことで、落ち込んでるようだ、これでもし霧島もえの身になにかあったら、ビンちゃんだから心配だ、なんて言ってましたよ」

第七会議室で真理《しんり》は、霧島もえのスマホを目の前にして座っていた。

「ジョーコー、地図を用意しておいてくれる？」

ランタンに火を灯し、壁のスイッチに手をかけた二宮に呼びかけた。二宮はうなずき、パチンと照明を落として、出ていった。

橙色《だいだいいろ》の薄闇《うすやみ》に包まれた部屋で、真理はまたイヤフォンを耳に入れ、「カムイ」を再生する。やがて、ヒップホップのリズムとトンコリの弦のつま弾きのなかで意識が朦朧《もうろう》としてくる。霧島もえのスマホを摑むと、真理は目を閉じて、掌から流れてくるなにかを心身のすべてで受け止めた。

部屋全体が急激に落下するエレベーターになり、その壁が溶け、自分も溶け、自分と自分でないものの境界も溶けて、そしていつの間にか真理は上昇し、東京の空をゆくカラスとなってまた皇居に臨む新聞社のビルの屋上の柵の上に舞い降りた。

しばらく皇居の暗い森を見つめたあとで、彼女はふたたび黒い羽根を広げた。足が摑んでいた柵を離れる。暮れ始めた東京の空を、まるで夕陽を追いかけるように、西に向かって飛びながら、目を凝らし耳を澄ませた。

世界はすっかり春めき、うごめいている。ライトの燦《きら》めきがまぶしい。泡立つような液体が朧《おぼろ》に見える。嬌声《きょうせい》が聞こえる。緊張があり、運動があり、熱狂があった。なんだかヤバい、そんな気がした。本当は行きたくなかった。しかし、彼女は飛んだ。

真理《しんり》が戻るまで、鴨下にできることと言えば、霧島もえの知人に電話をかけることくらいだった。ふたたび連絡を取った藤木真梨香に、鴨下はあのひとことをまた持ち出した。

「『こんどは大丈夫だと思う』ってのはやっぱりオーディションのことだったんでしょうか」

――気になるんですか。

「多少」

――そう問い詰められると、私も不安になっちゃうんですが、その時はてっきりそうだと思ってました。

「どういう文脈でその言葉が出たんですか」

――うーん、ごめんなさい。覚えてないんですよ。

「ただ、オーディションのことだとは思ったと」

――そうなりますよね。

「では、なぜ大丈夫だと思ったんですかね、彼女は」

――なぜだろう。うまく演技ができたとか、面接のときに褒められたとか？

「そういうことは実際に言葉にしていましたか」

――いや私が勝手に思っただけです。

「なるほど。では、藤木さんはなんて答えたんです、『こんどは大丈夫だと思う』と霧島さんが言ったときに」

――なんだろう。うまくいくといいね、って言ったんじゃないかなあ。ごめんなさい私、興味のないことは積極的に忘れるようにしているみたいで。

それは刑事泣かせだなと心の内で苦笑しながら、おそらくこれについてもなにも覚えていないんだろうな、と半ば諦め気味に、

「ルーデンスという名前に聞き覚えは？」

と尋ねると、

――あ、ありますあります。

と彼女は意外にも、さっきまでの生彩を欠いた態度を一変させた。覚えていてもよさそうなことを忘れているのに、オーディションを受けに行った映像制作会社の名前が頭にあるのは不思議だった。

「え、そうなんですか。霧島さんはなにか言っていましたか」

――ほかのことはまったく覚えてないんですけど、そのルーデンスって単語が気になったんで……。

「それはどうしてですか」

――実は私、大学院の修士まで歴史をやってたんです。

「ああ、なるほど」

——え、それでわかるんですか？

「ホイジンガですね」

——そう、ヨハン・ホイジンガ。オランダの歴史研究家。その人が書いた本に『ホモ・ルーデンス』ってのがあったでしょう。それで私が、「へえ、会社によくそんな名前つけるね」って言って、もえちゃんが「え、どういう意味なの」って訊いたから、「ルーデンスってのは〝遊び〟って意味だよ」って教えてあげたんです。

「覚えてるのはそれだけですか」

——ごめんなさい、これだとなんの役にも立たないですよね？

いえいえ、どんな情報でもありがたいんです、と感謝の言葉で取り繕ってから、

「ただ、映画やドラマの制作プロダクションがルーデンスって名前をつけるのは不思議じゃないのでは」

と鴨下は改まった。

——そうでしょうか。

「だって、ルーデンスは遊び、人間ってのは遊ぶ存在なんだっていうのがホイジンガの主張でしたよね。で、彼はその遊びの典型はなんだって言ってましたっけ」

藤木真梨香はあっと小さく叫んで、

——演技、お芝居ですね。ごっこ遊びです。

「そう、お芝居が遊びの基本である。そして遊びの上に神様を崇《あが》める神聖な行為がある、

そんなことを言ってたはずです」

——よくご存じですね。

　鴨下の中で、なにかとなにかが結びつこうとしていた。

「えっと、霧島もえさんは、もうこんな役はやってられないと言ってた、なんの役でしたっけ」

——羊です。子羊。

「つまり彼女は子羊じゃない役をもらおうとしていたってことですよね。たとえば羊じゃなくて、『羊たちの沈黙』のジョディ・フォスターのような」

——いや、そこまでは私にはわからないんですけど。

　そうですね、とおざなりな合の手を入れて、鴨下は続けた。

「『こんどは大丈夫だと思う』と霧島さんは考えていた。なぜならば羊の役をやったからです」

——はあ。

「学芸会の馬の足を女子っぽく言い換えたものが羊ではない。羊の役は羊だと捉えなければならない」

——そうなんですか。

「ええ。そして『羊の役はもうやってられない』と『こんどは大丈夫だと思う』はセットです」

――セット？　羊の役をやったから大丈夫ってことですか。

「そうです」

――なぜ。

ついに藤木真梨香は逆に訊いた。

「羊の役をやることで彼女は貸しを作ったんです。つまり『つけもたまってるから』は霧島もえが借りてるんじゃなくて、霧島もえが貸しているってことです」

――貸し？　あの、貸しってなんですか？　正直言って、ぜんぜん話についていけてないんですけど。

藤木真梨香の言葉にはっとした鴨下は、いやちょっと興奮して先走りすぎました、と詫びた。

受話器を置くと、鴨下は机の上で頬杖をついて、

「そうか、羊か」

とつぶやいた。そして、空いているほうの手を伸ばして、反故《ほご》紙を束ねたメモ紙を引き寄せ、〈遊び〉だの〈演技〉だの〈羊〉だのと書き、さらに、〈十字架に架けられた者〉と〈貸し〉を加え、これに〈贖罪《しょくざい》〉の二文字も追加して、それぞれを、

〈遊び〉〈演技〉

〈羊〉〈十字架に架けられた者〉〈貸し〉〈贖罪〉

こんな具合に並べて、眺めた。

霧島もえが上京したのは、兵頭がそう彼女に促したからだ、と真理《しんり》は断定した。そして、なんのためにと尋ねた時、真理は「いまは言いたくない」と言った。

その理由がいまは理解できた。真理は幼い頃から、欲望が渦巻き、身勝手な感情の迸《ほとばし》りによって引き起こされる犯罪に触れあいながら思春期を迎えている少女が、残忍で醜い（そしてとても人間的でもある）激情をまともに浴びないようにするためだ。

真理はおおよそのことは勘づいていた。

兵頭が霧島もえを東京に呼んだのは、子羊を演じてもらうためだ、と。

鴨下の脳裏に、『羊たちの沈黙』のストーリーが鮮明によみがえった。それを反芻《はんすう》しながら鴨下は、左腕の袖を捲《まく》って、蒸れてきた腕のラップフィルムを無意識にはがし始めた。

子羊とはなにか？

それは生《い》け贄《にえ》である。

鴨下の遅い思考は、真理が飛翔し、降り立った地点にようやくたどりついた。自分の鈍重さが歯がゆかった。肘から二の腕にかけて巻かれているラップは、うまくはがれてくれない。シャツのボタンをはずし、袖から左腕を抜いた。その時、胸ポケットから、小さな切片がこぼれ、机に落ちた。里中の財布を調べたときに見つけたプラスチックの破片だった。

鴨下はそれをつまみ上げた。スマホに装塡《そうてん》して使うＳＩＭカードである。霧島もえのスマホに使われていたものにちがいなかった。売却するときに店員か里中が抜き取ったのだろう。

刑事部屋のあちこちでショートメールの着信音が鳴った。

〈戻りました〉

飛考を終えた真理《しんり》がそう伝えてきた。


真理はテーブルの上に腕を組み、その中に顔を伏せて突っ伏していた。夢見の知らせを聞くため第七会議室に集まった者らは、顔が上がるのを待っていた。伏せている真理の前に、二宮がマグカップを置き、大きなペットボトルから麦茶を注いだ。

「あまりよくない」

顔を上げた真理は、マグカップからひと口飲むと、言った。

「監禁状態なのかな、霧島もえは」

係長が尋ねると、うなずいた。

「体力はかなり消耗している。残された時間はそう長くないと考えたほうがいい」

「具体的に言えるかな」

主任が尋ねた。

「あと一日もつかどうか」

「なにが原因なんだろう」

「殴られたりはしていないと思う。けれど、閉じ込められている環境がよくない。身体が冷え切っている」

真理はため息をひとつついたあとで、地図を出してくれと言った。すぐさま、二宮の手によって、縮尺十五万分の一の地図が広げられた。

真理はその上にかがみ込むようにして右手を持ち上げると、

「このあたり」

と言って人さし指で地図のとある部分に円を描いた。

「……河口湖」

鴨下が思わずそう口にし、部屋の中の全員が不思議な面持ちになった。

「霧島もえは河口湖には行っていない、そう言ってたんじゃなかったっけ」

係長が確認する。

「そこは私にもわからない。ただ駅の周辺にはいなかった」

「車で運ばれたってことか」

「だと思う」

真理がうなずき、部屋に沈黙が落ちて、この重苦しさに耐えられなくなった鴨下が思わず尋ねた。

「……ひょっとして、樹海」

「体力はかなり消耗」や「身体が冷え切っている」は、手足を拘束された状態で樹海に放置されている霧島もえを連想させた。

真理《しんり》は目を閉じて、もういちど地図の上に人さし指で輪を描いた。青木ヶ原樹海はその輪の外にあった。

「ちがうのか」

真理の隣に座っていた主任がひとまず安堵のため息をついて、身体を後ろにひねった。背後にあるホワイトボードの下のトレイから、赤いマーカーを取って、いましがた真理が指で描いた輪をなぞるように、この地図上に赤い円を描いた。いびつな赤い輪をじっと見ていた鴨下は、

「お願いがあるんですが」

と部屋の隅に視線を振り向けて言った。田所が、そこに座っていた。

「この円の内側一帯を一斉捜査したいんですが、協力いただけませんか」

田所は椅子に座ったまま首を伸ばして、その赤い輪を眺めると、首を振った。

「広すぎるな。すぐには無理だよ。それ相当の人手をかき集めなきゃならない場合は、それなりの手続きがいる」

「そこをなんとか迅速に願えませんか」

田所はすこし間をおいてから、

「無理だ」

と同じ台詞をくり返した。答えが返ってくるまでのしばしの空白は、考慮したことをみせかけるために置かれた一拍のように感じられた。

なんだよ、と小声でつぶやいて二宮が舌打ちし、こら、と篠田係長がたしなめる。だったらなんのためにここにいるんだよ、と二宮は口答えをやめない。鴨下はワイシャツの胸ポケットに指を入れて言った。

「であれば、残されているのは陽動作戦でしょうね」

真理が顔を上げて鴨下を見た。

「犯人、ここでは複数犯の可能性が高いと考えて、連中と呼びますが、連中はまだ里中のチョンボに気づかず、自分たちの計画がつつがなく進行していると思っている」

「計画っていったいなんでしょうね。そもそも、どうしてその連中は霧島もえを誘拐して監禁しなければならないんですか」

と主任が訊いた。

「それは、霧島もえが、連中の絆を破壊しようとしているからです。絆の正体を暴露しようとしているからだと言ってもいい」

「絆ですか」

ぼんやりと主任が言った。その時、椅子を鳴らして真理が立った。

「ＰＫＯルームでちょっと横になってる。あとは俊輔にまかせるから」

そして、ドアの手前で、彼女は鴨下の肩を叩き、

「頼むよ」

と言った。それは、亀が追いつくのを丘の上で待っていた兎《うさぎ》の激励のようだった。ドアが閉まる音を聞いて、鴨下は口を開いた。

「時間がないので、細かい内容は端折《はしょ》ります。僕もすべて明確に摑んでいるわけではありません。あくまでもイメージです」

「おいおい、警部補までご託宣《たくせん》を述べられるようになったのかい」

田所の口調には揶揄《やゆ》が込められていた。鴨下はかまわず続けた。

「絆を強めるには生け贄が必要です。この生け贄の調達を命じられたのが、兵頭です。彼は彼女に上京を勧めた。そして、霧島もえは生け贄として捧げられ、連中の絆は深まった。しかし、霧島もえはもう羊の役はご免だと言い出し、トラブルが発生した。これが彼女が姿を消した原因です」

「なるほど」

と係長が言った。そして、実はさっぱりわからないが、とりあえず詳細はあとまわしだという複雑な笑いを浮かべながら、

「で、その前提でいくと、どういう作戦がありますか」

と尋ねた。

鴨下はテーブルの上に例のSIMカードを置いた。

「彼らは、計画が首尾よくいっていると信じている。けれど実は綻《ほころ》びが出ています。というのは、里中は霧島もえのスマホで河口湖駅前で青空を撮ったあと、青木ヶ原樹海まで行って、このスマホを捨ててこなければならなかった。ところが里中は、根が実にだらしない男なので、面倒なのと、売れば数万円の金になると知って、これを新宿のパソコンの中古販売店に下取りに出した。その際に、店は、SIMカードは取り扱うわけにはいかないので、里中に返し、彼はこれを折りたたんだ領収書の中にしまっていました」

ここで鴨下は貫井を見た。

「ソフトマップから引き上げた霧島もえのスマホは初期化されてしまいました。彼女のスマホの中にあるデータはすべて消され、我々はここから手がかりを得ることはできません。けれど、彼女の銀行口座から料金が引き落とされている限り、このSIMカードは生きているはずです。だから、霧島もえのスマホにこのSIMカードを装塡すれば架電はできる、そうですね」

「できます。彼女のスマホでなくても、そのSIMカードを入れれば、相手には霧島もえの電話番号が表示されるはずですよ」

と貫井はうなずいた。

ここまで来ると、さすがに全員刑事なので、その陽動作戦の概要はすぐに理解したようだった。

「尾行の部隊が必要ですね。バレないためには人数が多いほうがいい。ね、田所さん」

と取りなすように主任が言って、部屋の隅の一課の刑事を見た。

「うちは尾行が苦手だからなあ。尾行と言えばやっぱり警備だろ」

警備の捜査員、つまり公安の刑事を使えということらしい。確かに対象者を常に監視している公安は、尾行にかけては刑事より一枚も二枚も上だ。しかし、公安の元締めの警備の大ボスは、徳永小百合を目の敵にしている御子柴寛男《ひろお》である。

「うちの課長に頼んで打診してみるよ」

田所はとりあえずそう言った。

7　陽動作戦

　明くる朝、鴨下は、路肩に停めた車の窓から、そぼふる雨の向こうに、ルーデンスの入ったビルを眺めていた。

「映画の人なんてのは、昼飯食ってから出勤するんだと思ってましたよ。まあ、なんであっても大変ですね、仕事ってのは」

　ハンドルに置いた腕に顎《あご》を載せて、花比良主任がつぶやいた。ありきたりな一般論として聞き流していると、続いて、

「そういえば、こないだ田所さんとお昼行ったでしょう。なに食べたんですか」

　と思いがけない質問が来た。驚きはしたが、隠し立てする必要もないと思い、

「お寿司です。奢《おご》ってもらいました。払ったのは柳田課長ですが」

　と白状した。すると、主任は驚く様子も見せず「それはそれは」とうなずいたあとで、

「田所さんとはね、一度呑んだほうがいいでしょう」

　とまた妙な台詞を吐いた。

「え、どうしてですか」

「いい人ですよ、あの人は」

いい人ほど田所に似合わない言葉もなかった。食わせ者の間違いではないか。

「一課の中で誰よりも真理《しんり》を評価してくれてるのもあの人です」

「それは、売り上げがもらえるからでしょう」

「そうとも限りません。ここだけの話、真理も田所さんのことは好きですよ」

これも意外だった。

「表に出さないようにしてますからね」

驚いている鴨下を横目に主任が言った。

「なぜです」

「いろいろあるんですよ。真理もそのへんはわかっていますから」

「ところで、あのあと寝込んでたようですが、大丈夫でしたか」

「ええ、今回は。今朝は早くから起きて、寝過ぎたなんてケロリとしてました」

「でも、キツいときもあるわけですよね」

「時には。まあ、真理は仕事というよりも運命なんだと割り切っているようですが」

「運命……ですか」

こんな大げさな言葉には、拒絶反応を起こす性質《たち》だが、昨日仮眠室でずっと寝ていた真理を思い返すと、その言葉は妙に応えた。

「本当はもうちょっと自然が豊かな、野趣あふれる場所に引っ込んだほうがあの子にはいいんでしょうが。……おっと、お出ましだ」

と主任が窓の向こうを促した。ビニール傘をさして陰鬱な顔の兵頭が前から歩いてくる。

鴨下はスマホを取り出した。主任は腕時計を見て、十時出勤かとつぶやいた。鴨下は、あらかじめ打ち込んであった番号にかけた。

ルーデンスのオフィスが入ったビルの前まで来た兵頭は、大儀そうにポケットからスマホを取りだすと、その番号を見て、足を止めた。そして、あたりを見渡す。

「驚いてますね。そして、警戒している」

ビルの前の兵頭は雨の中、番号を見つめたまま立っている。彼のスマホの画面には霧島もえの名前が表示されているはずだ。

「出ようかどうか悩んでますね」

フロントガラス越しに路上を見つめ、花比良主任が言った。車内では、スピーカーモードにしたスマホから発信音が鳴り続けている。

雨粒が伝う車窓の向こうで、兵頭が指をスマホに伸ばして、触れた。

――……もしもし。

手にしたスマホから声がした。

――どうやって出たんだ。

鴨下は応えない。

路上の兵頭は、スマホを耳に当てて周囲を見渡す。車内の刑事ふたりは、視線を合わせないようにしながら、視界の片隅に兵頭を観察し続けた。

兵頭はスマホをポケットにしまい、ビルの中に入ろうとしている。

「なぜだろう。そのまま出勤する気なんでしょうか」

「車のキーを取りに行くのかもしれません」

「だったらありがたい。そのほうが尾行は楽ですからね」

ところが突然、兵頭は立ち止まった。そして振り返った。その視線の先の車道には、トヨタのレクサスが停まっていて、後部座席から男がひとり降りてきた。

男が舗道に上がってくる。兵頭は男の頭上にビニール傘の覆いをかざした。

「誰ですかね」

自分が濡れるのをかまわない兵頭を見て、主任が言った。

「持月正樹。ルーデンスの社長です」

「ああ、こいつが……」

舗道では、兵頭がスマホの画面を持月に見せている。いまだ、と鴨下は思った。霧島もえのスマホから、用意してあったショートメールを送った。

それはすぐ、持月に見せているスマホに表示されるはずだ。そこにはこう書いてある。

――貸しを返して。

持月が兵頭を睨《にら》む。戸惑《とまど》い、怯《おび》えたように、兵頭がなにか返す。持月は短くなにか言い捨てて、自分はビルの中に入る。

雨の中に取り残された兵頭は、やがて意を決したように、歩いてきた舗道を引き返しはじめた。主任は捜査車両の無線のマイクを摑んだ。

「動いたぞ」

「駅方向ですね。車を使ってくれると助かったんですが、ＥＴＣに引っ掛かるのを嫌ったんでしょう」

隣で鴨下がそう言うと、主任はまたマイクを口元に近づけた。

「電車を使うみたいだ。――一番手は誰が行く？」

〈二宮です〉

「頼むぞ、特命捜査係は尾行もろくにできないなんて陰口叩かれないよう、バッチリ決めてくれよ」

そう発破をかけたものの、視界に入ってきた二宮の背中を見た途端、主任は不安そうな声を上げた。

「でっかいなあ、あいつ。すっごく目立ってますよ」

前をゆく兵頭は不安げに辺りを見回している。そして振り返った。その視線の先に二宮がいる。大男だから気になるだろう。兵頭は足を止めた。二宮はそしらぬ顔で兵頭の脇を通り抜けるしかない。花比良主任はやれやれと首を振りながら、マイクを口元に寄せて、

「駄目だな。二宮はおそらく顔を覚えられた。電車に乗るまで吉住でいく」

〈吉住、了解しました〉

「結構警戒してるからな、あまり接近するな」

花比良主任の口調は日頃の穏やかなものとは別種のものだった。主任はマイクをフックにかけると、

「公安が協力してくれればねえ。まあ、難しいとは思ったんですが」

とぼやくように言った。鴨下は、ビニール傘を摑んで助手席のドアを開け、

「僕も行きます。ただ、面が割れているので、なるべく人ごみで使ってください」

と言って雨粒が落ちてくる外気に身体を曝《さら》し、傘を広げた。そして、吉住が通り過ぎるのを待ってから、すこし間隔を空けて、おもむろに歩き出した。

「やっぱり無理だってよ」

昨日、主任と鴨下が係長の席に寄り合って、三人で尾行の相談をしているところに、田所はふいと顔を出し、公安が協力を拒んだことを伝えた。

「なんとかなりませんかねえ」

困ったような笑みを浮かべて主任が言った。

「なんでも、テロの予告が来ててその対応に大わらわなんだそうだ」

「総理の遊説の件でですか」

鴨下が訊いた。

「そう、あれだよ、エジプトで勇ましいこと言っちまっただろ。過激派をえらく怒らせち

まったみたいで。中東からの入国者の監視に人手が取られてるんだそうだ」

鴨下は、愛里沙が、ノートを撮って至急送れと電話してきたのは、この件だったんだなと思い当たった。

「……まあそっちでやりくりしてくれ。特命捜査係は精鋭部隊だからなんとかなるだろう」

最後は、言い訳なんだか嫌みなんだかよくわからない台詞を残して去っていった。

どう考えたって駒不足である。おまけに今日になって、草壁がリウマチで歩けないと言い出した。雨の日はひどく痛むんだそうだ。まったく、多少は役に立ってくれよと鴨下は泣きたい気分だった。

尾行要員は、二宮、吉住、花比良、篠田、そして、顔バレしている自分も加えて、五人しかいない。おまけに、このうち二宮はもうすでに使えない。

けれど、ここまでは狙いどおりにことが運んでいる。連中が監禁した霧島もえは閉じ込められたままで、彼女のスマホは青木ヶ原樹海に眠っている、と彼らは信じている。その霧島もえから着信があれば、連中は不審に思う。そして、おそらく状況を確認しに監禁場所に行く。そのあとを追えば、そこにたどり着ける。鴨下はそう踏んだ。時間が限られた状況では、その可能性に賭けてみるしかない、と考えた。

〈マルタイは大崎駅の改札をくぐりました。……………山手線に乗ります。外回り。新宿方面です〉

警察無線を受送信するイヤホンで吉住の声がした。鴨下は足を速めた。

「隣の車両に乗ります」

乗車して、連結部のドア越しにさりげなく向こうを窺《うかが》う。吉住は背中合わせに立ち、窓ガラスに映る影で兵頭の動きを確認している。

〈鴨下警部補は次の乗り換え駅で、吉住と入れ替わってください。乗車後は、私が引き継ぎます〉

同じ車両の離れたところにいる篠田は無線でそう連絡してきた。

「了解です」

と小声で応えた。確かに、自分の出番は都心の人混みのほうがいい。ガラガラの車内でバレたら、その場で目的地を変更されてしまい、計画は水の泡だ。

〈新宿だといいんですがね〉

篠田がつけ加えた。その気持ちはよく分かった。新宿で降りれば、おそらく中央線に乗り換えて河口湖に向かう可能性があり、そうなると真理《しんり》の予言と一致するからだ。五反田《ごたんだ》、目黒、恵比寿《えびす》……。渋谷で吉住が降車し、隣の車両から移動した篠田と入れ替わった。原宿、代々木《よよぎ》、そして……。兵頭は動いた。

〈マルタイ、新宿で下車する模様〉

兵頭が乗降口に近づくのを、連結部の窓越しに確認した鴨下は、無線でそう告げ、自分も隣の車両からホームに降りた。前を篠田が歩いている。さりげなく振り返ると、花比良主任もホームに降りてきていた。

〈マルタイ、エスカレーターに乗ります。上ったところには南口コンコース〉

鴨下は無線でそう言ってから、エスカレーター横の階段を上りはじめた。この階段も兵頭が乗っているエスカレーターも、前後と隣りに人が満ちている。

兵頭は滑らかに上っていくエスカレーターの上で、あたりをぼんやり見渡していたが、急に鋭く振り返った。その視線の先には、うつむき加減の篠田がいる。そうと意識して見るからだろうか、スーツ姿で鞄も持たずに手ぶらでいる篠田は刑事ですよとアピールしているような気がしてならない。

やがて、エスカレーターは上階に達し、尾行対象者は南口コンコースを歩きだした。彼がこのまま南口の改札を出る可能性は低い。おそらく中央線に乗り換える、と鴨下は思った。つまり、この時点で鴨下は真理の霊的直感をほとんど信じていた。

「替わります」

鴨下がそう言うと、前を行く篠田は売店の前で足を止め、週刊誌を眺めはじめた。通り越した鴨下が兵頭の後ろにつく。念じた通り、兵頭はコンコースを東南口のほうに向かって歩いていく。

その向こうには中央線のホームに下りるエスカレーターがある。河口湖に行く。鴨下はそう確信した。焦るな、と自分に言い聞かせ、兵頭が落ち着きなく左右を見渡しているのを見て、少し間隔を空けた。

すると、安定しなかった彼の視線は、前方から来る、紫陽花《あじさい》のような淡いブルーのジャケットと黒いフレアスカート姿の女を捉えた途端、そこにぴたりと固定された。

確かに、込み合った駅の通路でも目を引く女性だった。けれど、こんな時に女を熱心に見るなんてよっぽどだ、ミスコンを企画するわけだ、などと呆れていると、見つめられている女のほうが、顔をほころばせ、歩を速めた。それとともに、女に釘付《くぎづ》けになった兵頭の視線も後方へ旋回する。尾行している鴨下にとってはありがたくない展開である。思わず視線を逸《そ》らす。

「俊輔！」

鴨下は懸命に、来るな、と目でサインを送った。しかし、穂村愛里沙はおかまいなしに駆け寄ってきた。

「どうしたの、こんなところで。実はちょっと話したかったんだ。時間あるなら、お茶し……」

足を止め、後ろを振り返った兵頭は、鴨下をそこに認めた。そして、走った。鴨下の耳の中で、主任の声がひび割れた。

〈バレました！〉


この少し前。

特命捜査係に現れた花比良真理《しんり》は、ひとりで留守番をしている草壁を発見した。

「あれ、今日は全員で尾行するんじゃないの」

真理の顔を見ると、草壁はばつの悪そうな表情になって、

「ちょっと持病が出てしまって……」

「ああ、リウマチ」

「みんなには申し訳ないんだが」

「歩けないの？」

「わけじゃないが、尾行となると……」

真理は不安になった。昨夜遅く帰ってきた父親は、「とにかく頭数が足りない」とボヤいていた。今日の今日になってまた欠員が出たのなら現場は大変だろう。

「ふーん。それでなにしてんの」

「いや、警部補に読んどけって言われた資料に目を通してるよ。そのくらいしかできることはないから」

真理は自分の席につき、草壁を見た。

「だったら車を運転するくらいはできる？」

沈黙の後、草壁は言った。

「……まあ、車なら」

「じゃあ、いまから行こう」

「行こうって、どこへ」

草壁は不安そうなまなざしを向けた。

「とりあえず、車に乗って無線をキャッチしよう」

係で最年長の刑事はむつかしい顔をして足をさすっている。できればここに座っていたいのだ。真理《しんり》にはその気持ちがわかった。と同時に、草壁がなまじっかな理由ではこちらの提案を断れないことも知っていた。あちこちでお払い箱になった彼が曲がりなりにも本庁の刑事として禄《ろく》を食《は》んでいられるのはほかでもない真理のおかげだ、と草壁自身が痛いほどわかっている。だから、こうして痛そうに足をさすって、

「だったら、もういいよ」

と真理が言ってくれるのを待っているのだ。しかし、今日の真理はいつものようにやさしくなかった。

「じゃあ、行こう」

そう言って立ち上がった。

無線でのやりとりを聞いて、尾行がまだ始まっていないことを真理は助手席で確認した。

「どこに向かえば……」

「お堀を半蔵門《はんぞうもん》のほうへ。そこから二十号線をまっすぐ新宿まで」

陽動作戦がうまくいけば、兵頭は霧島もえの状態を確認するために動く。幽閉されているのは河口湖あたりだ。ルーデンスのある大崎から電車で移動するとなると、山手線で新

宿に出て、そこから中央線に乗り換えるのが通常ルートになる（さっきアプリで調べた）。内堀通りの坂を上っていると、スピーカーから「動いたぞ」と父の声がした。声の調子からガラにもなく緊張しているのが分かる。

〈駅に向かっている。電車を使うみたいだ〉

やった、と思った。ならこのまま新宿へゴーだ。

「草壁さん、パトランプ使おう。大崎駅から山手線に乗ったら向こうはだいたい二十分くらいでついちゃう。飛ばさないと間に合わないよ」

真理は赤い回転灯をダッシュボードから出し、窓から腕を伸ばして、雨が落ちてくる屋根の端にそいつを取りつけた。サイレンを鳴らし、パトランプを回転させ、車は三宅坂《みやけざか》の赤信号を直進した。

国道二十号線へ左折する半蔵門の付近で、こんどは吉住の声がした。

〈マルタイは大崎駅の改札をくぐりました。………山手線に乗ります。外回り。新宿方面です〉

「なにをそう心配してんだ」

草壁にそう尋ねられ、自分の気持ちを整理しかねていた真理は言葉に詰まった。鴨下が立てた計画はとてもいい、成功するだろうとほぼ確信できた。けれど、今朝になって思いがけず破綻《はたん》する気もしてきた。

これまで真理は、自分が飛んで見聞きした内容を言葉にすることはあっても、それを確かめるため現場に足を運ぶことはなかった。犯罪現場の禍々《まがまが》しくすさんだ空気に身を投じるのは端的に怖かったし、周りからも来るなと言われていた。ただ今日は、行かなきゃ、と思った。なにができるのかは、わからないけれど。

上智《じょうち》大を通り越して四谷《よつや》の交差点を渡ったあたりでまた無線が鳴った。

〈鴨下警部補は次の乗り換え駅で、吉住と入れ替わってください。乗車後は、私が引き継ぎます〉

篠田さんの声だ。かなえちゃんと入れ替わって俊輔が尾行する駅はおそらく新宿。そして、なにか起こるとしたらここだ。

「とにかく、急いで」

「どこにつける」

新宿御苑《ぎょえん》トンネルを抜けたあたりで訊かれ、真理《しんり》は目を閉じた。東南口だ、と思った。

「南口に向かって上りはじめたところで降りる。それからこの車、どこかでUターンさせて東南口近くで待機しておいて」

〈マルタイ、新宿で下車する模様〉

俊輔の声がした。真理は傘も持たずに降りた。すこし弱くなった雨の中を、高架下の脇道を走り、突き当たりを右に曲がって、東南口広場に出た。フラッグスビルの横の階段を一段飛ばしで駆け上がった。Ｓｕｉｃａを使おうとスマホを取り出す。しかし、階段を上り切った真理は、そのまま改札を抜けることができなかった。目の前に見覚えのある人影があったからだ。

まるで紫陽花のように青いジャケットと黒いフレアスカート、肩に流れる滑らかな黒い髪。愛里沙さんだ。

まずい。

こんなところにいたら、尾行中の俊輔と鉢合わせるかも。声をかけようと思った。しかし、足は動かなかった。

愛里沙さんは男の人と一緒だった。改札まで送ってきたのだろう、男が腕を広げ愛里沙さんをハグした。まだ午前中の別れ際のハグを愛里沙さんは、多少戸惑いながらも、受け入れた。

真理は欲望を感じた。所有したいという欲望。それを感知するのはあまり気持ちのいいものではなく、とはいえやめてと割って入るわけにもいかず、真理はただ雨に濡れながら見つめていた。

やがて、すごく長く感じたハグもほどけて、長身の美女は東南口の改札をくぐって駅構内へと吸い込まれていき、男はそれを名残惜しそうに見送った。駄目。いけない。止めなくちゃ。真理がそう思って我に返ったのは、傘を広げた男が踵を返して、いま真理が上ってきた階段に向かった瞬間《とき》だった。真理は動いた。すれちがいざまに見た男の顔は浅黒くて彫りも深く日本人のようには見えなかったが、振り返って確認する余裕はなかった。

自動改札機のセンサーにスマホを叩きつけ、駅構内へ入り、南口のコンコースを進みながら、〔中央線下り　高尾・青梅《おうめ》方面〕というサインを探す。すると、前方から男がひとりものすごい勢いで走ってきた。

　兵頭だった。

　その後ろを俊輔とかなえちゃんが追っている。

　失敗したんだ！　真理《しんり》は理解した。兵頭は駅の雑踏を猛然と走ってくる。その猛烈さに驚いて、人は道を開ける。兵頭は、途上の人をかわしつつ、時にはぶつかり、蹴散らしながら、駆けてくる。

　そうして、東南口の改札を目前に控えたいま、彼の視線はその進路上にいた真理を捉えた。兵頭はぎょっとしながらも、真理をかわして、改札の向こうに抜けようと、横にステップする。これに合わせるかのように、真理も身体を横に動かす。兵頭と真理の肩が接触する。ぶつけられた肩をかばうように引きながら、そのまま くるりと回って、真理は床に転んだ。転びながら、見上げた。相手は、転びこそしなかったものの、よろめいて減速し、追いかけてきたかなえちゃんに肩を摑まれた。かなえちゃんは背後から兵頭の腕に絡みついて、振り回すようにして投げ、頭を床に押さえつけて腹ばいにさせた。床に頰をつけながら、兵頭が叫ぶ。

「なんなんだ、俺がなにをしたって言うんだ！」

　かなえちゃんはなにも答えず、そのまま押さえ込んでいる。ようやく俊輔が追いついた。

　若いイケメンの刑事は、床に転んでいる自分をちらと見たけれど、助け起こしには来ない。

息を切らしながら、兵頭を尋問するため、膝を折ってその傍らにかがみ込む。この選択は減点なのか、それとも加点してあげたほうがいいのか、悩ましいところである。

鴨下は鴨下で、真理が突如現れ、兵頭の逃走を妨害したことに、大変驚いていた。だが、尾行にしくじり、作戦を御破算にしてしまったことに泡を食っていた彼は、「残された時間は少ない」ことにも焦っていて、転倒した相棒に手を差し伸べてやる余裕がなかった。

吉住には立ってもらい、激しく身をねじって起き上がった兵頭の顔に向かって言った。

「兵頭康平さん、これからどちらへ」

「か、勝手だろ！　なんなんだよ、いきなり」

この素朴な反論に対する答えを用意できていなかった鴨下は、手持ちのカードをいちまい切った。

「さっき言ってたでしょう、『どうやって出た』って。あれはなんですか？」

兵頭の頬が引きつり、下瞼《したまぶた》が痙攣《けいれん》する。

「霧島もえはどこです」

と畳みかけた。もちろん、答えは返ってこない。

「とりあえず、じっくり話を聞かせてください。ご同行願えますか」

「に、任意だよな」

うなずくしかなかった。

「断る」

兵頭は膝を立てて立ち上がろうとする。その肩を押さえつけ、鴨下は首を振った。

「行かせるわけにはいかないんです」

「なぜ」

「時間がないからです」

鴨下は膝を崩し、硬い床に尻をつけて胡坐をかき、兵頭と頭を突き合わせた。

「来てもらえないのなら、ここでお話を伺うしかありません」

いつの間にか、ふたりの周りを特命捜査係の刑事たちの足が、鉄格子のように取り囲んでいた。コンコースをゆく人々が好奇の目を向ける。彼らには二宮と吉住がバッヂを見せて、

「警察です。ただいま事情聴取中です。立ち止まらないでください」

と呼びかけている。

それでも、足を止めて怪訝な視線を送る者らで人垣ができた。この後方に穂村愛里沙が立っている。その表情は毒気に当てられたように生気を失っている。無理もない。ばったり会ったボーイフレンドに声をかけたら、いきなり大捕り物が始まったのだから。けれど、いまはほうっておくしかないだろう。

その時、取り囲んでいた人垣が割れて、輪の中に入ってきた者がいた。真理《しんり》だった。主任に肩を抱きかかえられるようにしてうなだれ、ベソをかいている。彼女の登場によってある物語が醸しだされた。ターミナル駅の構内、走って逃げた男、涙ぐんでいる少女、警

察の事情聴取……。人々はこう思う。痴漢を働いた男が逃走し、取り押さえられたのだな、と。だから兵頭が、

「俺がなにをしたんだよ！」

と同じ台詞をくり返した時には、もはや痴漢の疑いをさらに濃くする結果にしかならなかった。駆け足で駅員がふたりやって来た。篠田係長がバッヂを見せてなにか言う。痴漢の線で説明したのだろう、駅員らは、

「そういうことでしたら、お任せします。ただ、こちら通路になっていますのでなるべく……。ええ、どうぞよろしく」

とだけ言い残して行ってしまった。

それでも兵頭は動こうとしない。会社に電話するんだと言って、床に尻をつけたままスマホを取り出した。

「出ないと思うな」

そう言ったのは、真理だった（たすきがけにしたポシェットからハンカチを出して目に当てながら）。

「き、君は……」

兵頭は、自分の進路を妨害したこの少女が、先日会社を訪れたあの娘だと再確認して、顔をこわばらせた。それでも、電話が通じないことのほうが気になったのか、スマホを耳に当てたまま、

「なんでだよ」

と舌打ちした。

「ふん、大学じゃないの」

真理《しんり》は涙を拭く（ふりをしながら）意地悪そうに笑った。

「社長はたしか今日、日芸大で講演するはずだったんじゃないかな」

あっ、と小さく叫んだ兵頭の顔に失望の影が射した。

「あんなところにチラシ置くくらいだから、母校に錦を飾るつもりで張り切ってんじゃないの」

それでも、兵頭はグズグズとその場に居座ろうとした。ただ、少女（真理）を突き飛ばして怪我《けが》をさせたので（「腕が痛い。腫れているし。骨が折れているかもしれない」）、警察としては現行犯で連行できた。二宮が動いた。兵頭の脇に両手を挿し込んでひょいと持ち上げ無理矢理立たせ、後ろ手にして手錠をかけると、南口の改札横を通してもらって、東南口で待機していた草壁の車に押し込んだ。

新宿署に連行して、そこで取り調べることもできたのだが、桜田門のほうがいいと真理が言い張り、篠田係長がそちらに向かうよう指示した。鴨下と真理と篠田係長はタクシーを捕まえて、草壁さんの運転する警察車両を追ってもらった。

「新宿のほうが河口湖には近いのに？」

タクシーの中で鴨下が真理に尋ねた。

「大丈夫。三十分弱でつくよ」

真理は、首を捻っている隣の鴨下を無視し、前の助手席に向かって、

「篠田さん、ヘリ使いたいんだけど」

「ヘリですか……、うーん、私の力じゃ航空隊を動かすことは無理なので、部長に連絡します。もし、私で難しいようでしたら、真理《しんり》ちゃんからも徳永部長にひとこと言ってもらえますか」

「うん、さっきメール打っといたよ」

鴨下はその案の大胆さに驚き、呆れつつも、問い質した。

「だけど、居場所さえわかれば、山梨県警に連絡して現場に急行してもらうという手もあるじゃないか。どうして時間が切迫してるのに本庁にまで戻るんですか」

「そこはほら、やっぱり……人目ってものがあるから」

「どういうこと？」

「兵頭が口を割らなきゃ、ジョーコーに殴らせるしかない」

鴨下は慌てた。

「駄目だよ、それは」

真理は鋭い視線を鴨下に振り向けた。

「駄目だろうが、やる。やらなきゃだよ」

「だから、それは許されないことなんだってば」

「許されないことをやらないことで霧島もえが死んじゃうのは許せるの」

鴨下は言葉に詰まった。

「俊輔は私の提案を無視することができる。私が飛んで見たすべてを、オカルト娘の世迷《よま》い言《ごと》としてパスすることができるし、そのことでたとえ霧島もえが死んだとしても、法廷で裁かれたりもしない。そうして、俺は正義を貫いたとうそぶくことはできるよね」

鴨下はそうだと思いつつも、その選択肢はいまの自分にはもうないという自覚があった。

「わたしはそういう人間をドンちゃんって呼んでる。世界はドンちゃんで満ちている。ドンでなきゃやってられないってのもわかる。だけど、俊輔はちがうんじゃないの」

鴨下は黙っていた。

「事態は切羽詰まっているんだよ。兵頭が吐かなきゃ私はジョーコーに殴らせる。吐くまで殴らせるよ。たとえ俊輔がとめてもね」

兵頭を取調室に入れたあと、誰がそこに入るのかについて議論があった。真理《しんり》が強く推して、まず二宮が決まった。鴨下が、自分に取り調べをやらせてくれと名乗り出た。真理が反対した。しかし鴨下は、この事件についていちばん情報を仕込んでいるのは自分だからと食い下がった。それはそうだ、と係長と主任が同意し、ここでは真理も反対しなかった。ただ、時間がないことは忘れないこと、そして自分も部屋の中に入って取り調べの様子を近くで観察する、とつけ加えた。

残りの、篠田、花比良（主任）、吉住、草壁らは隣の薄暗い小部屋でマジックミラー越しに見ることになった。

鴨下は真理と二宮を連れて取調室に入り、机を挟んで兵頭と向き合った。鴨下の背後の壁際に、真理と二宮がパイプ椅子に腰かけた。

「俺は一体なんの容疑でここにいるんですかね」

ふてくされたように兵頭が言う。

「時間がないから単刀直入に訊こう。霧島もえをどこに監禁している」

「いや、先にこちらの質問に答えてくださいよ」

鴨下はややあってから言った。

「新宿駅南口コンコースで通行人を突き飛ばして怪我をさせた。暴行の現行犯逮捕だ」

「だったら、霧島もえは関係ないじゃないですか」

「お前はわかってないんだよ、閉じ込めた霧島もえの身に危険が迫っていることを」

「あんたはなぜわかってるんだ」

「……それは俺の勘だ」

兵頭の笑い声が取調室にこだました。

「勘。勘に頼って別件逮捕ですか。いつから日本の警察はそんなめちゃくちゃな捜査をやるようになったんですかね」

「時間がないからだ」

「はあ。なに言ってるのかわからないんですけど。はっきり説明してもらっていいですか」

「お前は霧島もえを監禁している。そして、彼女はいまかなり深刻な状態にある」

「でも、それは勘なんでしょう。なんの証拠もない。まず、なぜ俺が監禁なんてことをしなきゃならないんですかね、そこをまず説明してもらえますか」

「霧島もえが邪魔になったからだ」

「邪魔になるもなにも、まだ役のつかない女優未満を相手にしてどうするんですか」

「いや、お前らは霧島もえに役を与えたんだよ、とても重要な役をな」

「へえ、なんて映画のどんな役ですか」

「映画じゃない」

「てことは、テレビドラマ？」

鴨下は首を振った。

「ルーデンスで執り行われる儀式での重要な役だ」

兵頭はしばし黙ってから、

「……ほう、で、どんな役だって言うんですか」

「子羊だよ」

兵頭は笑った。

「つまり生け贄だ」

「はあ」

「霧島もえは生け贄として捧げられた」

「ちょっとなに言ってんのかわからないですね」

「お前らは捧げられた生け贄の肉をみんなで食った。食うことによって、絆を作ることができた」

「あんたはわかってんの。ホラー映画かなんかの見すぎなのでは」

「そう思うかい。俺は逆だった。実にうまいことを考えたもんだと思ったよ」

「はあ。生け贄を捧げるなんて、新興宗教じゃあるまいし」

「いや、宗教こそが絆を作る源だ。絆。御社のモットー〝献身と絆〟の絆だよ。献身の役割を担ったのが霧島もえたちだ」

「会社のモットーなんてどの会社だってきれいごとを掲げてるじゃないか」

「普通はそうだ。だけどルーデンスはモットーを実践してる希有《けう》な企業だと言ってもいい」

「そんなことなぜ刑事のお前にわかるんだよ」

「じゃあ、すこし遠回りして説明しよう。原始の時代――」

「原始……ええ？」

「そう。神を畏《おそ》れた人々は、祈りと同時に生け贄を捧げた。生け贄役は本来は神官が負うべきものだ。けれどさすがにそれはできない。だから羊や牛に身代わりになってもらった。

羊が破壊されるのを見て昂然《こうぜん》となった連中は、犠牲となった羊の肉を分け合って食べた。食べることによって自分たちが神を畏れる仲間であること、つまり絆を確認しあったんだ」

「そんな大昔の話されてもなあ」

「つぎにイエスが現れた。イエスは人間の罪を背負って十字架に架けられた。イエスは人間の犠牲になった。そして、復活した。イエスを救世主だと信じる人たちが生まれ、キリスト教が広まった」

「え、お前、キリストと原始時代の羊を一緒にしてるの。そんなむちゃくちゃな」

「映画学科だよな」

「中退だけど」

「映画は見てたんだろ。だったら神父が信者の舌の上に白く円いウエハースを載せるシーンを見たことあるだろう」

「ああ、教会のシーンでときどき見かけるよな。それがどうした」

「あれはキリストの肉だよ」

「肉を食わせてるシーンだって……嘘だろ」

「本当だ。ラテン語で聖餅《ホスチア》、意味はまさしく〝生け贄〟だよ」

兵頭はぎょっとしたような顔つきになった。

「十字架に架けられたイエスの肉を信者が食べて、イエスを神と信じる者の結束を誓い合っているんだ。——似てないか」

「だけど……宗教なんか持ち出されてもな。俺は無宗教だし。持月社長が宗教に入れあげてるなんて話も聞いたことないぜ」

「神は死んだ、か」

「え」

「だけどちがったんだよ。その証拠に、ルーデンスは原始時代と同じことをやっている。霧島もえを、そして同じような子羊を生け贄にして、その肉を食らって、仲間の絆を強めているんだ」

「ほお、だったら、どんな神を崇《あが》めているのか教えてくれよ」

「そこは難しいな。とりあえずお芝居の神とでも言っておこう。人間ってのは遊ぶ存在《ホモ・ルーデンス》だ。そして芝居、ごっこ遊びこそ遊びの根源で、結局、宗教儀式ってのはお芝居でもうひとつの現実を生み出すことだ」

「こじつけだな」

「制作会社ルーデンスの躍進の秘密はここにある。遊び《ルーデンス》の儀式に参加した連中、子羊の肉を共に食ったのは、業界の重鎮だ。テレビ局の大物プロデューサー、大手出版会社の役員、IT企業の重役……。そして、この儀式によって秘密が作られ、秘密が共有されることによって、絆はさらに太く強くなる。ルーデンスの強みはこれだ」

兵頭は黙った。

ルーデンスは、秘密のパーティを開き、業界の重鎮らを招いて、霧島もえらの肉体を饗《きよう》した。彼女たちの肉体を分かち合うことによってルーデンスと取引先には重大な秘密が生まれた。こうした秘密の共有が太い絆に変わり、ルーデンスにとって秘密を共有した相手のリストは財産となり、相手が縁を切ろうとしたら、それを阻止するためにちらつかせる破壊力満点の爆弾にもなったのである。

ただ鴨下は、業界の大物たちに霧島もえを抱かせたという事実を、露骨に語ることを避けた。そのいちいちを確認していく時間はなかったし、そしてなにより、なまなましい行為の具体を、真理《しんり》に聞かせたくなかったのである。

「さて、問題は生け贄をどう工面するかだ。そこで持月社長は出所したお前に声をかけ、うちで働かないかと誘った。嬉しかっただろう。前科者になって、業界での仕事はもう難しいと諦めていただろうから。日芸大の絆だと感じたのかもしれない。けれど、お前に与えられた仕事は生け贄の調達だった。W大の時と同じように。そこで目をつけたのが、もっと本格的な芸能活動をしたいと思いながら山形でくすぶっていた霧島もえだった。お前は子羊の役を勧めた。次にはもっといい役が振られると安請け合いだってしたんだろう」

「していない」

「してなくても、借りはできる。そういうもんだ」

「なぜだ。俺は言ってないぞ」

「だとしても借りはできる」

「なぜ」

「生け贄ってのは貨幣だから」

「貨幣、金《かね》ってことか……」

「ミサで分け与えられる聖餅《ホスチア》だってコインの形をしてるじゃないか」

兵頭は視線を泳がせた。自分が見た映画に、例えば、神父の前にひざまずく少女の小さな舌に、薄く白い円形のそれが載せられる場面を、探しているのかもしれない。

「イエスが十字架に架けられたことで、人間の罪はチャラになった。だから、人間はイエスに大きな借りがある。キリスト教はそう教える」

兵頭は呆然として聞いていた。

「これが贖罪だ。英語ではredemption。そしてこの単語には〝払い戻し〟って意味がある。『貸しを返せ』。生け贄になった霧島もえは言った。子羊の役割で終わることをよしとしなかった霧島もえは『貸しがあるだろう、ほかの役を寄こせ』と迫った」

突然、取調室に笑いが弾《はじ》けた。それは、無理矢理こしらえた高笑いのようで、また居直ったような凄《すご》みも感じられた。

「想像だよな」

ひとしきり笑ったあとで、兵頭はパイプ椅子にふんぞり返り、

「みんな想像だ。シャーロック・ホームズごっこだ。それこそお芝居だよ。そんな田舎芝居につきあうつもりはない」

と吐き捨ててから、こんどは宣言するように、

「黙秘する！」

と叫んだ。その声は狭い取調室の壁に弾けた。そしてもう一度きっぱりと、

「俺には黙秘する権利がある！」

と言った。壁際に座ってこの様子を見守っていた真理《しんり》は、まずい展開だ、と思った。

俊輔は正しく分析したし、真理がぼんやり感じていたことを正確な言葉で浮き彫りにもしてくれた。けれど、俗離れした高尚な理屈を振り回しすぎた。それが結局、被疑者を逆上させ、ダンマリを決め込まれる結果になってしまった。

おまけに相手は供述拒否権を持ち出した。法律を楯《たて》に取られると、俊輔みたいなタイプはめっぽう弱い。実際、言い返せないで黙っているじゃないか。タイムリミットが迫っているというのに。これは最悪の展開だ。

真理は隣に座っている二宮を見た。「替われ」の合図である。二宮はポケットから白い手袋を取り出して指を入れると立ち上がり、前に二歩三歩と踏み出すと、白い手を鴨下の肩に置いた。

「じゃあ、替わろうか」

鴨下は力なくうなずいた。けれど、そこを退《ど》こうとはしなかった。二宮はやれやれと首を振り、パイプ椅子の座枠を摑んでぐいと腕を引いた。そうして椅子ごと鴨下を持ち上げると、部屋の隅の窓（向こうでは特命捜査係の面々がこちらの様子を見守っている）のそ

ばまで運んでいく。

戻ってきた二宮は、机を挟んで立ったまま、兵頭と向かい合った。真理から見ると、二宮の広い背中で兵頭の顔が隠れた。そのほうがいい。やはり人が殴られるのは見たくない。

「あまり時間を取らせないでくれよな」

こちらに背中を向けたまま二宮が言って、ものすごい衝撃音が続いた。ミシッという天板が割れる音が混じっていた。挨拶代わりの一発に続いて尋問が始まる。

「霧島もえはどこにいる」

「知らないよ」

その声はうわずっていた。

「取り調べを受けるのは初めてじゃないんだ。な、舐めるなよ」

「舐める？　あいにくそんな優しい性分じゃないんだ」

後ろから真理が口を開いた。

「ジョーコー、脅すのはそのくらいにして、とりあえず一発食らわしちゃえ」

これを聞いた兵頭は目を丸くした。

「え、君、ラッパーの君、君は暴力を止める役なんだろ！」

真理はぷいと横を向いて、

「私は俊輔専門だから……」

おい！　と叫んで立ち上がろうとした兵頭の肩を二宮が押さえつけた。

「な、殴るのかよ？」

無理やり座らされた兵頭は、怯えた顔で二宮を見上げた。

「ああ、吐くまで殴るぞ。それも顔じゃない。俺みたいなのに顔面殴られると気持ちいいくらいなんだ。そして、すぐに気を失っちまう。逆に腹は悶絶《もんぜつ》するくらいに苦しい。ただ、口がきけなくなるのが玉に瑕《きず》なんだけどな」

ひどいことを言ってるな、と真理《しんり》も思う。ただ、こうして脅して吐いてくれれば、殴るのは机だけですむから儲けものだ、と狙《ねら》ってそう言ってるってところもある。

全国大会で準優勝しているジョーコーがこんなへなちょこ殴ったって面白いわけがない。けれど、兵頭が吐かなければ殴るだろう。これまで真理が「殴ってでも吐かせろ」と言った時、ジョーコーは殴った。ジョーコーに殴られると、連中はみんな吐いた。ただ、次も吐くとは限らない。次のカラスが黒いとは限らない。次に殴られるやつは殴られても吐かないかもしれない。恐怖にかられて反応することができなくなって、ただ殴られるままになっちゃうこともあるだろう。また打撃が強すぎて失神するかもしれないし、場合によっては死ぬかもしれない。そうなったら、瓦礫のような、意味のない暴力だけが残る。

俊輔は正しい。けれど、俊輔はわかってない。兵頭はともかく社長の持月は、まさか死ぬことはないだろうと思って霧島もえを閉じ込めているわけじゃない。死んだってかまわないと思い彼女を放置させている。なぜなら、死ねば霧島もえは本当の生け贄になるから。そして、霧島もえが死ぬことによって、絶対に外に漏らしてはならない秘密が生まれ、その秘密が共有されることによってルーデンスの絆がもっと太くなると思っている。だから、こうなったら霧島もえの命運はジョーコーの拳《こぶし》に託すしかないのだ。

「ちょっと待ってください」

パイプ椅子ごとピッチから出された俊輔が、もう一度プレイさせてくれとでも言うように、手を挙げている。

「尋問者を推薦したい」

ジョーコーが振り返り、「どうする？」と視線で真理に伺いを立てる。真理はこの視線を俊輔にパスし「誰なの？」と訊く。

鴨下は腰を上げ、取調室を出て、通路に並んだ隣の扉のノブに手をかけた。そこは取調室とマジックミラーで隔てられた小部屋だった。扉を開けると、一同の視線はすべて鴨下に集まった。

鴨下は候補者の肩に手を置いた。

「お、俺？」

草壁は目を丸くした。彼だけではない、その場にいた全員が意外な顔つきになった。

「お願いします」

指名された当人は、困ったような笑いを口元に漂わせ、

「時間がないんだろ。俺はじっくり攻めてから落とすタイプだから」と落とした実績もないのに煙幕を張り、

「やるにしても、二三《にさん》発殴ってもらってからのほうがやりやすいんだけどな」

などと、無茶苦茶《むちゃくちゃ》なことを言った。

「それをなんとか阻止したいから、草壁さんに一縷《いちる》の望みを託すんです」

「やってやれんこともないだろうが……」

言葉とは裏腹に、草壁の表情は荷が重すぎると告げていた。マジックミラー越しに取調室を見ると、真理《しんり》が腕時計を指して時間がないことを告げている。

「十分」

と鴨下は言った。

「十分で草壁さんが兵頭を落とせなければ二宮さんに代わってもらいましょう」

そう言って鴨下は篠田係長を見た。係長はうなずいた。

「ただし……」

と言って鴨下は口をつぐんだ。

「なにやってんだよ、時間がないっていうのに」

取調室では、隣に座っている二宮が、暗いマジックミラーを眺めて言った。その時、真理のスマホが震えた。ショートメールが来た。父からだった。

〈十分だけ草壁さんに替わる〉

これを裏付けるかのように、ガチャリと開いたドアから、草壁さんがよたよた入ってきて、小脇に抱えた資料をどさりと机の上に載せた後、二宮の一撃を食らってできた天板の亀裂を指でなぞった。

「あーあ、こんなことしちまってしょうがねえな。腕っ節だけの刑事ってのも困りもんだよ」

ひとり言のような、また兵頭に話しかけるような、曖昧な調子で草壁は言った。

「ちっ、なに言ってやがる」

と隣で二宮が舌打ちしたが、真理の心には届いていなかった。父親がよこしたメールの続きを読んで、ショックを受けていたからだ。

〈ただ、草壁さんが落とせなかった場合は、警部補は警察を辞めるそうだ。いま係長にそう伝えた〉

真理は、あいてて、と言いながらそろりそろりと椅子に尻をつける草壁を、祈るような気持ちで見た。

「いやあ、雨の日はリウマチがひどくてね、兵頭さん、兵頭康平さんだね。あんたはまだ若いから、頭が痛いだの、腰が痛いだのってことはないんだろう。うらやましいね。そう、あんたはまだ若い。健康な身体《からだ》さえありゃあ、これからなんだってできるだろう。こんなところで馬鹿な刑事にこづかれてる場合じゃないよ、まったく」

兵頭は拗《す》ねたように笑って、横を向いた。

「ちょいとばかりお勧めしたんだよな。気の毒に、と言っちゃなんだが、W大の事件のファイルは読ませてもらったよ。ありゃあ、別にあんたが主犯って訳じゃない。洗い立てのシャツのように真っ白だとまでは言ってやれないが、とばっちりを食らったって部分もある。少なくとも俺はそう読んだよ」

「なんだよ、ここで昔のあの事件を蒸し返そうってのかよ」

「そんなつもりはないさ。ただ、取り調べで落ちるのが一番遅かったのには感心したね。あんたは仲間を守ろうとした。ただ、向こうはあんたを仲間だと思っていたかどうか、こりゃ疑わしいな。あんたはW大の正規の学生じゃない。仲間のフリはしてもらえてただろうが、実のところ、W大生の幹部連中にいいように利用されてたんじゃないのかね」

時間がないのに、ここから話を進めるのか、と真理《しんり》は焦った。

「あんたに声をかけられてサークルに入って被害を受けた学生が、あんたを訴えた。あんたは彼女たちの信用を裏切ったんだ。けれど考えてみれば、これは一時は信用されたってことだろ。あんたが声をかけて、新人がたんまり、たんまりかどうかは知らないが、とにかくそれなりに入会したってことは、一流大の威光もあったろうが、あんたにおもしろくて気の置けないところがあったんで、油断したんだろうよ」

「人をおだててその気にさせようたって、その手には乗らないぜ」

「おだてちゃいないさ。ただ、説教をするつもりもないよ。したってしょうがないからな。過ぎてしまったことだ。それにあんたも償いはしたんだ」

兵頭はふんと笑った。

「ただもう利用されちゃいけないな。な、考えてもみな。今回だって利用されてるようなもんだぞ、これは。……なぜ、そんな目で見てる。利用されてるんだよ、あんたは。そりゃ、持月にさ。決まってるだろ。ひどいもんだ。持月はW大じゃなくて日芸大だ。あんたらは同じ大学の先輩後輩なんだろ。同窓なのに利用するだけ利用するなんて悪辣《あくらつ》だぜ。それじゃあW大の連中と変わんないよ。だってそうだろ、やらされてることは同じじゃないか。学生の時には、外様《とざま》だからっていいように利用され、こんどは同窓にまで、前科者だって理由かどうかはわからんが、とにかく似たような汚れ仕事を押しつけられているってわけだ」

真理はマジックミラーに向かって、人さし指で宙に輪を描いた。巻け、急げ、のハンドサインである。

「あんた山形だってな。霧島もえも山形だって言うじゃないか。同郷だ。それも同じ高校だ。そりゃ大事にしてやらなきゃいけないよ。写真で見たけど、かわいい子だな。そりゃミス・チェリーにだって選ばれるだろう。高校時代はさぞかしみんなの注目を集めたんだろうな。あんたも鼻の下伸ばして見てたんだろ。別に悪いことじゃない。だけど、同郷なんだったら、お互い助け合わなきゃいけないぞ。利用しちゃあいけない。それだとW大の幹部や持月と同じになっちまうぞ。仲間は大事にするもんだ、利用するもんじゃなくて助け合うもんだ、なあ、そうだろ。そうでなくっちゃ、終わりなんだよ、人間は」

兵頭はそっぽを向いて苦笑している。

「確かに絆ってのは大事だよ。いや、絆ほど大事なものなんか滅多にない。ただ、忘れちゃいけない。絆ってものはお互いを利用するために深めるもんじゃないんだ。あいつと組めば都合がいいなんて打算で結ぶもんでもない。利害関係で作られるのは仲間でもなけりゃ絆でもないんだよ。俺とあいつは仲間だって気持ちが自然と絆を強くするんだ。仲間ってのは言ってみりゃあ巡り合わせだ。同じ場所に生まれたとか、同じ場所でおなじ景色を見たとか、そういうことだよ。お前も霧島もえも山形に生まれて育った。出羽《でわ》のお山に見守られてな。ことしも鶴岡《つるおか》公園にはきれいな桜が咲いただろうな。夜のぼんぼりで掘割の水面に映し出された夜桜も見事だっただろう。たまには帰って見に行ったほうがいいぞ。そういやそろそろ山寺の山王祭の季節だ。地元は大いに盛り上がるだろう。山の緑も映えて人の目を楽しませるだろうし、道ばたには屋台もたくさん出て、人出で賑《にぎ》わうだろう。お前も御輿《みこし》を引かせてもらいにいったらどうだ。白張《しらはり》装束を着て烏帽子《えぼし》を被って、羽黒山の長い長い階段を駆け上がってみろよ。うん、どうだ。…………なんだよ、どうした。……泣いてんのか」

8　限りなく黒に近いグレー

キャンパスに足を踏み入れると、すぐに呼び止められた。警備員は、若い教員だと思ったらしく、どちらの学科の先生ですかと訊いてきた。鴨下はバッヂを見せ、驚いている警備員に、

「いや、これを聴講しに来たんですよ。そのあと先生にすこし聞きたいことがありまして」

とポケットから取り出したチラシを広げて見せた。

「ああ、東棟なら、そちらです。一階の一番大きな教室ですね。もう始まってますよ」

礼を言って、鴨下は雨の上がったキャンパスを横切った。そこかしこで学生が、カメラを肩に担いだり、長い棹《さお》の先に取り付けたマイクを高く持ち上げたりしているのが、いかにも映画学科のある芸大らしかった。

東棟の前まで来た時、「ルーデンス　持月正樹社長　講演会場　A大教室」と油性ペンで太く書かれた紙が貼り付けられた衝立《スタンド》があった。校舎に足を踏み入れるとすぐに、通路の壁に例のチラシが貼られていて、その下には進路を教える矢印があったので、鴨下は難なく

教室にたどり着けた。

後ろのドアをそろりと引いて、上半身を中に入れた時、教室から笑いが起きた。

教壇に目をやると、講師も口元に笑みを浮かべ、笑いが静まるのを待っている。鴨下は音を立てないように気をつけながら、近くの空いている席に腰かけた。

「教授が、いまの映像ビジネスについて授業で話してくれと連絡してこられたのは、ひとつは私に喋らせて自分は楽をしようという魂胆からでしょう」

また薄い笑いが立ち上る。鴨下は教室を見渡した。

「そしてもうひとつ、この不況の最中《さなか》に、弊社がコンスタントに大規模作品の現場を手がけられているので、そこを評価していただいたと思うのですが――」

いた。またずいぶん前に座っているな、と鴨下が軽く驚いていると、ポケットの中でスマホが短く振動し、ショートメールが一通着信していた。

〈霧島もえ　山梨日本赤十字病院に搬送完了。命に別状なし〉

鴨下は机の下で手を握り、人知れずガッツポーズをした。監禁されていた霧島もえは、低体温症を発症させ、意識がなく、脈もか細く、危ない状態だった。分厚い壁の中から救出すると、あらかじめ待機させていた救急車に乗せ、すぐに救急搬送した。

「弊社が作っているのは、授業で取り上げられるような芸術映画ではなく、読み捨ての雑誌のような娯楽作品です。カンヌで賞を獲ったこともなければ、アカデミー賞の外国語映画賞部門にノミネートされたこともありません。映画館の前を通りかかったサラリーマンがポスターを見て、ふらりと入り、それなりに充実した二時間を過ごせるような映画、弊社はこのような娯楽商品をコンスタントに生産している町工場なのです。そして、それなりに金を稼いで、工場を廻していく。要するに町工場のオヤジです、僕は」

持月が喋り続ける中、鴨下は続きを読んだ。

〈意識も戻っている。いちおう今でも応答は可能だが、医者の許可が出てから吉住かなえに事情聴取させる予定〉

ほっとしていると、持月がとつぜん、あの言葉を口にした。

「それは、絆です」

と。鴨下はふたたび視線を教壇に向けた。

「町工場のオヤジとしては、工場を廻していく秘訣《ひけつ》は、技術でも資金力でもなく、絆だと思っている。同じ釜の飯を食った人間の絆は強い。ちょっとやそっとでは裏切りません」

苦い思いがこみ上げてきて、鴨下はスマホに視線を戻し、素早く返信を打った。

〈霧島もえが話せるようになったら、さきほどお話ししたものが、まだどこかに残してあるかどうかをさきに確認してください〉

メールを打ち終わってスマホをポケットにしまった。

「だとしたら、同じ釜の飯をどうやって炊くのかということを考えたほうが、現実的ではないでしょうか。――御静聴《ごせいちょう》ありがとうございました」

同じ釜の飯を食った仲……。同じ子羊の肉を食った仲、か。

盛大な拍手が起こり、黒縁眼鏡をかけたスーツ姿のひょろりとした紳士（おそらく持月を招いた教授だろう）が、マイクを握って、腕時計に目をやってから、

「まだあと少しばかり時間があるので、なにか質問のある人は？」

と教室を見渡した時には誰も手を挙げなかったのだけれど、

「こういうときに手を挙げて発言して目立つのはカッコ悪いって気持ちには僕にも覚えがあるけどね」

と持月がつけ加えた時、すっと一本立った。

じゃあ君、と教授が前方に座っていた女子を指してマイクを持っていった。

「今日は貴重なお話ありがとうございました」

その声はいかにも若い、むしろ幼いという印象を鴨下に与えて、彼の口元を弛《ゆる》ませた。

「最後に、生き残り戦略としては絆がなによりも大切なのだと仰ってましたが、その絆はどうやって作っておられるのでしょう」

いい質問だ、と鴨下は思った。そして、これに持月はどう答えるのだろうと、がぜん興味が湧いた。

「それこそが僕個人のノウハウであり、秘策であるので、ここで明らかにすることはできません。ただ、単に俺とお前は仲間だろと言ってるだけでは絆は生まれないということだけは言っておきましょう。例えば、皆さんと僕には日本芸術大学という共通項があります。しかし、これはまだ絆とは呼べません。だから、もし皆さんがうちの会社を志望されても、

本校出身だということはさほど強みにはなりません」

　学生たちは神妙に聞いている。

「……絆とするには、なんらかの儀式が必要です。あまり適切な例ではないけれど、ここは映画学科だし、思い切って言ってしまいますが、ヤクザ映画を見ていると盃《さかずき》を交わすシーンがあるでしょう。あれと同じようななにかが必要なんです」

　チャイムが鳴って、教授はもういちど拍手を促した。やがてそれが収まると、休憩時間のざわめきが教室を満たした。鴨下は静かに立ち上がった。この時、先方の視線が自分に注がれているのを鴨下は認めた。視線を合わせたまま、鴨下は歩きだした。

「とても興味深いお話でした」

　持月の前に立った時、鴨下はできる限り愛想のいい笑みを浮かべた。

「それはどうも。ほとんど役に立たない話ばかりで学生には気の毒でしたね」

「あまり役立てられても困るでしょう」

　そう言うと、相手はすこし怪訝な顔つきになった。

「今日お話を伺って初めてわかりました。確固たる絆を作る儀式っていうのは、ヤクザ映画から仕込んだもので、ホイジンガの『ホモ・ルーデンス』じゃなかったんですね」

「ああ、そうですよ。たまたまテレビをつけているときに見て知っただけで、あんな難しい本読んだことありません。ただ、ごっこ遊びってのが性に合ってただけで。後付けです」

「なるほど。そう言えばヤクザだって、同じ器に盛られたものを身体に入れることで、絆ができると信じている。もっともこの場合は、肉じゃなくて酒ですが」

「肉……」

と不思議そうに復唱する持月に、鴨下は笑顔を見せた。

「それにしても、御社の躍進を見るにつけ、絆の力ってのは大したものだと思わないではいられません。いまのヤクザは映画を見て義理人情を学んだほうが、勢力を伸ばせるかもしれないですね」

「ええ、目先の利益だけを追っている組織は逆に脆《もろ》いのではないか、と僕は思いますね」

「では、これからもルーデンスは発展するでしょう」

「どこまでいけるかわかりませんが……」

「いやいや、独立系の制作会社がスタジオを持つなんてそうできるもんではありません。河口湖のスタジオの次はなにを狙いますか」

持月はおやという顔つきになって、

「早耳ですね。どこからお聞きになりましたか？　あれはまだ発表してないんですが」

「ええ、今朝行って戻ってきたところです」

「河口湖に……今朝？」

持月は顔の上に不審を露《あらわ》にした。

「ヘリなのでなんとか講演の最後には間に合いました」

ヘリ？　とくり返す持月を無視して鴨下は続けた。

「たいしたもんですね。都心から少し離れているので、宿泊施設もある。それもかなり立派な。おまけに、撮影スタジオには不要と思われる豪奢《ごうしゃ》なパーティ会場があるのにも感心しました。もちろん撮影・仕上げともに立派なスタジオになりそうです。遮音もしっかりしていて、人ひとりくらいは余裕で埋められるくらいに壁も分厚い。外から鍵をかけてしまえば、いくら泣き叫んでも、外にはまったく聞こえない」

持月の顔に浮かんだ不審の色が動転へ、そして恐怖へと変わった時、鴨下はとどめの言葉を投げつけた。

「落ちたんですよ、兵頭は」

持月は口を開いてなにか言おうとしたが、唇が震えるだけだった。

「撮影機材を入れる箱に押し込まれ、音響スタジオの壁に埋め込まれそうになっていた霧島もえは救出いたしました。いま病院で手当を受けています。ついいましがた僕が受け取ったメールによると、助け出された時は低体温症になっていて意識も朦朧としていたのですが、いまはもう回復して、警察への供述に応じたいと言っているようです」

「兵頭はどこだ」

震える声でそれだけ言った。

「取り調べを継続中です。実に協力的なようですよ。あいつが上司の指示に逆らって、殺さずにいた理由はわかりました」

持月は呆然と立っている。若い女の声がした。

「好きだったみたい。山形の高校時代から」

講演の最後に、なにか質問はあるかと言われて挙手した女子学生がやってきて鴨下の隣に立った。真理《しんり》は手にしたスマホを鴨下に見せた。それをちらと見て、鴨下はまた視線を持月に戻した。

「いま連絡が入ったんですが、霧島もえが保存していたパーティの写真と動画、それからパーティの参加者のリストが、クラウドに残っていたそうです」

持月はうめくように言った。

「気をつけたほうがいいぞ。そんなもの公表したら、逆にお前のクビが飛ぶぞ」

鴨下は、もういちど真理の手の中のスマホを見て、

「かもしれません。これは錚々《そうそう》たる顔ぶれですからね。さてと――」

鴨下は周りを見渡した。質問があるかと訊かれたときには手を挙げなかった学生たちが、やはり言葉を交わしたいのだろう、持月の周りに集まり出していた。明日はともかく、いまこの瞬間は彼はまだ日本映画界の裏方のスターなのだ。

「ではそろそろ。これ以上われわれが講師を独占するわけにもいきませんので」

鴨下は真理とともにその場を退いた。空いたスペースに学生たちが押し寄せ、あの、絆の作り方って……などと質問が始まった。

ワイパーに挟まれていた駐車禁止を警告する紙を取って、ポケットにねじ込んでから乗り込んだ。

「だけど気をつけたほうがいいよ」

助手席でシートベルトをしながら真理が言う。

「警察車両だって気づいてくれてもいいじゃないか」

「駐禁のことじゃない。あっちのほう」

「えっと、持月が言っていたリストの公表のことかな」

「ちがう」

「……というと？」

「今回はたまたまうまくいっただけってこと」

ああ、と鴨下はうなずいて続きを待った。すると突然、真理は不思議な問いを発した。

「俊輔は根っからの悪人っていると思う？　人間の名に値しないくせに人間を名乗っているやつ」

鴨下はすこし考えてから、

「生まれた瞬間から悪人ってやつはいませんよ」

と改まった。

「それは生まれた瞬間から善人だという人はいないのと一緒だよね」

「そう、白紙です」

「だからね、白い紙が悪に染まって真っ黒になることはあると思うかって訊いてるの。過去が白でも、いまが真っ黒けなら黒いやつとして扱わなきゃいけないでしょ」

「……真理《しんり》さんはどう思ってるの」

「うん、いちおう俊輔よりもずっと長く警察で働いてきた先輩として正直に言うと、徹底的に自分勝手なクズ人間ってのはいるっぽいよ。すごく簡単に黒く染まっちゃうクズはね」

そうかな、と俊輔はつぶやくように言って、

「悪に染まることはあるけれど、真っ黒にはならないんじゃないかな、人間は」

「なるほど、どんな惨《むご》たらしい罪を犯した犯罪者の心も黒一色に染まりきったわけじゃない、白い部分はどこかに残ってるってわけね。じゃあ、これはどう。とてつもなく黒に近いグレーと黒はどうちがうのか」

鴨下は、変なこと言うなあ、と笑った。

「ちがうと思っているでしょう」

うん、と鴨下がうなずく。

「だったら、とてつもなく黒に近いグレーと黒との間にあるものを言ってみなさい」

鴨下は首をかしげた。

「そう、その二つの間になにかあるといいな、と私も思う。願望だけは一致している、私と俊輔は。だけど、そんなあいまいな願いの犠牲になる人がいるとしたら、私たちってす

ごく罪深いと思わない？」

いままで真理《しんり》は、こんな質問を同僚にしたことはなかった。その生まれて初めてのことを自分がしたのは、気持ちが昂《たか》ぶっていたこともあるけれど、それだけではなく、つまりこれまでの特別捜査官としての人生では、誰かに相談したいことがありながら、鴨下のような刑事が周囲にいないため、いつもひとりで考え、せいぜい「ニーチェ・マスキチはどうしてる？」とつぶやくことしかできなかったからだ。

「ラッキーだったんだよ、今回は」

真理がそう言うと、鴨下はうなずいた。

「そうだな。兵頭は少なくとも根っからのクズじゃなかったし、真っ黒じゃなかった」

「そう。だから兵頭は落ちた。けれど、とてつもなく黒に近いやつはあんな浪花節《なにわぶし》じゃ落ちない」

「……かもしれない」

「そういうやつを相手にして、時間がない場合はどうする。また草壁さんに頑張ってもらう？」

鴨下が黙っていたので真理が答えを言った。

「草壁さんのお手柄は嬉しかったよ、とてもね。だけど、すんごくダークなやつ相手じゃ歯が立たない」

鴨下は黙っていた。真理《しんり》は続けた。

「そんなときは苦痛を取り引きの材料にするしかない。そうなったら私はジョーコーに殴らせる。ジョーコーがいない場合は、俊輔に殴らせる。誰もいなければ私が殴るよ」

鴨下は黙っていた。

「答えたくないんだろうね、まあいいよ」

真理はいったん鴨下を解放してやってから、だけどね、と続けた。

「限りなく黒に近いグレーなやつと闘うために、俊輔は警察を続けるべきだよ。あのくらいで辞めるなんて泣き言言うのはビンちゃんすぎる。今回の事件でそれがわかったのなら、まあ、今日のところは許してあげるよ」

穏やかな口調で猛烈な宣言をする少女の前で、若い刑事は自分をタフな刑事稼業におびえる臆病な新入りのように感じて当惑していたが、しかし彼をいちばん困らせていたのは、このような容赦のない攻撃が、忘れたころにやってくる大型台風のように、これからなんども彼を襲うだろうという予感だった。しかし、鴨下は手をさし出した。

「よろしくお願いします、先輩」

真理はその手を見た。そして、握った。

「よろしくしてやろう」

初対面の時に果たせなかった握手が交わされたことに、少女は満足した。

「よし後輩、これからなにか食べに行くぞ、お腹空いたよ」

「じゃあ、今日は俺が先輩に奢りますよ、許してもらったお礼に」

やったーと真理が言う。
そのときはもう、女子高生の明るい声に戻っていた。

9　とりあえずの終わりとはじまり

とりあえず物語はいったんここで終わる。鴨下俊輔と花比良真理《しんり》は、途中で見つけたイタリアンレストランに入り、雨上がりのテラスでパスタランチを食べた。ふたりともこの会食をこれまでとはちがったもの、つまりは新しいコンビの結成式のように感じていた。フォークでパスタを巻き上げながら真理は、愛里沙が、新宿駅東南口の改札の前で、別れ際のハグをしていたことを言うべきかどうか迷った。鴨下も、主任が話してくれた田所についての意外な人物評について、なにか知っているかと真理に尋ねたい気もした。ただ、ふたりともこれらの話題は持ち出さなかった。結成式は楽しくなければならないと判断したからである。

だから、それらの物語は別の機会に語られることになるだろう。その機会があればの話ではあるが。

Haruki Bunko
ハルキ文庫

え 5-1

相棒《あいぼう》はJK《じぇいけー》

著者 榎本憲男《えのもとのりお》

2021年9月18日第一刷発行

発行者 角川春樹

発行所 株式会社角川春樹事務所
〒102-0074 東京都千代田区九段南2-1-30 イタリア文化会館

電話 03(3263)5247(編集)
03(3263)5881(営業)

印刷・製本 中央精版印刷株式会社

フォーマット・デザイン 芦澤泰偉
表紙イラストレーション 門坂 流

ISBN978-4-7584-4433-0 C0193 ©2021 Enomoto Norio Printed in Japan
http://www.kadokawaharuki.co.jp/[営業]
fanmail@kadokawaharuki.co.jp[編集]　ご意見・ご感想をお寄せください。